MAREN BOHM

SCHATTEN ÜBER BREMEN

Kellner
VERLAG

Dieses Buch ist bei der Deutschen Nationalbibliothek registriert. Die bibliografischen Daten können online angesehen werden:
http://dnb.d-nb.de

Impressum

Inhaber: Manuel Dotzauer e. K.

St.-Pauli-Deich 3 • 28199 Bremen
Tel. 04 21 77 8 66
info@kellnerverlag.de
www.kellnerverlag.de

Lektorat: Sina Ulbricht
Layout: Kellner Verlag
Umschlag: Jennifer Chowanietz
Titelillustration: KI-generiert
Gesamtherstellung: Der DruckKellner, Bremen

ISBN 978-3-95651-484-5

Meiner iranischen Freundin
Manizheh Saboori gewidmet

Man sollte nicht bei Dunkelheit an der Friedhofsmauer entlanggehen. Vor allem nicht als Frau. Düster ist der Weg. Die paar Laternen bringen es auch nicht. Hätte ich nicht machen sollen. Wenn dir hier was passiert, dann bist du verloren. Jetzt fängt es auch noch an zu regnen. Das nächste Mal gehe ich wieder an der Straße. Dieser Weg dauert eh viel zu lange. Soll ich lieber umkehren? Komm, sei nicht so ängstlich. Da – auch noch der Seiteneingang zum Friedhof. Ein schwarzes Loch und dahinter die Gräber. Modrig riecht es. Wenn da jemand einem auflauert …

»Lumpi, nun zerr nicht so! Ich rutsche ja auf dem nassen Laub noch aus. Hör auf, wie wild zu bellen!«

Was hat denn der Hund? Warum knurrt er plötzlich?

»Zerr nicht so!«

Hier wird es noch finsterer. Keine Laterne weit und breit. Nur hohe Büsche und Bäume und die Friedhofsmauer. Gruselig.

Was ist los? Warum bleibt er nun plötzlich stehen? Woran schnüffelt er denn?

Oh Gott, da liegt jemand auf dem Weg. Ein Mann. Ich kann nichts richtig erkennen. Was ist passiert? Ist der Mann etwa … tot?

»He, Sie? Kann ich Ihnen helfen?«

Keine Antwort. Was mache ich jetzt bloß? Hab auch noch mein Handy vergessen. Der Mann braucht doch Hilfe. Soll ich nach Hause laufen? Ist hier niemand?

Da kommt jemand. Ein Mann mit einem Hund.

»Hallo, hier liegt jemand auf dem Boden. Haben Sie ein Handy?«

»Wie bitte?«

»Haben Sie ein Handy?«

»Ja, habe ich. Was ist los?«

»Ein Mann liegt wie tot auf dem Weg. Leuchten Sie doch einmal.«

»Einen Moment. Ich muss erst mein Handy rausholen, das ist in der Manteltasche.«

»NEIN! HILFE! Der Mann ist verwundet! Der ganze Weg ist voller Blut! Mir wird schlecht. Ich muss mich übergeben.«

»Bitte beruhigen Sie sich. Ich rufe den Krankenwagen und die Polizei.«

»Oh Gott, ich muss mich übergeben. Ist das entsetzlich!«

»Bitte beruhigen Sie sich.«

»Wie schrecklich!«

»Hier Chrissi Martens. Ein Verwundeter liegt auf dem Fußweg an der Mauer des Riensberger Friedhofs in der Nähe des Seiteneingangs. Der Mann blutet stark. Nein, ich kenne den Mann nicht. Nein, es gibt keine weiteren Verletzten. Die Person ist nicht ansprechbar.«

»Kommt der Krankenwagen?«

»Ja, aber zurzeit sind alle im Einsatz. Aber es wird schon bald einer kommen. Ich rufe jetzt die Polizei.«

»Ja, bitte, tun Sie das. Mir ist so schlecht.«

»Ich rufe ja schon an.«

»Was ist?«

»Typisch Polizei. Wenn man sie braucht, kommt sie nicht.«

»Was? Die Polizei kommt nicht?«

»Bei den hohen Büschen und Bäumen habe ich keinen Empfang. Dann funktioniert 110 nicht. Aber die Polizei wird vom Notdienst informiert. Die werden schon hier auftauchen.«

»Mir ist eiskalt. Wie lange kann das denn dauern?«

»Gisela, wo bleibst du denn? Du hast nicht einmal dein Handy mitgenommen. Was ist denn hier los?«

»Günter, ein Mann ist niedergestochen worden.«

»Was? Ich habe schon immer gesagt. Du sollst hier nicht langgehen. Es gibt Orte, die laden zu Verbrechen ein.«

»Jetzt keine Vorhaltungen.«

»Ist schon gut. Wer ist der Mann?«

»Wissen wir nicht. Günter, leuchte doch mal mit deiner Taschenlampe.«

»Das sieht ja furchtbar aus. Der Mann hat Einstiche im Hals.«

»Kennst du ihn?«

»Er liegt mit dem Kopf auf dem Boden. Schwer zu erkennen. Aber irgendwie habe ich den schon einmal gesehen. Lass mich mal nachdenken. Ist gar nicht lange her. Nee, weiß nicht.«

»Günter, denk doch mal nach. Dir fällt doch sonst alles ein.«

»Ich hab es. Vor Kurzem ein Interview bei buten un binnen. Hat mich nicht interessiert. Bin rausgegangen und habe mir ein Bier geholt. Aber ich glaube, das war so ein Professor. Hm, der hieß, glaube ich, Jens van Vaal. Ja, Jens van Vaal.«

»Blaulicht. Gott sei Dank der Krankenwagen. Ich friere mir hier einen Ast ab. Ich hole mir bestimmt eine Erkältung. Günter, das ist so furchtbar.«

»Wollen mal sehen, wann die Polizei kommt.«

»Das ist die reinste Provokation«, schimpfte Oberkommissar Jörg Schmitz, als er aus dem Polizeiwagen stieg.

»Lone, am Tatort war es so finster, und sieh dir das an. In jedem Fenster dieser hochherrschaftlichen Villen brennt eine Lampe, den Dachfirst umgibt ein Kranz von Lichtern und alle Vorgärten sind hell erleuchtet. Da heißt es ständig, wir sollen Energie sparen, und ich predige meinen Kindern, sie sollen das Licht ausmachen, wenn sie einen Raum verlassen. Und die verschwenden Geld und Licht nur so, als käme der Kaiser höchstpersönlich zu Besuch.«

»Reg dich nicht so auf. Wir überbringen eine Todesnachricht. Das ist auch für Reiche schlimm.«

»Ja, ja.«

»Weißt du, im Krieg«, erzählte Lone, während sie über das Kopfsteinpflaster zur Villa gingen, »überbrachte auf dem Lande immer der Pastor die Nachricht, dass jemand gefallen ist. Wenn die Bauersleute aus dem Küchenfenster schauten und den Pastor kommen sahen ...«

»Du hast auch Ideen. Klingeln wir lieber.«

Warten. »Das dauert ziemlich lange, bis sich jemand meldet. Vielleicht ist niemand zu Hause.«

»Hallo?«, fragte eine Frauenstimme durch die Sprechanlage am Gartentor.

»Hier ist die Kriminalpolizei.«

Rascheln. »Das gibt es doch nicht. Sie hat aufgelegt.«

»Versuchen wir es noch mal. Jetzt sagst du was, Lone.«

Wieder warten. »Hat die so viel Angst vor Einbrechern?«

»Nennen Sie Ihren Namen!«

»Hier ist Polizeikommissarin Lone Peterson und Polizeioberkommissar Jörg Schmitz.«

Klick. Lone schüttelte den Kopf. »Wieder aufgelegt. Die ruft bestimmt erst einmal beim Polizeipräsidium an, ob es uns gibt.«

Durch den Lautsprecher tönte: »Kommen Sie zum Eingang.«

Treppenstufen aus Marmor. Ziemlich glitschig, fand Lone. Warten vor der geschlossenen Haustür. Endlich hörte man, wie ein Schlüssel im Schloss gedreht wurde, und die Tür wurde einen Spalt breit geöffnet.

»Zeigen Sie mir Ihre Dienstausweise.«

»In Ordnung. Kommen Sie herein.«

»Guten Abend, Frau van Vaal«, grüßte Lone. Jörg nickte.

»Dr. van Vaal. Dr. Irene van Vaal.«

»Entschuldigung. Guten Abend, Frau Dr. van Vaal.«

»Tut nichts zur Sache, der Doktor. Folgen Sie mir.«

Misstrauisch betrachtete Lone eine riesige Kogge aus Holz, die tief von der hohen Decke in den Vorraum hing. Ob die wohl hält?

Mäntel in einem Garderobenschrank, darunter ein Pelz. Wahrscheinlich echt.

Wie alt mag sie sein?, überlegte Lone, während sie Frau Dr. van Vaal durch die Eingangshalle folgten. Die hochgesteckten Haare schimmerten schon grau. Der zu weite graue Pullover und der lange schwarze Rock machten alt. Vielleicht Mitte vierzig?

Jetzt ging Frau Dr. van Vaal auch noch weg. Wie bestellt und nicht abgeholt, empfand Lone. Lässt uns einfach im Wohnzimmer stehen. Jedenfalls kann man sich einmal umblicken. Ziemlich edel eingerichtet, Parkettfußboden, barocke Intarsien an den Möbeln, Originale zeitgenössischer Künstler. Die haben Geschmack und Geld.

»Setzen Sie sich bitte«, forderte Frau Dr. van Vaal sie auf und zeigte nachlässig auf ein blendendweißes Sofa, während sie sich selbst auf einem weißen Sessel niederließ und die Beine übereinanderschlug, sodass Lone ihre spitzen Knie bemerkte.

Weißes Sofa?, zögerte Lone. Färbte da nicht ihre neue schwarze, vom Regen feuchte Hose ab?

Vorsichtig setzte sie sich auf den Rand, während Jörg raumfüllend Platz nahm.

Warum fragt sie nicht, warum wir kommen? Wir sind schon ein paar Minuten hier und sie interessiert sich für nichts. So üblich ist es auch wieder nicht, dass die Kriminalpolizei abends kommt. Nun nimmt sie auch noch aus ihrem silbernen Etui eine Zigarette heraus und sucht umständlich nach dem goldenen Feuerzeug. Dabei steht es auf dem Glastisch.

Frau Dr. van Vaal hob die Augenbrauen. »Was führt Sie zu mir?«

»Wir müssen Ihnen die traurige Mitteilung überbringen, dass Ihr Gatte, Herr Professor Jens van Vaal, ermordet worden ist«, begann Jörg mit ruhiger Stimme.

»Ach! Tatsächlich?«

Lone meinte, ein kurzes Lächeln zu bemerken.

Dann machte Frau Dr. van Vaal ein ernstes Gesicht. »Nein, das habe ich nicht erwartet. Was ist passiert?«

»Ihr Gatte ist auf dem Weg um den Riensberger Friedhof getötet worden. Wissen Sie, wo ich meine?«

»Selbstverständlich. Mein Mann joggt dort jeden Abend. Der Mörder muss dies beobachtet haben.«

»Sie gehen davon aus, dass der Täter ein Mann ist?«

»Nein, überhaupt nicht. Das sagt man doch so. Und wie …«, sie stockte. »Wie ist er ermordet worden?«

»Ihr Mann wurde am Hals von Messerstichen verletzt.«

»Das geht doch gar nicht.«

»Anscheinend doch.«

»Er hatte bestimmt die dicken Kopfhörer auf. Ich habe ihm schon x-mal gesagt, dass er damit dämlich aussieht.«

»Wie bitte?«, mischte sich Lone ein. »Sehen Sie da einen Zusammenhang mit dem Mord?«

»Natürlich nicht. Ich habe mich nur schon so oft darüber geärgert. Und mit Kopfhörern hatte der Mörder oder die Mörderin ein leichtes Spiel.«

Sie drückte ihre Zigarette aus. »Entschuldigen Sie mich einen Augenblick. Bin gleich wieder zurück.«

»Traurig wirkt die nicht«, raunte Lone ihrem Kollegen zu.

»Hat die Spurensicherung etwas ergeben?«, fragte Frau Dr. van Vaal, als sie wieder hereinkam.

»Bisher noch nicht. Bei dem Regen ist es ziemlich schwierig.«

»Stümper.«

»Frau Dr. van Vaal, gibt es irgendwelche Hinweise? Ist in letzter Zeit etwas Außergewöhnliches geschehen?«

»Ein Buch«, sagte sie, stand auf, öffnete einen schweren Barockschrank, entnahm ein Buch und reichte es Jörg Schmitz.

»*Animal Farm.* Die deutsche Ausgabe. Das Buch wurde Jens anonym zugeschickt. Er hat sich furchtbar darüber aufgeregt. Sie kennen ja die Geschichte. Die Tiere vertreiben den grausamen Bauern und nach kurzer Zeit übernehmen die Schweine die Rolle des Tyrannen. Als wäre Jens ein Tyrann. Er hat seine Studenten immer fair behandelt.«

»Haben Sie eine Vorstellung, vielleicht einen Verdacht, wer Ihrem Gatten das Buch geschickt haben könnte?«

»Jens meinte, Harald Norris. Norris ist Akademischer Oberrat. Hat sich ebenfalls habilitiert. Es ging um die Stelle als Professor. Es war nur eine für den Fachbereich Philosophie ausgeschrieben.«

»Hat Ihr Mann Herrn Norris zur Rede gestellt?«

»Es gab eine heftige Auseinandersetzung. Mehr weiß ich nicht.«

Aus der ist nichts mehr herauszuholen, dachte Lone.

»Und Sie selbst? Entschuldigen Sie, dass wir fragen. Es muss halt sein. Sind Sie allein im Haus gewesen?«, fragte Lone vorsichtig.

»Das bin ich. Ich habe meine Haushälterin sogar früher entlassen als gewöhnlich. Ihr Mann ist krank, und sie wollte ihn zum Arzt begleiten. Meine Haushälterin heißt Erika Kosanke und wohnt in Gröpelingen. Die Straße ist mir gerade entfallen. Das fürs Protokoll.«

»Wohnt sonst noch jemand in diesem Haus?«

»Nein, wir haben keine Kinder. Haben Sie Kinder, Herr Oberkommissar?«

Jörg nickte. »Fünf, Frau Dr. van Vaal.« Er räusperte sich. »Was haben Sie zur Tatzeit gemacht?«, fragte er zum Gespräch zurückführend.

»Sie sind Polizist«, antwortete Frau Dr. van Vaal herablassend. »Es ist Ihr Job. Ich habe Abendbrot gemacht.«

»Könnten Sie uns das bitte einmal zeigen.«

»Gerne. Jens und ich essen immer in der Küche, wenn wir

allein sind. Wenn wir Gäste haben, was häufig vorkommt, essen wir im Speisesaal im ersten Stock. Sie sehen, wir haben einen Aufzug für Speisen.«

Luxus, Luxus, dachte Lone, diese Küche. Alles blitzt vor Chrom, schneeweiße Küchenblöcke, das Neueste vom Neuesten. Bestimmt gehen die Schränke vollautomatisch auf. Nur, überlegte sie weiter, das Abendbrot ist spartanisch. Im Brotkorb zwei Scheiben abgepacktes Graubrot, zwei Scheiben Schwarzbrot, zwei Scheiben Käse aus der Packung, zwei Scheiben Mettwurst, ebenfalls eine Billigsorte. Dazu ein Topf Margarine, vier Radieschen und drei Tomaten. Der Saft ist schon in Gläser eingefüllt. Hat sie den Tisch schnell gedeckt, als sie rausging?

»Den Tee mache ich immer zum Schluss. Wenn Jens nach Hause kommt.«

»Haben Sie sich gar nicht gewundert, dass er so lange wegblieb. Ich meine, es regnete in Strömen, und er hatte nur Joggingkleidung an«, erkundigte sich Lone.

»Unsere Ehe schließt nicht unbedingt mit ein, dass wir uns Sorgen umeinander machen«, antwortete Frau Dr. van Vaal kühl.

»Dieses Abendbrot ist schnell zubereitet. Was haben Sie danach gemacht?«

»Ich habe gearbeitet. Gehen wir wieder ins Wohnzimmer. Ich bin im Vorstand des Unternehmens Bremer Kaffee Im- und Export. Meine Vorfahren waren schon vor 300 Jahren in diesem Geschäft. Ihnen ist sicher die Kogge im Vorraum aufgefallen. So eine Kogge besaßen die van Vaals. Zeitweise sogar noch mehr Schiffe. Die Konkurrenz mit Hamburg war immer sehr stark. Die van Vaals sind ein erfolgreiches Unternehmen.«

»Dann hat Ihr Gatte mit der Eheschließung den Namen van Vaal angenommen?«, fragte Lone.

»Natürlich. Er hieß Meier. Wirklich – nur Meier.«

»Sie haben einen Doktortitel. Haben Sie Betriebswirtschaft studiert?«

»Was denken Sie denn, Frau Kommissarin. Ich habe Altphilologie studiert, Latein, Griechisch, Hebräisch, und habe meine Dissertation über die Entwicklung der aramäischen Sprache geschrieben.«

»Diese ungewöhnlichen Kompetenzen führen Sie beruflich nicht aus?«, erkundigte sich Jörg.

»Das tut nichts zur Sache. Es geht um den Mord an meinem Mann.«

Ist die aufgebracht, dachte Lone.

Schweigen.

Hoffentlich hat meine Hose nicht abgefärbt. Ich habe gar nicht nachgeschaut, als wir in die Küche gegangen sind.

»Sagen Sie«, Frau van Vaal schluckte. »Wo ist mein Mann jetzt?«

»Bei der Gerichtsmedizin«, antwortete Jörg ernst.

»Ich meine, wo ist er jetzt? Wo befindet er sich in diesem Moment?«

»Im Klinikum Bremen Mitte.«

»Und wo da?«

»Im Keller der Gerichtsmedizin.«

»Wie schrecklich! Wie entsetzlich! Da liegt er ganz allein im Dunkeln im Keller?«

»Im Dunkeln liegt er wohl nicht«, antwortete Jörg bedachtsam.

»Nein, das halte ich nicht aus. Da liegt er tot, ganz alleine liegt er tot. Das halte ich nicht aus. Gehen Sie, gehen Sie ganz schnell.«

»Was ist denn mit der plötzlich los?«, wunderte sich Lone, als sie im strömenden Regen über die Straße liefen und die Autotür pitschnass hinter sich zuschlugen.

»Weiß nicht. Aber meine Frau hat mir eine WhatsApp-Nachricht geschickt«, wandte sich Jörg ihr zu. »Die

Zwillinge brüllen, und sie kann sie nicht zur Ruhe bringen. Kannst du heute Abend noch den Bericht schreiben?«

Lone fuhr den PC im Polizeipräsidium runter, und schon war die Sorge wieder da. Hatte ihre Miezekatze heute wieder nichts gegessen und getrunken? Sie seufzte, nahm ihre Jacke, die war immer noch feucht, und lief den Gang entlang zum Hinterausgang, grüßte kurz den Kollegen, der ihr entgegenkam. Draußen im Hof schlug ihr die kühle Luft entgegen. Zumindest hatte es aufgehört zu regnen. Ihr rotes Rennrad blitzte unter einer Laterne, sie schloss es auf und dachte über ihren Nachhauseweg nach: Welchen Weg wollte sie heute fahren, durch den Park oder an der Straße entlang? Durch den Park, da könnte sie sich vorher noch schnell einen Hamburger bei McDonald's holen.

Doch nicht entschied sich dagegen, als sie mit ihrem Rad am Drive-in vorbeiraste. Das würde zu viel Zeit kosten. Sie musste, sie wollte so schnell wie möglich zu ihrer Socke. Über die Kreuzung, aufgepasst, hier war sie schon mehr als einmal beinahe angefahren worden, weil so ein Idiot bei Knallrot über die Kreuzung gerast war. Nicht dran denken: Tom war tot, Tom war von einem Porschefahrer totgefahren worden. Schnell durch den Park. Niemand zu sehen, nicht mal die Obdachlosen, die täglich auf der Bank am kleinen See mit einer Dose Bier ihren Tag verbrachten. Düster war es hier wie beim Friedhof. Dichtes Laub, nur nicht ausrutschen. Dann die Straße mit den Einfamilienhäusern. Nirgendwo brannte ein Licht, höchstens in einem Dachgeschoss noch eine Lampe. Über die Straßenbahnschienen und dann vorbei an ihrem Zahnarzt. Eine Zahnreinigung war wieder dringend nötig. Schnell über die Straße, kein Auto war zu sehen, durch den Eisenbahntunnel, dann nach rechts in die Laubenkolonie abbiegen. Die bunten Lichter in den Bäumen des Gartenlokals gingen gerade aus. Langsamer fahren! ermahnte sie sich. Bei dem glitschigen Untergrund mit den Pfützen wäre beinahe ihr Rad umgekippt. Socke, wie geht es Socke? Denk an was anderes.

Die Frau Dr. van Vaal war schon merkwürdig. Was bedeutete ihre erste Reaktion »Ach! Tatsächlich?«? Und dann dieses süffisante Lächeln. War das Erstaunen? Oder Fassungslosigkeit darüber, dass ihr Mann ermordet wurde? Glaubte sie es nicht und hielt es für ausgeschlossen, dass ihr Mann von jemandem getötet wurde? War sie selbst die Täterin und war sich bis zu diesem Augenblick nicht sicher gewesen, dass der Mord geglückt war? Schließlich hatte sie bezweifelt, dass ein Mord infolge von Verletzungen am Hals überhaupt möglich wäre. Oder hatte sie selbst schon einmal daran gedacht, ihren Mann umzubringen, und war erleichtert, dass dies nun ein anderer für sie erledigt hatte?

Bei der *Bismarckstraße* halten – die Ampel wie immer rot. Eine endlos lange Rotphase. Da drüben das Klinikum Bremen Mitte. Da lag nun die Leiche im Keller. Da lag Jens van Vaal, Professor Jens van Vaal, im Keller und wartete auf die Obduktion. Tat er natürlich nicht. Die Ehefrau – sonderbar. Bei dieser Vorstellung brach sie zusammen. Mit einem Mal hatte sich ihre Reserviertheit oder ihre Erstarrung gelöst, und sie konnte die Vorstellung nicht ertragen, dass der Mann, mit dem sie verheiratet war – und den sie liebte? –, im Leichenkeller lag. Vielleicht ist es ja so, dass die Nachricht, er sei ermordet worden, gar nicht zu fassen war, vollkommen abstrakt war. Möglicherweise ist der Tod, ohne ein Bild vor Augen zu haben, nicht zu begreifen und lässt einen gefühlskalt. So funktionieren Kriege aus der Sicht derjenigen, die nicht selbst an der Front sind.

So war es ihr doch selbst ergangen. Ein Tschüss, wer hatte schon ahnen können, dass es das Letzte sein würde? Sie hatte ihn mit dem Motorrad wegfahren hören, zwei Stunden später im Krankenhaus schluckte der Arzt, sagte dann mit fester Stimme: »Herr Konrad ist tot.«

Tot? Unmöglich. Nein, Tom war nicht tot. Der war noch eben lebendig. Richtig lebendig. Fröhlich. Ein Wochenende in Wilhelmshaven. Tom war nicht tot. Doch, doch. Wenn sie wolle, könne sie ihn im Beerdigungsinstitut noch einmal sehen. Sie wollte nicht. Nein, sie wollte Tom nicht zurechtgemacht mit einem Nagel unter dem Kinn sehen, damit sein Mund zusammengehalten wurde und nicht, wie bei Toten üblich, aufklappen würde. Sie wollte ihn nicht noch einmal sehen. In ihren Gedanken, in ihrem Fühlen war er lebendig und ganz nahe. Ganz nahe war er bei ihr. Nicht einmal, als sie mit seinen Eltern und Freunden auf dem Parkplatz des Osterholzer Friedhofs gestanden und gewartet hatte, dass die Trauerfeier beginnen würde, und der Wind in den hohen Baumkronen gerauscht hatte und der junge Pastor von Weitem zu sehen gewesen war – eine schwarze Hose hatte er getragen und ein weißes Hemd, sonderbar, dass ihr gerade dieses Bild vor Augen stand –, selbst da hatte sie nicht begriffen, dass Tom tot war. Da erst, bei der Trauerfeier im Kuppelbau der Friedhofskapelle, da hatte es sie getroffen. Der Sarg, der Sarg mit Blumen geschmückt, und in dem Sarg … TOM!

Lone, hör auf! Fast hättest du die Abbiegung zur *Humboldtstraße* verpasst. Noch an der Friedenskirche vorbei und in die Seitenstraße abbiegen. Wie ruhig diese alten Bremer Häuser aussehen. Als hätten sie nicht zwei Kriege hinter sich und viel Tod und Leid gesehen. Lone, Lone. Was hast du für Gedanken. Jedenfalls, endlich zu Hause. Noch das Fahrrad am schmiedeeisernen Gartenzaun abschließen, durch den Vorgarten gehen, die Rosen haben immer noch Blüten, warum dachte sie das jedes Mal? Die herrschaftliche zweiflügelige Tür aufmachen, die knarrende gebohnerte Holztreppe hinauf. Hinter ihrer Wohnungstür angeregte Stimmen, Lachen. Lone schloss die Tür auf.

»Hey«, grüßte Lone und blieb vorm Wohnzimmer stehen, wo Lea mit Freunden um den großen Tisch herumsaß.

»Wir haben schon angefangen mit Pen-and-Paper«, sagte Lea.

»Na klar.«

»Ich hab's versucht. Aber Socke hat wieder nichts gegessen und getrunken.«

»Danke.«

Schnell in die Küche. Die Näpfe mit Wasser und Futter waren unberührt.

Bedrückt ging Lone in ihr Zimmer. Wie erwartet seit Toms Tod, lag Socke nicht in ihrem Körbchen, sondern auf seiner Seite im Bett. Sie schlief. Sanft ließ Lone ihre Hand über Sockes dunkelbraunes langes Fell gleiten. Sie spürte ihren Hunger, seufzte und ging in die Küche und setzte Wasser auf.

Was war denn im Kühlschrank? Hatte Lea eingekauft?

Die stand in der Küchentür. »Wir haben eben Flammkuchen gegessen. Haben dir einen großen übrig gelassen. Ist noch warm. Habe ich noch mal in den noch warmen Flammkuchenofen getan. Ich hole ihn dir.«

Fast hätte Lone das Teewasser vergessen. Mechanisch nahm sie einen Teebeutel aus der Packung.

»Siehst müde aus«, stellte Lea fest, als sie mit dem Teller zurückkam.

»War ein harter Tag. Danke hierfür. Schmeckt gut.«

»Wusste ich doch. Flammkuchen mit Ziegenkäse, Birne und angebratenem, geräuchertem Halloumi magst du ja am liebsten.«

»Lea? Kommst du?«, rief Ole aus dem Wohnzimmer.

»Ja, gleich. Sag, war was Besonderes los? Du kommst so spät.«

»Ein Mord.«

»Ich will nicht fragen.«

»Kannst du ruhig. Wird sowieso groß in der Zeitung stehen.«

»Wer wurde denn ermordet?«

»Ein Hochschulprofessor. Er ist auf dem Weg um den Riensberger Friedhof erstochen worden.«

»Was? Gruselig. Ich habe schon immer geahnt, dass es da mal jemanden erwischt. Ist so dunkel, und die Gräber dahinter.«

»Wie du sagst. Es ist jetzt heute Abend geschehen.«

»Wer denn? Welcher Hochschulprofessor?«

»Jens van Vaal.«

»Der?«

»Kennst du ihn?«

»Kennen wäre zu viel gesagt. Ich war einmal bei ihm in der Vorlesung. Wollte mal was über Philosophie wissen.«

»Wie war er?«

»Sieht, ich meine sah richtig gut aus. War da noch kein Prof. Die Vorlesung war nicht uninteressant. Platon. Aber ich war nur ein paar Mal da.«

»Warum hast du aufgehört?«

»Wurde mir zu viel mit Jura. War ja nur, weil ich mal in ein anderes Fach hineingucken wollte.«

»Hast du eine Idee, warum der ermordet wurde?«

»Weiß nicht. Vielleicht was mit Frauen.«

»Hat er sich an Studentinnen irgendwie rangemacht?«

»Das gerade nicht. Aber er wirkt halt wie der Typ, der nicht treu ist. Ist wohl auch verheiratet, glaube ich.«

»Hm, tja.«

»Na, ich spiel mal weiter. Die anderen warten schon. Vielleicht fällt mir noch was ein.«

»Ich geh erst mal duschen und ziehe mir was Bequemes an.«

»Warte mal. Mir fällt doch noch was ein. Es ist noch gar nicht so lange her. Da hatte ich Mittagspause, musste mich dabei ziemlich abhetzen. Dieser Promianwalt in Hamburg ist ganz schön streng. Also, was ich sagen wollte: Bei dem

Juweliergeschäft, Große Bleichen, du weißt vielleicht, wo. Also wo es die richtig teuren Klunker gibt, aus dem Juweliergeschäft trat Jens van Vaal mit einer stark geschminkten Frau. Aufgeklebte Wimpern und so. Sie kamen mir entgegen und wirkten beide griesgrämig. Also, er eher abweisend und sie beleidigt. Mir fiel nämlich ihr riesiger rot geschminkter Mund auf, die Mundwinkel hatte sie nach unten gezogen. Liebevoll war das nicht. Die hatten offenbar Zoff. Ich hab mich noch gewundert, dass er mit so einer Frau zusammen ist. War wohl seine Geliebte, vielleicht. Ich hätte mir seine Geliebte jedenfalls niveauvoller vorgestellt.«

Sonderbar, dachte Lone. Von einer Geliebten hat Frau Dr. van Vaal nichts gesagt. Möglicherweise weiß sie nichts davon. Aber wenn ihr Mann so der Typ danach war. Warum hat sie es verschwiegen?

Auf jeden Fall mussten sie diese Frau ausfindig machen.

»Mir ist ganz kalt in den klammen Klamotten. Ich gehe jetzt duschen. Nur – Socke. Ich muss morgen als Erstes zur Gerichtsmedizin und hab dann einen langen Tag vor mir. Kannst du Socke zum Tierarzt bringen?«

»Ausgeschlossen. Bin ja erst neu in Hamburg. Kann unmöglich fehlen. Fragen wir mal die anderen.«

»Wir haben schon ohne dich weitergespielt. Ist das okay?«, fragte Ole.

»Sagt mal, kann jemand von euch morgen meine Katze Socke zum Tierarzt bringen? Sie frisst und trinkt nicht, und ich mache mir große Sorgen.«

»Kann ich machen«, sagte Rolf. »Mache ich gerne. Ich laufe mir sowieso meine Hacken ab, um einen Galeristen zu finden, der meine Bilder ausstellen mag. Zur Abwechslung kann ich ruhig mal was Vernünftiges und Gutes tun.«

»Prima, Rolf. Dann gebe ich dir meinen Haustürschlüssel. Ich gehe immer, wenn was mit Socke ist, zu Dr. Schulz in der *Besselstraße*. Der macht um neun Uhr auf.«

»Auf zur Gerichtsmedizin!«, keuchte Jörg, während er am frühen Morgen in der hellen Eingangshalle des Klinikums vor Lone zum Stehen kam.

»Du hast also meine WhatsApp-Nachricht nicht gelesen«, schmunzelte sie. »Der Termin verschiebt sich mindestens um eine halbe Stunde. Also genügend Zeit, um einen Kaffee zu trinken. Aber wie ich das so sehe, gibt es hier im Eingangsbereich nur einen Kaffeeautomaten und kaum Sitzplätze. Gehen wir ins Café nach drüben auf die andere Straßenseite.«

»Ich habe schon gefrühstückt«, wiegelte er knapp ab.

»Jörg, du schaust aus, als könntest du einen Kaffee und ein Brötchen gut vertragen. Los komm.«

»Wenn du wüsstest …«, antwortete er, während sie die Halle verließen.

»Der Verkehr ist ja heute Morgen mal wieder wahnsinnig. Vielleicht sollten wir doch lieber bei der Ampel rübergehen.«

»Jetzt geht es«, forderte er sie auf.

»Also, wenn ich was wüsste?«

»Warte mal, was gibt es denn hier so für Brötchen. Aber Lone, ich bezahle diesmal selbst!«

»Bitte, was wünschen Sie?«

»Für mich ein Camembert-Brötchen, ja, das Mehrkornbrötchen, und dazu einen Café crème.«

»Und für Sie?«

»Einen Milchkaffee und das Hackepeterbrötchen mit ordentlich viel Zwiebeln.«

»Du wappnest dich schon gegen den Gestank im Leichenkeller«, scherzte sie.

»Hör bloß auf. Mir vergeht sonst der Appetit. Daran werde ich mich nie gewöhnen.«

»Bin schon still. Setzen wir uns lieber dahinten in die Ecke. Da können wir ungestört reden.«

Jörg sieht wirklich ziemlich mitgenommen aus.

Mit müden Augen schaute er sie an: »Wie geht es deinem Kätzchen. Deiner Socke?«

»Rolf, der Freund von meiner Wohnungsgenossin, bringt sie heute zum Tierarzt. Ich mache mir schon Sorgen.«

»Kann ich verstehen. Das ging uns auch so, als unser Hase nur noch still in der Ecke saß. Das geht einem an die Nieren.«

»Was hältst du von der Witwe?«, lenkte Lone ab und nahm einen kräftigen Schluck Kaffee.

»Du meinst von Frau Dr. Irene van Vaal. Na ja, die erste Regel lautet, man soll sich kein Bildnis machen. Das kann einen leicht auf die falsche Fährte führen.«

»Selbstverständlich. Trotzdem.«

»Ich habe mich gewundert«, gab Jörg mit Bedacht zu, »dass sie sich offenbar keine Gedanken, geschweige denn Sorgen gemacht hat, als ihr Mann nicht zurückkam. Ganz im Gegenteil zu Herrn Günter Breuer, der seine Frau suchen gegangen ist. Das halte ich für ein normales, vielleicht etwas zu fürsorgliches Verhalten. Aber der Satz von Frau van Vaal, ihr Verhältnis sei nicht so, dass man sich Sorgen mache, gibt zu denken.«

»Es ließe sich daraus schließen, dass die Ehe nicht besonders gut war.«

»Das könnte man annehmen«, stimmte er mechanisch zu.

»Woran hast du denn eben gedacht?«

»Das war eine Nacht. Erst haben die Zwillinge nicht aufgehört zu weinen. Wir haben sie herumgetragen, Fläschchen wollten sie auch nicht, und dann haben wir sie schließlich gewickelt. Tja, das war es wohl, sie hatten die Pampers voll, aber kräftig. Das war eine kurze Nacht. Und heute Morgen hatte Bennos Fahrrad einen Platten. Mit Aufpumpen war nichts zu machen. Ich musste ihn zur Schule fahren. Dann war bei der Hochschule für Kunst ein Verkehrsunfall und

Stau, aber Benno musste doch rechtzeitig in der Schule sein, erste Stunde Mathearbeit. Na ja, irgendwie haben wir es noch geschafft.«

»Was hat das nun mit Frau van Vaal zu tun?«

»Eigentlich nichts. Aber die Art, wie sie mich fragte, ob ich Kinder habe, hat mich unangenehm berührt. Irgendwie ist da etwas faul bei ihr. Obwohl der Ausdruck ›faul‹ nicht richtig zutreffend ist.«

»Eher so etwas wie eine dunkle, eine traurige Seite?«

»So ähnlich. Aber bleiben wir bei den Fakten.«

»Fakt ist«, stellte Lone fest, »Frau Dr. Irene van Vaal hat kein Alibi. Die Haushälterin ist, wie sie selbst sagte, schon früher gegangen als sonst. Sie war also ganz alleine zu Hause und hätte unbemerkt ihre Villa verlassen können.«

»Wobei wir Erkundigungen bei den Nachbarn einziehen müssen.«

»Ja, aber so abgeschottet, wie jedes dieser herrschaftlichen Anwesen steht, ist es durchaus wahrscheinlich, dass sie niemanden getroffen hat.«

»Gut«, sagte er, »gehen wir davon aus, dass sie unbemerkt ihr Haus verlassen konnte. Sie wohnt in unmittelbarer Nähe zum Riensberger Friedhof. Selbst unter der Voraussetzung, dass ihr Ehemann vor ihr aus dem Haus gegangen ist, um zu joggen, hätte sie genügend Zeit gehabt, über den Friedhof zu laufen bis zur Seitenpforte und ihm dort aufzulauern.«

»Dann gehst du davon aus, dass er sich nach links gewandt und um den ganzen Friedhof herumgelaufen ist.«

»Ja, er befand sich von der Lage der Leiche aus zu urteilen auf dem Rückweg. Er wird also an dem Haupteingang und dem Parkplatz vorbeigejoggt sein, dann musste er bei der Begräbnissynagoge abbiegen und ein kurzes Stück an der Straßenbahnlinie 6 entlanglaufen.«

»Dort, wo die ärmlichen Häuschen stehen.«

»Lone, das sagt man nicht.«

»Ich habe mich schon immer gewundert, wer da wohl wohnt.«

»Chrissi Martens wohnt dort.«

»Der sieht aber nun wirklich nicht ärmlich aus in seinem teuren Tweed-Mantel mit Hut und seinem auffallend wohlerzogenen Golden Retriever. Er sieht aus wie ein Herr. Wie Herr und Hund auf dem Buchcover von Thomas Mann.«

»Hm, du mal wieder. Kehren wir zu Jens van Vaal zurück. Von dem Weg an der Linie 6 joggte er zurück zum Riensberger Friedhof und vorbei an dem Seiteneingang, wo seine Mörderin, also vielleicht Irene van Vaal, möglicherweise auf ihn lauerte. Eindeutige Spuren ließen sich bisher wegen des starken Regens nicht feststellen. Außerdem müssen sie nicht vom Täter stammen. Es ist schließlich ein öffentlicher Ort.«

»Wenn ich mir vorstelle, dass Jens van Vaal nun schon ein ganzes Stück gejoggt ist«, überlegte Lone, »dann wäre es durchaus möglich, dass er eine kleine Verschnaufpause eingelegte, bevor er wieder los nach Hause gespurtet wäre. Vielleicht hat er Dehnübungen gemacht oder Lockerungsübungen. Jedenfalls wäre er langsamer gewesen, wodurch es für den Täter leichter gewesen wäre, sich ihm zu nähern und ihn zu töten.«

»Oder die Täterin. Schließlich gehen wir gerade davon aus, dass Frau van Vaal die Täterin ist«, korrigierte Jens sie.

»Auf jeden Fall hätte sie genügend Zeit gehabt, zu ihrem Haus zurückzukehren und in Ruhe die Polizei abzuwarten.«

»Aber ich glaube, wir haben keine Ruhe mehr, das verrät mir meine Armbanduhr. Es wird Zeit, dass wir ins Klinikum zurückgehen.«

»Apropos Armbanduhr«, bemerkte Lone. »Jens van Vaal trug eine teure Rolex, ich schätze sie auf mehr als 50.000 Euro. Dazu hatte er noch einen Brillantring am rechten kleinen Finger. Wer es auch immer war, die Person hat es nicht auf Diebstahl angelegt, also es kann kein Raubüberfall gewesen sein.«

»Ja – Mord. Wollen mal hören, was der Gerichtsmediziner sagt.«

»Ist noch niemand da«, bemerkte Lone und schaute sich im Eingangsbereich des Klinikums um. »Dabei haben wir uns bei der Treppe zum Keller zur Pathologie verabredet. Dort unten zu warten, macht keinen Sinn, die Tür ist verschlossen.«

»Wird schon jemand kommen«, gähnte Jörg.

»Kennst du eigentlich die alte Pathologie?«

»Nee, da war ich noch nicht in Bremen. Leider – da waren die Häuser erschwinglicher.«

Immer das Geld. Immer ist er pleite und denkt an seine Schulden.

»Die alte Pathologie war das reinste Gruselkabinett des Dr. Frankenstein. Das Gebäude ist *Am Schwarzen Meer*, es steht heute unter Denkmalschutz. Es gab Sektionssäle, einen Leichenschauraum mit gekühlten Aufbewahrungsboxen, einen geräumigen Leichenkeller, aber auch ein Richterzimmer und einen Vernehmungsraum der Polizei. Wohl habe ich mich da nie gefühlt.«

»Na ja, so anders ist das heute auch nicht. Nur halt moderner. Aber trotzdem. Meine Frau hat eine Freundin, die arbeitet bei der Pathologie in der Uniklinik in Münster. Die erzählte vor Kurzem, sie habe eine Brust suchen müssen, die in einem Kunststoffbehälter in Formaldehyd schwamm. Sie habe in den Behälter reingreifen und die Brust rausholen müssen, angenehm war das bestimmt auch nicht.«

»Da kommt ein Pfleger die Treppe hoch, wir sind wohl dran.«

»Frau Peterson und Herr Schmitz?«

»Ja. Guten Tag.«

»Kommen Sie bitte mit. Herr Dr. Anderson erwartet Sie im Sektionssaal. Wir müssen noch durch die Strahlenmedizin und durch die Pathologie. Aber wahrscheinlich kennen Sie sich aus.«

In der Tat, dachte Lone, bereits der Geruch im Gang der Pathologie war unangenehm genug und erst der Gestank in der Gerichtsmedizin.

Nur nicht hinriechen, ermahnte sie sich, als sie den Raum betraten. Dieser süßliche Geruch von Verwesung und Tod, wie kann man den bloß den ganzen Tag aushalten?

Herr Dr. Anderson kann es anscheinend. Freundlich sieht er aus und scheint keineswegs irritiert von seinem grauslichen Geschäft zu sein.

»Kommen Sie nur herein in unser Kabinett. Sie sehen in diesen Stahlschränken alle Utensilien, Seziermesser und Sägen, die auch Mordinstrumente sein könnten«, schmunzelte er.

Zu lachen gab es hier eigentlich nichts. Aber er verkniff sich zum Glück weitere Scherze.

»Wie ich sehe, haben Sie auch einen neuen Seziertisch«, bemerkte Jörg.

»Ja, aus Edelstahl, was selbstverständlich ist, doch er ist dazu höhenverstellbar, drehbar, hat einen umlaufenden Profilrand und ein nahtlos eingearbeitetes Organbecken mit Standrohrventil und Siebeinsatz. Aber«, er machte ein ernstes Gesicht, »deswegen sind Sie nicht hierhergekommen.«

»Nein, wegen Professor Jens van Vaal.«

»Wie Sie sehen, liegt er auf dem Bauch. Ist übrigens gut in Form gewesen. Sehr ausgeprägte Arm- und Rückenmuskulatur, auch die Bauchmuskulatur ist nicht von schlechten Eltern. Das ist für die Tötung nicht unerheblich, denn der Täter oder die Täterin wollte von vornherein ausschließen, dass Jens van Vaal sich hätte wehren können.«

»Das kann man mit Bestimmtheit sagen?«

»Ja, treten Sie bitte heran und schauen Sie sich den Hinterkopf an. Die Haare habe ich stellenweise entfernt. Sie sehen deutlich einen Schädeldachbruch, also eine Kalottenfraktur. Verletzt wurden ebenfalls die Dura Mater, die harte Hirnhaut, sowie die Arachnoid Mater, also die weiche Hirnhaut. Hervorgerufen ist die Fraktur durch einen heftigen, gezielten Schlag auf den Hinterkopf mit einem stumpfen, nicht allzu großen Gegenstand. Es könnte ein kleiner Hammer gewesen sein. Dieser Schlag war nicht tödlich, hätte jedoch im Krankheitsverlauf tödlich sein können. Durch den Schlag hat Jens van Vaal zumindest sein Gleichgewicht verloren und ist nach vorne gekippt und hingefallen.«

»Das entspricht der Lage des Toten. Er lag auf dem Bauch mit dem Kopf auf der rechten Seite«, erklärte Jörg.

»Die Tötung erfolgte durch Einstiche in den Hals, höchstwahrscheinlich mit einem beidseitig schneidenden, etwa acht Zentimeter langen Messer. Zu erkennen sind deutlich vier Einstiche unterhalb des Ohrs. Gestochen wurde von oben nach unten. Durchtrennt wurde die Karotis, die linke Halsschlagader, was zum schnellen Verbluten und zum Tod führte.«

Der Weg war voller Blut gewesen. Frau Breuer hatte sich gar nicht beruhigen können. Sie konnte überhaupt kein Blut sehen. Wieso dachte sie daran? War das wichtig für den Fall?

»Erstaunlich ist«, fuhr der Rechtsmediziner fort, »der Schlag auf den Kopf. Auch er wurde von oben ausgeführt. Sie sehen, Jens van Vaal ist mit 1,79 Meter ein Mann von durchschnittlicher Größe. Die durchschnittliche Größe eines Mannes in Deutschland beträgt 178,9 Zentimeter. Um einen Schlag von oben auszuüben, muss die Person größer gewesen sein, was wahrscheinlich eine Frau als Täterin ausschließt. Oder aber, die Person hat sich extrem langsam, beispielsweise auf einem E-Roller, von hinten genähert. Jens van Vaal trug Kopfhörer, bemerkte also nichts. So wäre es möglich, dass diese Person mit einem Hammer mit einem langen Stiel mit Wucht von oben auf den Kopf schlagen konnte. Wobei es, wie gesagt, wahrscheinlich nicht darum ging, Jens van Vaal zu töten, sondern außer Gefecht zu setzen. Um diesen Schlag auszuführen, muss die Person Armfreiheit gehabt, also bequeme Kleidung, möglicherweise einen Jogginganzug, getragen haben, was nicht auffällt.«

»Der Mord ereignete sich nur ein kurzes Stück entfernt vom Seiteneingang des Friedhofs, sodass die tötende Person den Hammer und das Messer, wie Sie annehmen, bis dahin verborgen halten konnte«, schlussfolgerte Jörg.

»Mord, Sie sprechen von Mord. Ich sehe viele Tote. Es gibt häufig häusliche Gewalt oder tödlich verlaufende Unfälle aufgrund von Streitereien, Eifersuchtsdramen, wo jemand im Affekt erwürgt wird. Dies hier aber war ein geplanter Mord. Es sind, was ungewöhnlich ist, zwei Tatwaffen eingesetzt und gezielt angewendet worden. Die Mörderin oder der Mörder wollte Jens van Vaal unbedingt töten.«

Da – nur ein paar Straßen vom Klinikum Mitte entfernt, ist Rolf mit meiner Socke beim Tierarzt, dachte Lone, als sie zum Auto gingen. Sind sie schon dran oder sind sie noch im Wartezimmer?

»Zum Polizeipräsidium«, sprach sie laut seufzend und schnallte sich an.

»Wohin denn sonst?«

»Ach nichts. Ich dachte nur an meine Socke. Hoffentlich wird sie wieder gesund. Heute Morgen, als ich aus der Wohnung ging, hat sie wieder nicht getrunken.«

»Dieser Verkehr in der *Bismarckstraße*. Vom Stau habe ich immer noch genug. Dazu dieser süßliche Leichengeruch in der Nase und im Mund. Ich kann mich einfach nicht daran gewöhnen.«

»Willst du ein Kaugummi? Das bessert den Geschmack auf.«

»Wenn du eins hast.«

»Was den Leichengeruch anbelangt, kann ich dir eine makabre Geschichte erzählen.«

»Na dann.«

»Im Mittelalter war man nicht zimperlich. Also Balduin, ein französischer Adeliger, der König von Jerusalem geworden war und viele Feinde hatte, musste fürchten, ermordet zu werden. Die Gefahr war groß, und so griff er zum sichersten Mittel, nämlich für tot gehalten zu werden. Er legte sich in einen Sarg und ließ dazu verwesendes Fleisch und Fisch geben. Der Sarg war nur ein bisschen geöffnet, damit er Luft bekam und man den Gestank roch. Darin verweilte er mehrere Tage.«

»Soll das nun 'ne Moralpredigt sein?«

»Eigentlich nicht. Ich fürchte mich nur so sehr vor dem Tod. Nicht dem eigenen. Aber du weißt schon. Erst Tom und nun vielleicht Socke …«

Was sollte er dazu sagen? Schweigen war wohl das Beste.

»Wir sind da«, stellte Jörg fest und fuhr auf den Innenhof des Polizeipräsidiums.

»Spring du schon mal rauf. Ich rufe schnell Rolf an. Ich komme wirklich gleich nach.«

»Rolf, wie steht es?«

…

Als sie kurz darauf ins Dienstzimmer kam, fragte Jörg: »Na, was ist? Wie geht es deiner Socke?« Er sah Lone mitfühlend an.

»Sie hat ein Abszess im Mund. Das ist sehr schmerzhaft. Darum hat sie nicht gegessen und getrunken. Jetzt hat sie ein Antibiotikum bekommen und eine Infusion, damit sie nicht verdurstet. Wollen hoffen, dass es ihr heute Abend besser geht.«

»Du siehst ganz bekümmert aus.«

»Kommen wir zur Arbeit. Was hat die Spurensuche herausgefunden?«

»Wie ich erwartet habe – nichts«, antwortete er. »Vielleicht ergibt sich noch ein Hinweis. Das erscheint mir jedoch unwahrscheinlich. Wer eine Tat oder, sagen wir, einen Mord so genau plant und durchführt, der hat sich im Voraus Gedanken gemacht, wie er seine Spuren verwischt beziehungsweise keine Spuren hinterlässt.«

»Das sehe ich auch so. Ich habe mir überlegt, was die Person mit dem Hammer, wenn es einer war, und mit dem Messer gemacht hat. Die Täterin oder der Täter hat die Tatwaffen im Rucksack verstaut. Es gibt diese Rucksäcke aus feinem Material, nur ein Hauch. Wenn man die in der Farbe der Sportkleidung trägt, von der ja wegen der Armfreiheit auszugehen ist, dann fällt so ein Rucksack gar nicht auf. Tom und ich hatten im vorletzten Sommer so einen Rucksack für unsere Norwegentour. Wir haben alles darin mitgeschleppt, unser Zelt, unsere Schlafunterlage, unseren Schlafsack. Wir sind drei Wochen gewandert und haben kein einziges Mal in einem Haus oder einer Hütte übernachtet. Jedes einzelne Teil habe ich vorher gewogen, um sicherzugehen, dass es nicht zu schwer ist. Natürlich waren unsere Rucksäcke größer. Aber leicht und unauffällig.«

»Das könnte sein«, überlegte Jörg. »Es gibt auch eine simple Möglichkeit, die Sachen loszuwerden. Die Person packt den Rucksack in einen schwarzen Müllsack und lässt die Tatutensilien mit der nächsten Müllabfuhr für immer verschwinden.«

»Kaltblütig scheint mir das zu sein. Auch brutal.«

»Wegen der vier Stiche im Hals?«

»Ja, das scheint brutal«, antwortete sie zögernd. »Aber vielleicht auch nicht. Vielleicht wollte diese Person nur eines, dass Jens van Vaal tot ist.«

»Was verstehst du unter tot sein?«

»Ich verstehe darunter, nicht mehr handlungsfähig zu sein oder nicht mehr zu existieren. Aus der Sicht der mordenden Person, nicht mehr da zu sein. Aus den Augen – aus dem Sinn.«

»Das hieße«, folgerte Jörg, »die Täterin oder der Täter wollte Jens van Vaal daran hindern, etwas zu tun, was dieser Person schaden könnte. Oder die Täterin oder der Täter wollte, dass er nicht mehr existiert, also durch seine bloße Existenz der tötenden Person wehtut.«

»Ja, so habe ich das gemeint. Das wären zumindest Kriterien, die wir berücksichtigen könnten.«

»Schauen wir uns einmal an, wer Jens van Vaal war, jedenfalls soweit man es einem kurzen Ausschnitt entnehmen kann. Herr Breuer erzählte ja, es habe ein Interview mit Jens van Vaal bei buten un binnen gegeben, das ihn allerdings gelangweilt habe. In der Zwischenzeit, wo du noch unten warst, habe ich mich darum gekümmert. Hören wir mal rein.«

»Guten Abend, Herr Professor van Vaal. Wir freuen uns, dass Sie heute unser Gast sind. Es ist uns eine besondere Ehre.«

»Guten Abend, Herr Brunner. Die Freude ist ganz meinerseits.« Breites Lächeln.

Der sieht ziemlich gut aus, edel, dachte Lone. Männlich und dabei mit einem Hauch von Melancholie. Darauf fällt man als Frau leicht rein.

»Herr Professor van Vaal …«

»Sie können ruhig Herr van Vaal zu mir sagen.«

»Herr van Vaal. Sie haben erst seit Kurzem den Lehrstuhl für Philosophie an der Universität Bremen inne. Seit drei Wochen, wenn ich richtig recherchiert habe.«

»So ist es.«

»Ihre Antrittsrede haben Sie über das Thema ›Platons Ideenlehre im Spiegel der Renaissance des 12. Jahrhunderts‹

gehalten. Mögen Sie unseren Zuschauern dazu ein paar Worte sagen?«

»Liebend gern. Nur die Thematik ist äußerst komplex, und so würde auch eine kurze Einführung die Sendezeit sprengen.«

»Selbstverständlich. Doch noch eine Frage zuvor, bevor wir zu Ihrem Bestseller kommen. Sind Sie glücklich?«

»Wie bitte?«

»Nun, die Philosophie ist unter anderem auch die Wissenschaft vom Glücklichsein. Und da Sie Philosoph sind, sind Sie folglich auch glücklich.«

Van Vaal lacht. Dann wird er ernst.

Der spielt nur, der empfindet gar nichts, fand Lone.

»Wer ist denn glücklich?«, fragte van Vaal zurück. »So Goethe in ›Torquato Tasso‹. Nun, die Antwort lautet wohl: niemand.«

»Genau mit dieser Frage beginnt Ihr Buch ›Mut zur Zukunft‹.«

Karsten hält das Buch in die Kamera, die an das Buchcover zoomt und es in den Fokus stellt.

»Und Sie zeigen auf, dass es einen Weg zum Glücklichsein oder zumindest zum glücklicheren Leben gibt. Darin liegt wohl auch der immense Erfolg Ihres Werkes. Ein Bestseller ohne gleichen. Ihre Lesung in zwei Wochen im Goethetheater ist jetzt schon und seit Tagen bis auf den letzten Platz ausverkauft, wie ich hörte.«

»Wurde gestern Abend bei buten un binnen gesendet. Natürlich Ausschnitte. Meine Frau hat es gesehen. Da war Jens van Vaal schon tot.«

»Grauslich.«

»Ohne zu viel zu verraten. Mögen Sie unseren Zuschauern erzählen, worum es in Ihrem Buch ›Mut zur Zukunft‹ geht?«

»Wenn wir ehrlich mit uns sind, so müssen wir zugeben, dass die Zukunft, dass unsere Zukunft vollkommen verborgen ist. Die Zukunft ist wie eine schwarze Wand, die wir nicht

durchdringen können. Schon was in der nächsten Minute, was in der nächsten Sekunde passiert, können wir nicht voraussagen. Das macht natürlich Angst und bereitet Sorge. Darum verbringen wir unser Leben mit dem Versuch, die Zukunft in den Griff zu bekommen. Wir gehen zur Schule, wir lernen, wir machen eine Ausbildung, zumindest erlernen wir einen Beruf, ergreifen einen Job, schließen Versicherungen ab, planen im Voraus den nächsten Urlaub, heiraten vielleicht oder gehen sonst irgendwelche Bindungen ein. Das alles nicht für den Augenblick, sondern für die Gestaltung der Zukunft, die wir, wie gesagt, trotzdem nicht kennen, nicht kennen können. Selbstverständlich möchte ich nicht in Abrede stellen, dass es notwendig ist, mit unserer Vorsorge, also Schule, Ausbildung, Studium oder Sonstiges, für die Zukunft für unseren Lebensunterhalt zu sorgen. Und wenn ich Frühbucher bin, dann ist der Urlaub preiswerter, zumindest meistens.«

»Entschuldigen Sie, wenn ich Sie unterbreche. Aber mir geht es tatsächlich so, dass ich im Grunde ständig planen muss. Ja, so sehr, dass man aus Sorge vor der Zukunft den Tag vergisst.«

»Eben. Nun gibt es zahlreiche Bücher, die dazu auffordern, jetzt und heute zu leben. Das klappt aber nicht. Gerade die Unzahl der Bücher zeigt, dass es nicht gelingt.«

»Da bringen Sie etwas Neues.«

»Nun ja, nach dem Buch Kohelet – Altes Testament *hat es unter der Sonne noch niemals etwas gegeben, was vollkommen neu wäre. Trotzdem, in Anbetracht der Not – und die unglaubliche Nachfrage zeugt von dieser Not – bietet mein Buch doch etwas Neues.*

Es ist die innere Haltung zur Zukunft. Statt Angst und Sorge – Neugierde und Offenheit. Ja, Offenheit sogar für negative Erlebnisse. Wenn ich einen Fehlschlag als punktuelle Erfahrung begreife, dann hadere ich nicht so sehr mit mir, dann verzweifele ich nicht, dann verabsolutiere ich mein Unglück nicht beziehungsweise die Begebenheit, das Versagen, was mir so zusetzt. Dann denke ich, gut, das war nun nicht ganz so toll, salopp gesprochen, aber schauen wir doch einmal, was sich machen lässt, was von außen kommt, denn das Leben, banal ausgedrückt, geht weiter. Es funktioniert umso besser, desto freier, zuversichtlicher und vor allem auch gnädiger wir mit uns und miteinander sind.«

»Das schließt ein, dass wir auch der Vergangenheit gegenüber offen sind, wenn ich Sie richtig verstanden habe.«

»Selbstverständlich.«

»Herr van Vaal. Ich denke da an etwas ganz Bestimmtes. Ich habe gehört, dass Sie ein Gruselhaus, wie der WESER-KURIER es nennt, kaufen wollen.«

»Das Gerücht ist richtig. Ich beabsichtige ein Haus zu kaufen, ich möchte an dieser Stelle noch nicht bekannt geben, wo genau es sich befindet. Nur so viel, das Haus steht seit über fünfundvierzig Jahren leer, genauer, der Eigentümer kann nicht ausfindig gemacht werden. Das Haus ist nicht nur deswegen ein Gruselhaus, weil es allmählich verfällt, weil im Garten noch das Kinderspielzeug liegt, die Hollywoodschaukel allmählich vergammelt und die Gartenmöbel draußen stehen, als wollte man sich zu Eis und Kuchen zusammensetzen, das Haus ist ein Geisterhaus, weil dort Menschen getötet wurden! Für die Kinder in der Nachbarschaft ist es seitdem eine Mutprobe, das Grundstück zu betreten, geschweige denn durch ein Fenster, das offensteht, in das Haus zu klettern.«

»Und Sie wollen da einziehen?«

Van Vaal lacht wieder.

»Das nun nicht. Ich werde es abreißen lassen und ein modernes, nach neuesten energetischen Erkenntnissen bauen und dort auch selbst einziehen.«

»Das bedeutet, Sie lassen sich von der grauslichen Vergangenheit des Hauses nicht abschrecken?«

»Sie sagen es. Genau das meine ich mit Mut zur Zukunft, dass auch die Vergangenheit einen nicht einholt und wir Lust

und Freude zur Zukunft haben, was immer sie bringen mag.«

»Herr van Vaal. Ich danke Ihnen für dieses Gespräch. Und für alle Zuschauer, die gerne ins Goethetheater zur Lesung gekommen wären, aber keine Karte mehr bekommen haben, es gibt kurz vor Weihnachten noch eine weitere Lesung. Das wurde mir gerade heute von der Leitung des Goethetheaters mitgeteilt.«

Wieder ein breites Lächeln.

»Na, was sagst du, Lone?«

»Ob ich das mit der Zukunft so hinkriege, weiß ich nicht. Ich muss gleich Rolf anrufen, ob Socke getrunken hat. Was jedoch soll es bedeuten, er will da selbst einziehen? Er hat doch diese feudale Villa am Riensberger Friedhof. Und will er dort mit oder ohne Frau Dr. Irene van Vaal leben?«

»Sie hat jedenfalls nichts davon gesagt«, stellte Jörg fest. »Warum sie dies verschwiegen hat oder einfach für unwichtig hielt, da können wir im Moment nur spekulieren. Indirekt verdächtigt hat sie Harald Norris, den Professor ohne Professur und Konkurrenten Jens van Vaals. Vielleicht wollte sie von sich abzulenken, möglich ist es auch, dass sie ihn potentiell für den Täter hält.«

»Jedenfalls sollten wir herausbekommen, wo dieses Haus liegt. Ich habe das Gefühl, es hat viel mit unserem Fall zu tun«, bemerkte Lone.

»Sieh mal, eine Nachricht von der Spurensicherung. Auf dem Buch *Farm der Tiere* sind deutlich die Fingerabdrücke von Harald Norris zu erkennen.«

»Fahren wir also erst einmal zur Uni und statten ihm einen Besuch ab.«

Schweigen im Auto. Doch kein unangenehmes Schweigen, wie Lone fand. Jörg konzentrierte sich einfach auf den Verkehr in der *Kurfürstenallee*, schien an nichts anderes zu denken. Nicht an den Fall und schon gar nicht an die Vergangenheit. Es gab für ihn ja auch nichts, was ihn zum Grübeln bewegen könnte. Bremen war für ihn eine Stadt ohne persönliche Erinnerung. Für ihn war die Fußgängerampel beim Jobcenter einfach nur rot, für sie war diese ein erdrückendes Bild: Tom auf dem Motorrad, sie hinter ihm, die Arme um ihn geschlungen. Wie oft hatten sie an dieser Ampel gehalten, fast immer, wenn er sie vom Polizeipräsidium abgeholt hatte. Meist hatten sie sich auf irgendetwas gefreut, hatten tanzen, ins Kino oder Theater gehen wollen, irgendwo gut essen.

Nimm dich zusammen, häng nicht deinen Erinnerungen nach, jammere nicht um Vergangenes.

Leicht gesagt – aber schwer getan.

»Jetzt ist aber Schluss.«

»Was sagst du?«, fragte Jörg.

»Sorry.«

Wieder Schweigen – und wieder Bilder. Der Kreisel und dann entlang am Bürgerpark. Spaziergänge ohne Ende. Der erste Kuss. Eis essen am Emmasee. Später, als sie ein bisschen Geld hatten, ein Abendessen auf der Veranda der Meierei mit Blick auf Wiesen, Bäume, das Parkhotel bis hin zum Dom. Oder an lauen Sommerabenden draußen vor der Waldbühne oder im Winter der Blick durch die hohen Fensterkreuze auf den schneebedeckten Park.

»Google mal, wo der Fachbereich Philosophie ist. In GW2 oder woanders?«

»Philosophie ist Fachbereich 9, Kulturwissenschaft. In der *Enrique-Schmidt-Straße*.«

»Dann parken wir am besten auf dem großen Uniparkplatz.«

»Ich habe auch einen Euro für den Parkschein.«

»Lone! So arm bin ich auch nicht.«

»Tschuldigung.«

»Aber ich glaube, ich habe gar kein Bargeld dabei.«

»Jetzt muss ich aber doch lachen. Du bist mir einer.«

»Ist ziemlich viel los auf diesem Parkplatz. Kaum eine Parklücke.«

»Ist ja auch Mensazeit.«

»Du kennst dich aus.«

»Ja, Tom hat hier studiert und hatte dann eine Assistenstelle.« Schon wieder Tom. »Allerdings drüben bei den Naturwissenschaften.«

»Es fängt schon wieder an zu regnen. Bremer Wetter.«

»Du tust, als würde in deinem Passau immer die Sonne scheinen.«

»Nee, schließlich komme ich ursprünglich aus Norddeutschland.«

»Siehste.«

»Wir müssen zur vierten Ebene. Gehen wir die Treppe rauf. Erst kommen die Ethnologen, dann am Ende des Ganges die Philosophen.«

»Hier ist kein Mensch zu sehen. Nicht mal das Sekretariat ist besetzt. Grabesstille.«

»Ach was, Lone.«

Sie stoppte abrupt. »Schau mal an der Wand, Jörg. Abbildungen von Philosophen von der Antike bis heute. Bis auf Hannah Arendt sind es nur Männer: Sokrates neben Aristoteles. Warum haben sie wohl Platon ausgelassen? Marx, aber nicht Hegel. Na ja, Heidegger fehlt, aber der war ja auch ein Nazi. Und Hannah Arendt neben Heidegger – das wäre ein bisschen pikant. Sie hat ihn wohl sehr geliebt, bis er politisch umgekippt ist. Aber mir fehlen die Philosophinnen. Hypatia von Alexandria. Die mag ich. Sie hat um 400 gelebt, war Philosophin, Mathematikerin und Astronomin und hat öffentlich gelehrt. Vom Mob ist sie in eine Kirche verschleppt und getötet worden. Ihr Leichnam wurde zerstückelt. Eine Märtyrerin für die Philosophie.«

»Lone, wir sind hier, um einen Mordfall aufzuklären.«

»Vielleicht gehört genau das dazu.«

»Hier ist eine Übersichtstafel über die Veranstaltungen. Harald Norris hatte um acht Uhr ein Seminar. Jens van Vaal hätte heute von sechzehn bis achtzehn Uhr eine Vorlesung gehalten.«

»Klopfen wir mal an die Tür von Harald Norris«, bestimmte sie und pochte kurz darauf laut und unüberhörbar.

»Wie erwartet. Niemand da«, meinte Jörg bedauernd.

»Vielleicht ist er zu Hause. Möglicherweise weiß er von dem Mord noch nichts, wenn er zu nachtschlafender Zeit sein Seminar abhält. Wird wahrscheinlich sehr wenig Studenten haben. Hoffen wir mal, dass wir Norris zu Hause überraschen.«

»Hier muss es sein«, meinte Lone und schaute an der Fassade eines gepflegten Fachwerkhauses hoch.

Auf Jörgs Gesicht stahl sich ein Lächeln. Er fasste Lone am Arm. »Warte noch einen winzigen Augenblick, bevor wir wieder an Mord denken. Dieses Häuschen erinnert mich an einen Ausflug. Wir sind mit den Kindern in den Schnoor gegangen. Es war ein schöner warmer Herbsttag, etwas windig wohl, daher waren kaum Touristen unterwegs. Wir aber waren nun Bremer und entzückt von den alten schmalen Häusern mit den spitz zulaufenden Giebeln, den kleinen Läden mit Butzenscheiben und den Cafés. Den Tag haben wir über unsere Verhältnisse gelebt, jedes Kind bekam eine bunt gestrickte Mütze, Schal und Handschuhe, Inge kaufte sich ein weites rotes Kleid, es war kurz vor der Geburt unserer Zwillinge. Na ja, das alles war ein bisschen teuer, besonders weil wir noch essen gegangen sind, Fisch selbstverständlich, die Kinder natürlich Pommes.«

»Was hast du denn bekommen?«

»Ich? Väter bekommen nie was. Doch, zum Schluss noch ein Eis. Alle wollten eins«, lachte er. Lone musste ebenfalls grinsen.

»Du, wir stehen schon 'ne Weile vor dem Haus. Ich klingele mal«, bestimmte sie und wurde wieder ernster.

»Hallo. Wer ist da?«

»Lone Peterson und Jörg Schmitz. Kriminalpolizei.«

»Kommen Sie bitte hinauf«, ertönte Norris' Stimme und im selben Augenblick auch der Türsummer.

Edel, dachte Lone. Eine Wendeltreppe führt ins Obergeschoss. Und im Türrahmen empfängt sie Harald Norris wie ein Schlossherr. Den hatte sie sich anders vorgestellt: untersetzt, gedrungen mit einem breiten Gesicht. Der Norris vor ihnen war jedoch groß und schlank mit einer goldenen Brille. Ein Intellektueller durch und durch. Wie man sich so irren kann. Hört einen Namen, erfährt, dass jemand eine Stelle nicht bekommen hat, irgendwie verdrießlich ist, und schon ist man von seiner Vorstellung von einem unsympathischen Kauz überzeugt.

»Bitte hier hinein.«

Es riecht gut, ging es Lone durch den Sinn. Es riecht nach Holz, wohl von den Balken an der Decke, und nach alten Büchern, die säuberlich die Regale an den Wänden füllen.

»Bitte nehmen Sie Platz«, forderte Norris sie auf und wies auf dunkelbraune Ledersessel.

»Ich habe Sie schon erwartet. Frau Schönbohm, die Sekretärin, hat die Kolleginnen und Kollegen des Fachbereichs informiert, dass Jens van Vaal gestern Abend getötet worden sei. Da dachte ich mir schon, ich gehöre wohl zu den Verdächtigen. Also haben Sie mich nicht überrascht, falls das Ihre Absicht war.«

»Nun lassen Sie uns langsam und bedächtig vorgehen«, begann Jörg mit ruhiger Stimme, bemüht die jetzt schon angespannte Stimmung etwas zu beschwichtigen.

»Wenn Sie mit der Frage beginnen wollen, ob ich ein Alibi habe, so kann ich das leider nur verneinen. Ich weiß nichts über die Tat, denn Frau Schönbohm ist eine Dame und diskret, sie hat keinerlei Einzelheiten mitgeteilt, sofern sie diese weiß. Aber ich vermute, die Tat oder der Mord hat sich nach siebzehn Uhr zugetragen. Nun, seitdem war ich zu Hause, habe mir erst einen Tee gemacht, Zeitung gelesen, ein leichtes Abendbrot zu mir genommen, und dann habe ich bis ungefähr dreiundzwanzig Uhr Seminararbeiten korrigiert«, er wies mit dem Finger auf eine verschlossene Holztür, »dort drüben, in meinem Arbeitszimmer. Wenn Sie sich das anschauen wollen.«

»Gerne«, erwiderte Lone und warf einen Blick in den hellen Raum.

Zweckmäßig, urteilte sie für sich, ein weißer Designerschreibtisch, darauf ein großer Monitor mit Tastatur, ein feinsäuberlicher Stapel mit Arbeiten, daneben ein Mont-Blanc-Füller.

»Warum meinen Sie, dass wir Sie verdächtigen?«, erkundigte sich Lone, während sie sich wieder in ihren Sessel setzte, sich vorbeugte und Norris beinahe herausfordernd ansah.

»Das ist nicht allzu schwer zu erraten. Ich gehe davon aus, dass Sie gestern Abend Frau Dr. van Vaal die Nachricht vom Tod beziehungsweise der Tötung ihres Mannes überbracht haben, sie wahrscheinlich auch vorsichtig verhört haben, und dass Ihnen deswegen Differenzen zwischen Jens van Vaal und mir nicht unbekannt sind.«

»Frau Dr. van Vaal teilte uns mit, dass Sie und Herr van Vaal Konkurrenten waren, da sie sich beide um den einzigen Lehrstuhl beworben haben, den schließlich Herr van Vaal erhielt.«

»Das ist richtig. Es trifft auch zu, dass mich die Entscheidung hart getroffen hat. Sie hören es an meiner Stimme, gelassen hinnehmen kann ich es immer noch nicht.«

»Hat es Sie denn so sehr verwundert?«

»Ja und nein. Wenn ich van Vaal über seine Habilitation, also noch während des Schreibprozesses, reden hörte, dann erschienen mir seine Überlegungen eher wirr und oberflächlich. Er war auch nur ein mittelmäßiger Grieche, will meinen, er beherrschte die Sprache, sagen wir, leidlich. Doch als ich dann seine Arbeit las und auch seiner Antrittsrede zuhörte, musste ich zugeben, seine Arbeit ist fantastisch.«

»Über welches Thema hat van Vaal seine Habilitationsarbeit geschrieben?«, fragte Jörg.

»Über den inneren Zusammenhang zwischen der Sprache des Aristoteles und seiner Philosophie. Es handelt sich um eine sprachphilosophische Arbeit, in der van Vaal das Bedeutungsspektrum der von Aristoteles verwendeten Wörter ausleuchtet, die Syntax, also die Satzstrukturen, analysiert und zum Beispiel nachweist, wie nur geringfügige Umstellungen und Abweichungen zu einer Sinnverschiebung führen. Hervorragend, spannend, das kann ich nicht leugnen.«

»Worüber haben Sie Ihre Habilitationsschrift verfasst?«

»Tja, Frau Kommissarin, über einen genialen, aber verkannten Philosophen, nämlich über die Rezeption beziehungsweise Nicht-Rezeption von Abaelard. Abaelard war der Philosoph zu Beginn des 12. Jahrhunderts. Er ist der Begründer der modernen Wissenschaft, die vom Zweifel ausgeht. Nur durch Zweifel kommen wir zum Hinterfragen und durch Hinterfragen zur Wahrheit, die wiederum durch Zweifel infrage gestellt wird. Das ist übrigens Ihr Metier«, bemerkte er schmunzelnd. »Der Zweifel als Ausgangspunkt der neuzeitlichen Wissenschaft wird jedoch Descartes zugeschrieben. Und so kann man noch vieles mehr anführen, was von Abaelard zuerst gedacht worden ist. So den Dialog zwischen den Religionen, der erst 600 Jahre später den Ruhm Lessings begründete, oder die Vernunft als tragendes Element der Philosophie wie bei Kant. Kant allerdings hat Abaelard, so wie ich nachgewiesen habe, geflissentlich ignoriert.«

»Wenn ich dies richtig interpretiere«, fasste Jörg das Gehörte zusammen, »ist Abaelard Ähnliches widerfahren wie Ihnen jetzt. Eine fehlende Würdigung.«

»So kann man es sehen.«

»Nun ja, so etwas ist uns allen irgendwie schon passiert«, bemerkte Lone leichthin. »Ich würde gerne auf etwas anderes zu sprechen kommen. Frau Dr. van Vaal teilte uns mit, dass ihr Gatte vor einiger Zeit Orwells Buch *Farm der Tiere* anonym zugesandt bekommen hat. Die Spurensicherung hat Ihre Fingerabdrücke zweifelsfrei auf dem Buch nachweisen können. Waren Sie der Absender?«

»Ach Frau Kommissarin Peterson. Mit dieser Frage habe ich ebenso gerechnet.«

»Ich habe mich nicht als Kommissarin vorgestellt.«

»Ich liege doch richtig, oder? Sehen Sie, Sie nicken.«

Will er ablenken? Zeit gewinnen?

»Meine Fingerabdrücke sind auf dem Buch, weil Jens van Vaal es mir persönlich in die Hand gedrückt hat. Wütend ist er bei mir aufgetaucht, weil er der festen Überzeugung war, ich hätte die Unverschämtheit und Bosheit besessen, ihm das Buch zuzusenden, um ihm zu unterstellen, er sei ein schamloser Verräter.«

»Verräter – wieso? Was soll van Vaal verraten haben?«

»Unsere philosophischen Werte: Kalos Kalathos. Das Schöne und das Gute.«

»Inwiefern hätte er diese Werte verraten? Können Sie das konkretisieren?«

»Ja, Frau Peterson. Verzeihung, ich wollte nicht unhöflich sein. Also die Situation ist für mich etwas prekär. Um auf Ihre Frage zurückzukommen. Van Vaal geht beziehungsweise ging es nicht um das Gute, sondern, grob gesagt, ums Geld. Von ihm kommt der Vorschlag, ein Spielcasino zwischen den reichen Vierteln Oberneuland und Borgfeld zu errichten, und zwar genau in der Mitte bei der Brücke, die nach Fischerhude führt. Anders ausgedrückt, in direkter Nähe zu einem Landschaftsschutzgebiet und zu einem Wildschutzgebiet. In dieses Projekt werden bereits Gelder investiert und Jens van Vaal hat dabei schon kräftig abkassiert, um es einmal grob auszudrücken. Er braucht das Geld für seinen Traum, nämlich ein herrenloses Haus in bester Lage zu kaufen, in der Nähe des Rhododendron-Parks. Allein das Grundstück ist mindestens eine Million wert. Das Vorhaben übersteigt sichtlich die finanziellen Möglichkeiten eines Professors.«

»Haben Sie van Vaal nun das Buch zugeschickt?«, insistierte Jörg.

»Nein, das habe ich nicht. Ich finde die Idee allerdings geradezu genial und bedaure, dass nicht ich es war, der darauf gekommen ist, ihm in dieser Form die Wahrheit zu sagen.«

»Das ist Ihr Ernst?«, fragte Lone kopfschüttelnd.

»Ein kleiner Scherz.«

»Haben Sie eine Vorstellung, wer van Vaal das Buch zugesandt haben könnte?«

»Leider kann ich Ihnen damit nicht dienen. Die Person ist für mich ebenfalls vollkommen unbekannt. Höchstens – vielleicht seine werte Gattin. Nun, dann beschuldigen wir uns gegenseitig. Das ist für Sie wahrscheinlich nicht sonderlich hilfreich. Aber Verzeihung, ich habe noch nie die Mordkommission in meiner Wohnung gehabt, ich muss mich erst daran gewöhnen. Ich lebe sehr zurückgezogen mit meinen Büchern.«

»Dann möchten wir Sie nicht weiter belästigen«, erklärte Jörg ruhig und erhob sich, mit ihm Lone.

»Puh, ist der blasiert und eingebildet. Oder er ist einfach nur unsicher und will das überspielen«, stellte Lone fest, als sie über glitschiges Kopfsteinpflaster zum Auto gingen.

»Die Reinmachefrau von Frau van Vaal wird da wohl etwas bodenständiger sein. Wir sollten Frau Kosanke heute noch aufsuchen.«

»Jo.« Lone starrte auf ihren Schoß.

»Woran denkst du denn gerade?«, fragte Jörg mit einem mitleidigen Blick zu ihr herüber.

»An meine Socke. Wenn wir noch heute Abend nach Gröpelingen fahren, komme ich erst spät nach Hause. Aber es geht wohl nicht anders.«

»Es ist angenehm, dass du fährst«, bemerkte Jörg und streckte die Beine aus, »da kann ich mir ganz genüsslich Bremen anschauen.«

»Nicht dein Ernst. Den *Breitenweg* kennst du zu Genüge.«

»Mich fasziniert immer wieder dieser hässliche Charme der leicht heruntergekommenen Fassaden. Und dann noch diese Hochbrücke, funktional, geradezu scheußlich.«

»Tu nicht so, als gäbe es in Passau keine Bausünden.«

»Doch, die gibt es. Die breite Uferstraße an der Altstadt entlang. Die Donau rächt sich. Du hast sicher die Bilder gesehen von der Überschwemmung in diesem Frühjahr. Die Altstadt stand hoch unter Wasser. Ein Jammer, die jahrhundertealten Häuser leiden darunter.«

»Du anscheinend mit. Warum bist du dann eigentlich nach Bremen gekommen, wenn dir Passau so gut gefällt?«

»Die Frage müsste anders lauten. Warum bin ich eigentlich von Flensburg nach Passau gezogen.«

»Na, und warum?«

»Der Liebe wegen.«

Das hätte ich nicht erwartet, dachte Lone erstaunt, während sie bei der Ampel beim Fernsehturm bremste. Jörg erscheint mir eher etwas nüchtern.

»Es ist lange her. Kurz nach meiner Ausbildung zum Kriminalkommissar gönnte ich mir eine Reise nach New York. War schon immer mein Traum, diese Stadt zu erleben. Im Flugzeug sah ich eine Frau, sie saß nicht neben mir, aber vor mir am Gang. Ich war hingerissen. Offenbar hat sie mich auch bemerkt. Bei der Passkontrolle standen wir hintereinander, kamen ins Gespräch, holten gemeinsam unser Gepäck ab, nahmen ein Taxi. Es stellte sich heraus, dass ich, durch welchen Zufall auch immer, ein Zimmer in einem Luxushotel bekommen hatte, genau genommen im zwanzigsten Stock mit Blick auf den Times Square und die riesige Werbefläche. Der Inbegriff von New York. Sie, also sie hieß Victoria … Lone, heirate nie eine Frau, die Victoria heißt. Na ja, du ja nicht. Besagte Victoria hat ihr eigenes Hotelzimmer praktisch nie gesehen. Wir sind kurz hingegangen, es war nett und sauber, aber eigentlich ein Loch. Und dann, New York kann ich dir sagen! Total verliebt, Central Park, Broadway *Phantom oft the Opera*, Freiheitsstatue, Shoppen, Little Italy. Wir kauften uns Ringe bei Tiffany.«

»Ehrlich?«

»Was glaubst du denn? Danach machten wir was ganz Verrücktes. Wir verlängerten unseren Urlaub um eine Woche, flogen nach Las Vegas und heirateten.«

»Nee doch, nach zwei Wochen?«

»Na ja, wir wollten zusammenbleiben. Sie kam aus Passau. Und Passau und Flensburg ist wohl die größtmögliche Entfernung in Deutschland. Zurück aus den Flitterwochen in New York und unserem super Hotel ging es zunächst noch gut. Victoria, sie wurde Vicki genannt, besuchte mich in Flensburg. Ich hatte eine hübsche Wohnung gemietet in Glücksburg, das liegt an der Förde bei Flensburg. Wir gingen in der Ostsee schwimmen, besichtigten das Glücksburger Wasserschloss, bummelten durch Flensburg. Ich stattete ihr auch in Passau einen Besuch ab, war von der Stadt begeistert. Passau ist 1662 niedergebrannt und als Barockstadt aufgebaut worden. Die Gassen sind noch wie im Mittelalter. Passau liegt auf einer Landzunge, und man kann am Straßenverlauf nichts ändern. Romantisch, sage ich dir. Dann stellte ich einen Versetzungsantrag – sie wollte aus Passau partout nicht weg – und zog bei ihr ein, wir waren ja verheiratet. Nach einem Tag, spätestens nach einer Woche wurde mir klar, der Zauber ist weg. Sie ist eine rechthaberische Xanthippe. Nach zwei Monaten haben wir uns scheiden lassen. Nur war ich jetzt nun mal in Passau bei der Kriminalpolizei. Obwohl ich nette Kollegen, auch interessante Fälle hatte, fühlte ich mich irgendwie entwurzelt. Bis ich Margit kennenlernte, beim Christkindlmarkt am Schneeballestand. Das ist eine süße Passauer Spezialität. Ein fester Plätzchenteig, zusammengebackt mit Schokolade oder Champagnercreme. So vergingen die Jahre, wir haben geheiratet, die Kinder wurden geboren. Eigentlich hätten wir ewig in Passau bleiben können, wenn nicht Margit Heimweh nach Bremen bekommen hätte und mir damit in den Ohren lag. Na, und dann wurde eine Stelle als Oberkriminalkommissar in Bremen ausgeschrieben, den Rest kennst du ja.«

»Dann ist doch alles zum Glück gut gegangen«, sagte sie und lächelte. »Wir sind schon bei der Eislaufhalle vorbei und schon fast in Gröpelingen.«

»Von Gröpelingen habe ich nur Schlechtes gehört. Ich hatte einen Freund gefragt, bevor wir nach Bremen zogen, und er hatte mir dringend abgeraten, in Gröpelingen ein Haus zu kaufen. Da türme sich der Unrat auf den Straßen, da wimmele es vor Ratten, die Kriminalität sei enorm hoch, das sei nichts für eine Familie, nichts für Kinder.«

»In der Zeitung liest man immer nur das Schlechte. Das verändert den Blickwinkel.«

Hilfe!, stöhnte sie innerlich, heute war eine Anzeige für Tierbestattung im WESER-KURIER.

»Das sieht ganz manierlich aus«, bemerkte Jörg. »Ich meine, die alten Häuser hier an der Hauptstraße sind modernisiert verschandelt, das ist nichts Besonderes. In den Seitenstraßen sind, wenn ich das so schnell überblicken kann bei der Dunkelheit, hübsche Häuser, beinahe kleine Villen. Müssen wohl um 1900 entstanden sein.«

»Schau mal, ich glaube, wir sind gleich da. Am Straßenbahndepot sind wir schon vorbei. Links ist die *Karl-Bröger-Straße*, die Spielhalle«, sagte Lone mehr zu sich als zu Jörg.

»Nettes Haus mit Vordergarten. Von wegen, hier kann man nicht wohnen.«

»Wir sind richtig«, stellte Lone fest. »Schau, das Krankenhaus, wir müssen jetzt gleich rechts abbiegen. Hoffentlich finden wir einen Parkplatz.«

»Nehmen wir den Parkplatz vom Krankenhaus. Das kleine Stück können wir zu Fuß gehen. Frische Luft tut gut, bevor wir Frau Erika Kosanke überraschen.«

»Klingel du mal, Lone.«

»Das dauert aber lange, was macht die denn nur?«

»Hallo«, tönte es aus der Sprechanlage.

»Guten Abend, Frau Kosanke. Hier ist die Kriminalpolizei, Frau Lone Peterson und Herr Jörg Schmitz.«

»Oh Gott, Helmut, die Polizei!«

Lone schüttelte den Kopf, nur nicht lachen.

»Kommen Sie bitte herauf. Erste Etage, rechte Tür.«

Hager und abgearbeitet, so hatte sie sich Frau Kosanke vorgestellt. Diesmal hatte sie richtig getippt.

»Tach, kommen Sie bitte herein.«

»Guten Abend. Sollen wir die Schuhe ausziehen?«, fragte Lone mit Blick auf den ordentlich sortierten Schuhschrank und die Flauschpantoffeln an Frau Kosankes Füßen.

»Nein, wo kämen wir denn da hin. Bitte kommen Sie ins Wohnzimmer. Hier hinein. Helmut, mach doch den Fernseher aus!«

»Guten Abend, wollte nur noch buten un binnen zu Ende sehen«, erklärte er und schob seinen Fernsehsessel an den Couchtisch.

»Nehmen Sie Platz in unserer bescheidenen Hütte, Herr?«

»Jörg Schmitz, Oberkommissar, und Kommissarin Lone Petersen. Sie wissen wahrscheinlich, warum wir hier sind.«

»Ja, ja, schrecklich«, nickte Frau Kosanke und unterdrückte die Tränen. »Herr Professor van Vaal ist ermordet worden. Ich bin vollkommen erschüttert, seit ich dies heute Morgen erfahren habe.«

»Sie sind also, wenn ich das richtig verstehe, heute Morgen wie gewohnt zu Ihrer Arbeit zu Frau Dr. van Vaal gefahren«, stellte Jörg ruhig fest.

»Natürlich, ich hatte ja keine Ahnung. Ich habe dann geklingelt. Ich klingele immer morgens, trotzdem ich einen Schlüssel habe. Ja. Frau van Vaal … äh … Frau Dr. van Vaal hat gleich in der Tür gesagt, dass ihr Mann getötet worden ist. Das war alles. Kein Wort mehr.«

»Wie hat sie es Ihnen gesagt? Ich meine, wie wirkte sie dabei?«, fragte Jörg.

»Eigentlich ganz normal. Geweint hat sie jedenfalls nicht.«

»Haben Sie sich darüber gewundert?«

»Ach Frau Kommissarin, so ist sie einfach. Jedenfalls hat mich Frau Dr. van Vaal gebeten, wie gewöhnlich meine Arbeit zu machen. Ich bin als Erstes in die Küche gegangen. Da stand noch das Abendbrot, sie hatte nicht mal den Aufschnitt in den Kühlschrank getan.«

»Wir haben auch den Abendbrottisch gesehen, es war, sagen wir mal, sehr sparsam. Ist das immer so?«, wollte Lone wissen.

»Mal so, mal so. Manchmal geht sie zum Wochenmarkt und kauft richtig gut ein und macht abends einen Salat und deckt festlich. Aber wenn sie arbeitet, was sie meistens tut, sie macht so griechisches Zeug, sieht es aus wie gestern.«

»Und dann, wie ging der Tag weiter?«

»Frau Dr. van Vaal ist kurz danach aus dem Haus gegangen und bis zum späten Nachmittag nicht wieder gekommen.«

»Wohin?«

»Weiß ich nicht. Aber ich kann Ihnen sagen, ich habe mich so gegruselt in dem großen Haus. Ich habe so eine Angst gehabt, dass der Mörder kommt.«

»Warum meinen Sie, dass die Tat von einem Mann verübt wurde?«, fragte Jörg.

»Meine ich gar nicht. Das sagt man so.«

»Haben Sie denn einen Verdacht oder nur ein Gefühl, wer den Mord verübt haben könnte?«

»Nein, Herr Kommissar, Herr …«

»Schmitz.«

»Was das Gefühl anbelangt. Das Haus steht ganz nahe beim Friedhof. Das finde ich schon gruselig. Ja, und dann ist Herr van Vaal jeden Abend so ungefähr um dieselbe Zeit um den Friedhof joggen gegangen. Das muss der Mörder, also ich sage mal der Mörder, genau beobachtet haben. Vielleicht sind sie einander sogar bisweilen begegnet. Wir haben eben die Stelle in bunten un binnen gesehen. Da sah man noch das Blut.«

»Jetzt übertreibst du. Der Regen hat alles weggewaschen«, mischte sich Herr Kosanke ein.

»Und Sie haben keine Vorstellung, wer den Mord verübt haben könnte?«, hakte Lone nach.

»Nein. Herr Professor van Vaal war ein herzensguter Mensch.«

»Das sagst du, Erika.«

»Nun fang nicht wieder damit an. Sie müssen wissen, Herr van Vaal hat mir zum Geburtstag einen Blumenstrauß geschenkt. So schön und so groß, wie ich noch nie einen bekommen habe. Teuer, sage ich Ihnen.«

»Den hat er bestimmt für jemanden anderes gekauft und aus irgendeinem Grund dir geschenkt.«

»Ich hatte Geburtstag. Und genau an meinem Geburtstag habe ich den Blumenstrauß von ihm persönlich überreicht bekommen. Sogar mit Karte.«

»Das war eine aus dem Supermarkt.«

»Hör doch endlich auf. Herr van Vaal hat sich immer respektvoll mir gegenüber verhalten. Er war höflich und zuvorkommend. Nie von oben herab wie diese Krankenkasse da.«

»Was meinen Sie damit?«, fragte Lone und beugte sich vor.

»Na, ich meine dieses Plakat an der Außenwand der Krankenkasse. Jeder, der vorbeigeht, kann es lesen: ›*Wie man sich für die Gesundheit der Menschen in Gröpelingen einsetzt?*‹. Das ist ein Skandal! Als wären wir hier in Gröpelingen Menschen minderer Klasse. Da geht dann so ein arroganter Fuzzi an dem Plakat vorbei. Was soll der wohl für unsere Gesundheit tun? Dafür ist das Krankenhaus zuständig. Wir haben hier in Gröpelingen ein sehr gutes Krankenhaus und gute Ärzte. Die sind für unsere Gesundheit zuständig. Basta, so ist es.«

»Was mich aufregt«, mischte sich Herr Kosanke ein und sah dabei Lone und Jörg durchdringend an. »Ich weiß ja nicht, wo Sie wohnen. Aber ich habe neulich einen Bildband gesehen über die Straßenbahn Linie 10, die führt von Gröpelingen nach Sebaldsbrück. Und da ist das Jahreseinkommen der Bewohner der Stadtteile aufgeführt, durch die die Straßenbahn fährt. Wir sind mit 20.000 Euro Jahreseinkommen mit die letzten. Hier wohnen überdurchschnittlich viele Menschen mit Migrationshintergrund, viele Jugendliche und Kinder. Im Viertel beträgt das Durchschnittseinkommen 58.000 Euro, also 38.000 Euro mehr. Und in Oberneuland ist es doppelt so viel wie im Viertel. Und da sollen die was für unsere Gesundheit tun? Lächerlich!«, rief er erbost.

Vom Husten geschüttelt, stand er auf.

»Mach bitte die Balkontür hinter dir zu«, rief ihm seine Frau nach.

»Er hat es mit der Lunge. Schlimm, sage ich Ihnen. Mein Mann war Bootslackierer, mit Leib und Seele möchte ich sagen. Man muss ja die Boote im Winter spachteln. Auch mit Mundschutz, die feinen Staubpartikel setzen sich dennoch auf die Lunge. Die Farbe ist auch letztlich krebsfördernd. Nun warten wir auf die Diagnose. Ja, ja, so ist es«, sprach sie und schaute traurig auf ihre abgearbeiteten Hände. »Berufskrankheit. Aber setzen Sie das mal durch.«

Schweigen. Lone blickte durch die Balkontür auf den kräftigen Mann, der von einem weiteren Hustenanfall gequält wurde. Endlich beruhigte er sich, kam wieder rein und setzte sich auf seinen Fernsehsessel.

»Herr Kosanke«, begann Jörg vorsichtig. »Es schien mir vorhin, dass Sie Herrn van Vaal etwas anders beurteilen als Sie, Frau Kosanke. Das darf ich doch fragen, ohne Ihnen zu nahe zu treten?«

»Fragen Sie nur«, grummelte er unwirsch. »Das ist richtig. Ich halte von Herrn van Vaal nichts. Warum? Er ist geizig. Sehen Sie, ich kann nicht mehr arbeiten. Ich war Bootslackierer und stolz, wenn so eine Jacht im Frühjahr in See stach. Es waren große Schiffe, feine Schiffe, das sag ich Ihnen. Nun bin ich krank, muss den ganzen Tag zu Hause sitzen. Na, auf den Balkon mag ich nicht gerne gehen. Dieser Blick auf die Garagen unter mir, das ist deprimierend, und es stinkt häufig, wenn ein Auto raus- oder reinfährt. Zugegeben, wir haben um das Haus herum und um ganz Gröpelingen einen Fuß- und Fahrradweg, Spielplätze, Bänke, viel Grün, aber man kann sich da nicht den ganzen Tag aufhalten. Es ist anstrengend, wenn man krank ist. Ich verbringe meine Zeit damit, dass ich Buddelschiffe mache. Das ist Feinarbeit. Man sitzt stundenlang. Da wird einem kalt. Da muss man heizen. Die

Heizkosten sind aber, wie Sie wissen, enorm gestiegen. Nun hat Erika Herrn van Vaal um eine Gehaltserhöhung gebeten. Ich meine, sie hat es verdient, macht jeden Tag das Haus picobello sauber. Ein bisschen Erbarmen mit uns kann man da schon haben. Lange Rede, kurzer Sinn, mickrige zehn Euro bekommt sie mehr. Dafür sollte sie sich noch bedanken. Hat sie natürlich. Eine Schande.«

»Nun hör mal auf, über Herrn van Vaal zu schimpfen. Der hat auch sein Päckchen zu tragen.«

»Was meinen Sie damit?«, fragte Lone in mitfühlendem Ton.

»Nun ja, die Ehe läuft nicht so gut. Ich meine, sie ist nicht schlecht, aber Frau Dr. van Vaal ist sehr kühl, reserviert, sagt man wohl dazu. Herr van Vaal ist das Gegenteil, offen, charmant, irgendwie weltmännisch. Sie ist hanseatisch, ja, das ist wohl der richtige Ausdruck. Man sagt, Gegensätze ziehen sich an. Das mag für die Anfangszeit schon stimmen, aber auf Dauer ist gleich und gleich wahrscheinlich besser.«

»Wenn man so verschieden ist wie Frau und Herr van Vaal, das macht die Ehe schwierig, Erika«, bemerkte Herr Kosanke und sah seine Frau scharf an.

Was genau meint er damit? Was soll sie erzählen?, überlegte Lone.

»Ja, ja, so ist es«, antwortete Frau Kosanke und schwieg betreten.

Aus der ist nichts mehr rauszukriegen, urteilte Lone. Jörgs Blick verriet ihr, dass er das ähnlich einschätzte.

»Frau Kosanke, vielleicht fällt Ihnen noch etwas ein, was Sie uns mitteilen möchten. Hier sind unsere Karten. Sie finden uns im Polizeipräsidium, oder Sie rufen uns einfach an.«

»Ja, Herr Oberkommissar«, sagte sie und schloss die Wohnungstür.

»Na, was meinst du?«, fragte er, als sie draußen durch den Park zum Auto gingen.

»Sie verschweigt was. Mal sehen, ob sie damit noch herausrückt.«

»So sehe ich das auch. Aber jetzt erst einmal nach Hause.«

»Miez, Miez, was machst du für Sachen?«, klagte Lone und setzte sich zu ihrem Kätzchen aufs Bett.

»Liegst hier den ganzen Tag auf Toms Seite, rührst dich nicht, isst nichts, trinkst nichts. Ach du, mein Samtpfötchen«, seufzte sie und strich Socke vom Kopf bis zum Schwanz sanft über das Fell. »Werd' nur bald wieder gesund.«

Nicht mal leise schnurren tut sie, wenn ich sie unterm Kinn kraule, sorgte sich Lone und stand vom Bett auf.

Jetzt ziehe ich mir erst mal was Bequemes an und mache mir einen Tee.

Vom Flur aus warf sie Socke einen traurigen Blick zu, zuckte machtlos mit den Achseln und knipste das Licht in der Küche an.

Bloß nicht zum Fressnapf schauen und schon gar nicht zum Wassernapf in der anderen Ecke. Andererseits, sie könnte es einmal mit fließendem Wasser versuchen. Das mochte Socke im Sommer immer so gerne.

»Miez, Miez, Miez, komm, es gibt frisches Wasser«, lockte sie und nahm Socke auf den Arm. »Magst du nicht? Schüttelst dich und läufst zurück zum Bett? Ach!«, seufzte Lone bekümmert.

Wo ist nur der Teefilter? Ich bin auch blind, direkt vor meinen Augen. Probiere ich mal den neuen weißen Tee aus. Pai Mu Tan klingt gut, duftet frisch würzig. Sie schnupperte zufrieden daran und goss Wasser auf die großen mattgrünen Blätter.

Ob die Täterin oder der Täter jetzt auch friedlich in der Küche steht und sich einen Tee aufsetzt, als wäre nichts geschehen, als hätte er oder sie nicht getötet? Nach dem Mord geht das Leben im gewohnten Gang weiter. Jedenfalls meistens.

Wie ging es jetzt wohl Frau Dr. van Vaal? Stand sie in diesem Moment in ihrer weißen Luxusküche mit vollautomatisch zu öffnenden Türen und spärlichem Abendbrot? Fühlte sie sich allein? Verlassen von ihrem Mann? Machte es ihr etwas aus, dass er niemals mehr die Haustür öffnen, seinen Mantel an den Bügel hängen und zu ihr in die Küche hineinschauen würde? War sie froh, gar erleichtert? Empfand sie Trauer oder Triumph?

Oder was ist mit Herrn Norris? Stand er gerade in seiner winzigen Küche mit Blick auf das spitze Dach des Nachbarhauses und machte sich seinen abendlichen Tee? Was trank er wohl? Rooibos?

Konnte er der Täter sein? Welches Motiv könnte er haben? Die Stelle als Prof? Die wurde nun neu ausgeschrieben, und es war keineswegs sicher, dass er sie bekommen würde. Für diese Ungewissheit einen Mord begehen? War eher unwahrscheinlich. Andererseits betrachtete er van Vaal als einen Verräter an der Philosophie. Das war deutlich zu merken, als er die Person geradezu lobte, die van Vaal anonym das Buch *Farm der Tiere* zugesandt hatte. Verrat an der Philosophie, weil van Vaal gegenüber einem Naturschutzgebiet ein Spielcasino angeregt und wohl dafür Geld kassiert hatte? Dann hatte Norris eine praktische Auffassung von Philosophie. Aber dafür einen Menschen töten?

Na ja, das hatte es zu allen Zeiten gegeben, dass Menschen verfolgt oder getötet wurden von denjenigen, die sich moralisch im Recht fühlten. Im Mittelalter zeugten die Hexen- und vor allem die Ketzerverbrennungen davon. Im Roman *Im Namen der Rose* wird dafür von einem Fanatiker gemordet. Und heute? Lassen wir das Heute. Jedenfalls könnte die Kombination aus Eigennutz, wahrscheinlich eine Professur zu erhalten, und philosophischem Fanatismus ein Mordmotiv sein.

Oder was hatte es mit diesem Blumenstrauß für die Putzfrau auf sich? Herr Kosanke war offenbar der Ansicht, die

Blumen seien ursprünglich nicht für seine Frau zum Geburtstag gedacht gewesen. Für wen denn sonst? Für die Frau, die Lea mit van Vaal in Hamburg aus dem Juweliergeschäft hat herausgehen sehen? Sie mussten unbedingt herausfinden, wer diese Frau war. Frau Dr. van Vaal nach ihr fragen? Würde ziemlich unangenehm werden, aber wohl unvermeidlich. Oder waren sie doch für Frau Kosanke gewesen, nur nicht als Dank fürs Putzen, sondern für einen Dienst, den sie van Vaal erwiesen hatte. Dienst war nicht das richtige Wort, eher Gefälligkeit für etwas, was nicht ganz astrein war.

Oder aber sie hatten überhaupt keine Ahnung, wer für den Mord infrage kam. Und die Person stand jetzt auch nicht in der Küche, sondern war in einer Kneipe, in einer Bar, fuhr Auto oder ging spazieren oder tat sonst was, nur nicht Tee trinken, überlegte sie und trank einen Schluck.

Kalt ist er geworden, egal, dachte sie, nahm ihre Tasse und setzte sich wieder zu Socke aufs Bett, kraulte sie hinter den Ohren und hörte, wie jemand die Treppe hinaufkam und aufgeschlossen wurde.

»Lone, bist du da?«, rief Lea.

»Ja, ich bin hier.«

»Ich komm gleich und erzähle dir. Einen Augenblick.«

Mach es nicht so spannend, dachte Lone und nippte nervös an ihrem Tee.

»Also«, sagte Lea, als sie im Türrahmen stand.

»Setz dich ruhig zu mir aufs Bett.«

»Also, Rolf war heute dreimal beim Tierarzt. Heute Morgen, das weißt du ja schon. Socke hat einen Abszess, deswegen Schmerzen und mag nicht trinken. Sie hat ein Antibiotikum verschrieben bekommen. Rolf hat es auch gleich aus der Apotheke besorgt, hat es aber nicht geschafft, Socke die Medizin zu geben, und ist dann wieder zum Tierarzt gegangen. Der hat ihr die Medizin verabreicht. Rolf war fast den ganzen Tag hier und hat skizziert, dein Kätzchen hat aber nichts angerührt.

Gegen Abend hat er Panik bekommen und ist mit ihr noch mal zum Tierarzt. Da hat sie eine Infusion erhalten, die müsste wohl bis Montag reichen. Wenn Socke dann immer noch kein Wasser angerührt haben sollte, ist er gleich als Erster Montag dran und sie bekommt wieder eine Infusion.«

»Danke, das ist sehr, sehr lieb von Rolf.«

»Ich muss dir noch was sagen, was wahrscheinlich gar nicht nötig ist, weil es Socke dann wieder gut geht. Über Weihnachten bin ich zwei Wochen bei meinen Eltern in der Eifel. Rolf will unbedingt dieses Jahr auch mit und nicht bei seinen Eltern feiern. Du errätst nicht den Grund.«

»Na, sag schon.«

»Wegen des Vulkans.«

»Wie bitte?«

»Hast du es gar nicht mitbekommen. Jetzt gerade waren drei kleinere Erdbeben beim Laacher See, und am Ostufer sprudelt es, und es steigen giftige Dämpfe auf.«

»Das heißt, der Vulkan bricht aus?«

»Nein. Natürlich nicht. Also irgendwann bricht er aus. Das letzte Mal war das vor 13.000 Jahren, da flogen Asche und Steinbrocken bis nach Frankreich und sogar nach England. Aber jetzt muckst er sich nur und eigentlich schlummert er, bis er wieder ausbricht. Da sind sich zwar alle einig, dass er irgendwann wieder aufwacht, aber das kann noch eine Million Jahre dauern.«

»Aha«, sagte Lone geistesabwesend, dachte aber schon wieder an den Mord an Jens van Vaal. Es war kein Raubmord, es war keine Tötung im Affekt. Der Mord war geplant und eiskalt durchgeführt worden. Wie lange hatte es in dem Menschen geschlummert, was war alles geschehen, damit diese Person übergekocht war und gemordet hatte? Nur, diese Überlegungen waren nichts als Spekulationen.

»Was ganz anderes«, fuhr Lea fort. »Ich habe über Jens van Vaal nachgedacht. Über Professor van Vaal. Ich verstehe zwar nicht viel von Philosophie, jedoch, es ist was merkwürdig. Da waren natürlich andere in dem Seminar, die hatten richtig Ahnung. Und die stellten ihm auch Fragen. Und da hatte ich immer den Eindruck, dass er ins Schleudern kam und nicht wusste, wie er sachgerecht und kompetent darauf antworten sollte. Er schwafelte viel herum, sagte ganz viel, doch es war nichts Rechtes, das habe sogar ich gemerkt.«

So ähnlich hat sich Norris auch geäußert, überlegte Lone, nur dass der nicht ganz objektiv ist.

»Ich verstehe das nur nicht. Das Buch *Mut zur Zukunft* ist genial. Ich habe es schon zweimal gelesen, manche Stellen sogar öfter. Es macht wirklich Mut. Baut auf, wenn man abends im Bett liegt und ein bisschen depri ist und es irgendwo aufschlägt und noch ein paar Seiten liest. Man fühlt sich besser, und das geht anderen offensichtlich auch so, sonst wäre es ja nicht so ein Bestseller.«

»Du meinst, es gibt eine Differenz zwischen dem mündlichen und schriftlichen Auftreten van Vaals. Beziehungsweise zwischen unvorhersehbaren Fragen und Situationen und dem Buch?«

»Ja, so ähnlich.«, nickte Lea und gähnte. »Ich glaub, ich muss ins Bett.«

»Ich auch. Du, was machst du eigentlich morgen?«

»Weiß noch nicht. Ausschlafen wahrscheinlich. Rolf ist übers Wochenende zu einem Warhammer-Turnier nach Lingen gefahren.«

»Hättest du Lust zu einer Radtour nach Fischerhude? Ins Puppencafé oder schön essen gehen?«

»Fragst du beruflich oder nur so?«

»Ach, was du immer denkst.«

»Na, dann muss ja was Spannendes dahinterstecken.«

Gegend, den Acker zur Rechten, die Wiese zur Linken, unter ihnen die dunkle, fließende Wümme. Über ihnen der tiefe, graue Himmel. Vor den Büschen ein Schild, wahrscheinlich der Hinweis auf das Naturschutzgebiet. Stille.

Mit einem Mal Schnattern, Rufen, Kreischen, Rauschen. Vögel!

»Zugvögel! Das sind Tausende!«, rief Lea begeistert. »Da kommen immer mehr von allen Seiten. Was meinst du, wie viele sind es?«

»Kann ich schlecht schätzen. So was habe ich noch nie gesehen. Das nimmt kein Ende.«

»Wahnsinn, Lone, das ist ungeheuer! Wir stehen hier schon bestimmt eine Viertelstunde.

Was mögen das für Vögel sein?«

»Weiß ich auch nicht«, erwiderte Lone, zuckte die Achseln und sah den Vögeln nach, wie sie in Richtung Süden davonflogen.

Hu, dachte sie, wer kommt denn da den Grasweg entlanggefahren mit seinem Hund? Das ist doch …

»Guten Tag, Frau Peterson«, grüßte der Mann und hielt auf der Brücke an.

»Guten Tag, Herr Martens.«

»Da haben Sie sich einen windigen Tag für Ihren Ausflug ausgesucht. Es wird bald anfangen zu regnen.«

Ahnt er was von dem Spielcasino und warum wir hier sind?, schoss es Lone durch den Kopf, und sie versuchte schnell abzulenken: »Wissen Sie, welche Vögel das sind?«

»Hier in den Wümmewiesen brüten seltene, vom Aussterben bedrohte Vögel wie der Kiebitz, die Rohrweihe, der Schilfrohrsänger und der Rotschenkel. Zugvögel sind Weißstörche und Kiebitze. Hören Sie den hellen krächzenden Ruf? Das sind Kraniche.«

»Sie kennen sich gut aus«, bemerkte sie und fand sich unhöflich. »Vielen Dank für die Information.«

»Gerne, Frau Kommissarin«, erwiderte er, nickte den beiden Frauen zu, pfiff seinen Golden Retriever zu sich, nahm ihn an die Leine und radelte davon ins Wildschutzgebiet.

»Wer war denn das?«

»Das war Chrissi Martens. Ein Zeuge. Er hat den Notdienst angerufen, der Polizeifunk hat nicht funktioniert.«

»Im Mordfall Jens van Vaal?«

»Das Wort ›Mord‹ stand nicht im WESER-KURIER. Aber nun, ja.«

»Der wirkte ganz freundlich, hatte aber ein reichlich verknittertes Gesicht.«

»Unter jedem Dach ein Ach«, antwortete Lone und machte eine kummervolle Miene.

»Ach Lone, dir zum Trost. Wer ist denn glücklich?«

»Mit dieser Frage fängt doch wohl das Buch von Jens van Vaal an.«

»Ja, ich habe das Zitat bei Goethe mal nachgeschaut. Da geht es weiter:

›Ist meine Schwester von Urbino glücklich?
Das schöne Weib, das edle, große Herz!
Sie bringt dem jüngern Manne keine Kinder.
Er achtet sie und lässt sie's nicht entgelten,
Doch keine Freude wohnt in ihrem Haus.‹«

»Das erinnert mich irgendwie an Frau Dr. van Vaal. Die hat keine Kinder. Jörg war unangenehm berührt, als sie ihn nach seinen Kindern fragte.«

»Musst du immer an diesen Mord denken. Schau mal die Wolken an. Es fängt wirklich gleich an zu regnen. Der Typ hat recht. Fahren wir nach Hause und machen uns einen gemütlichen Abend. Die nächste Woche wird hart.«

Montag, stöhnte Jörg innerlich, schob die Akten zur Seite, während er den Telefonhörer abnahm.

»Eine Frau Kosanke? Sie soll gleich heraufkommen.«

Na, hat die Gute doch was verheimlicht, und nun plagt sie das Gewissen.

Das Klopfen klingt etwas sehr zögerlich.

»Ja, bitte, treten Sie ein.«

»Oh, äh, guten Morgen.«

»Guten Morgen, Frau Kosanke. Nehmen Sie doch bitte Platz.«

»Ja, äh, wo ist denn Ihre nette junge Kollegin?«

Small Talk ist wohl zunächst das Beste, überlegte er und ließ sich darauf ein.

»Frau Peterson kommt heute etwas später.«

»Ist sie etwa krank und muss zum Arzt?«

»Nein, sie zum Glück nicht, aber ihre Katze. Eigentlich wollte ein Freund das Kätzchen zum Tierarzt bringen, aber der ist nun Sonntagabend selbst krank geworden.«

»Das tut mir leid. Hoffentlich wird das Kätzchen wieder gesund. Das weiß man immer vorher nicht. Hoffentlich muss es nicht eingeschläfert werden.«

»Ist Ihnen das denn schon einmal passiert?«

»Nicht mit einer Katze. Aber unser Butzel. Das war schrecklich!«

»Ist es schon lange her?«

»Herr Kommissar, Herr Oberkommissar. Ich sage Ihnen, es war ein Albtraum. Unser Butzel war überall dabei. Unser Butzel war ein Langhaardackel mit schwarzem glänzendem Fell. Lieb war er und treu. Hunde sind ja viel treuer als Menschen. Ja, viel treuer, sag ich Ihnen.«

Na, kommt jetzt was?, fragte sich Jörg und beobachtete, wie sie umständlich in ihrer Handtasche ein Taschentuch suchte und sich die Nase schnäuzte.

»Aber aufpassen musste man, dass unser Butzel nicht an den Kühlschrank ging. Acht Rollladen hat er einmal aufgefressen. Dieser Schlingel. Damals waren die Kinder noch klein und wir hatten ein Reihenhaus in Bremen-Nord gemietet, mit Garten und so. Wir hatten dazu noch einen Wohnwagen in Neuharlinger Siel stehen, das ganze Jahr. Jedes Wochenende und jede Ferien sind wir mit unseren Kindern und unserem Butzel dorthin gefahren. Am Strand haben sie mit ihm gespielt und sind herumgetollt. Das waren schöne Zeiten. Dann mussten wir aus dem Haus raus, weil der Eigentümer gestorben war und das Haus verkauft wurde. In der Wohnung, also noch nicht die, die wir jetzt haben, wurde unser Butzel krank. Na ja, er war schon alt und dann musste er … Sie wissen schon. Das war hart und die Kinder, obwohl sie da schon ziemlich groß waren, haben bitterlich geweint. Nein, nicht noch mal einen Hund oder ein Tier. Das halte ich nicht aus.«

Nun kommen wir vielleicht zum Fall, hoffte Jörg, ein wenig gelangweilt von dem Geplänkel. Als er in das tiefbekümmerte faltige Gesicht gegenüber sah, meinte er, dieses nähme einen neugierigen Ausdruck an.

»Herr Oberkommissar, haben Sie ein Haustier? Vielleicht auch einen Hund?«

»Sie haben es richtig erraten, Frau Kosanke. Und doch nicht ganz. Meine Kinder hätten sehr gerne einen Hund und liegen meiner Frau und mir damit ständig in den Ohren. Der Älteste verspricht, er würde sogar vor der Schule mit dem Hund Gassi gehen. Sie wünschen sich einen lieben Knuddelhund. Aber bisher konnten meine Frau und ich uns noch nicht dazu entschließen.«

»Schade. Sie ahnen ja gar nicht, wie so ein Tier Kindern guttut. Kinder lieben Tiere.«

»Da haben Sie sicher recht. Es ist auch noch nicht das letzte Wort gesprochen«, stimmte er ihr zu und schaute sie freundlich aufmunternd an. »Ich vermute bei Ihnen auch nicht.«

»Ach Herr Kommissar …«

»Was hat Sie denn heute Morgen schon so früh ganz hierher ins Polizeipräsidium geführt?«

»Ach, mein Mann! Sie ahnen ja nicht, was ich für ein Wochenende hinter mir habe. Mein Mann hat geschimpft. Gleich, als Sie weg waren. Er hat mich so ausgeschimpft und mir gedroht, dafür kommt man ins Gefängnis?«

»Wofür?«

»Dafür, dass man nicht die Wahrheit sagt. Ich meine, nicht die ganze Wahrheit. Also, Sie verstehen schon, was ich meine.«

»Das kann ich Ihnen jetzt schon versprechen, solange Sie nicht unter Eid aussagen, und das ist nun wirklich nicht der Fall, werden Sie nicht bestraft, wenn Sie in der Aufregung mal irgendwas vergessen haben.«

»Sehen Sie, das habe ich meinem Helmut auch gesagt, dass man in der Aufregung mal nicht an alles denkt. Schließlich ist noch nie zuvor die Polizei zu uns nach Hause gekommen. Da kriegt man auch einen Schrecken, das können Sie mir glauben.«

»Ja, was ist es denn, was Ihnen neulich Abend entfallen war?«

»Hm, das ist ziemlich schwierig. Das ist furchtbar peinlich. Das tut man doch nicht. Mein Helmut hat gesagt, ich muss das erzählen, auch wenn es mir unangenehm ist. Mein Mann, also der, der mein Mann ist … also Helmut sagte zu mir … Auch wenn er Herrn van Vaal nicht mochte, das haben Sie vielleicht bemerkt … also, auch wenn er ihn für einen aalglatten Schleimer hielt … Verzeihen Sie den Ausdruck, aber … Mord ist Mord, und darum bin ich es Herrn van Vaal schuldig, dass ich Ihnen das jetzt erzähle.«

Sie schweigt schon wieder und starrt auf ihre Hände.

»Mögen Sie ein Glas Wasser?«

»Ja, bitte.«

»Nun«, sagte sie und umklammerte das Glas mit beiden Händen. »Es ist ungefähr vier Wochen her. Nein, es ist vier Wochen her. Es war genau einen Tag vor meinem Geburtstag. Es war morgens, und ich putzte das Badezimmer bei Frau van Vaal, Frau Dr. van Vaal. Da klingelte mein Handy. Ich habe es immer in der Schürzentasche, falls es meinem Mann nicht gut geht und ich schnell kommen muss. Aber es war nicht mein Mann. Es war Herr van Vaal. Er war schrecklich aufgeregt. Zuerst fragte er mich, wo ich denn gerade putze. Er fragte ganz leise, und seine Stimme zitterte. Ich merkte, dass er nicht wollte, dass seine Frau ihn hörte. Ich sagte, ich sei alleine. Da erklärte er mir, er habe sein Handy vergessen. Es läge auf seinem Schreibtisch, und ich solle es ihm sofort, also sofort in die Uni bringen. Nicht in den Fachbereich, sondern ins Parkhaus unterm GW2. Da würde er auf mich warten. Ich habe gesagt, ich könne doch nicht weg. Was solle ich denn seiner Frau sagen? ›Lassen Sie sich was einfallen. Aber kommen Sie sofort!‹ Ja, das hat er gesagt. Ich bin also in sein Arbeitszimmer, und da lag sein Handy ganz offen auf dem Schreibtisch. Ich habe es ganz schnell eingesteckt. Ich habe dann gelogen, also mir was ausgedacht, mein Mann hätte mich angerufen. Das klingt auch glaubhaft – leider. Und dann bin ich ganz schnell losgefahren.«

Sie wird ganz rot. Was ist daran so peinlich?

»Wissen Sie, Herr Oberkommissar, ich habe angehalten, genau genommen musste ich anhalten, denn die Schranke bei der Uni – Sie wissen, die Strecke nach Hamburg –, die ging gerade zu. Ja, und da habe ich das Handy aus meiner Tasche genommen, ich hatte es in meine Handtasche gesteckt, und da konnte ich nicht widerstehen. Die letzte Nachricht, die er auf WhatsApp bekommen hatte, war von einer Frau, von … Ihr Name ist Simone Heuer. Ja, Simone Heuer. Also«, räusperte sie sich, »mir war schon vorher aufgefallen, wie Herr van Vaal sein Handy entsperrt hatte. Ich kenne das Muster. Die letzte Nachricht war von ihr: ›Schatz ich liebe dich‹. Dahinter waren ein Haus und ein Herz.«

»Das war alles?«

»Ehrenwort, mehr habe ich nicht gelesen. Und dann ging auch die Schranke wieder hoch.«

»Stand hinter dem Wort ›Schatz‹ ein Komma?«

»Herr Oberkommissar, Sie stellen Fragen. Das weiß ich doch nicht mehr. Darauf habe ich auch gar nicht geachtet. Aber wenn ich es genau überlege, so glaube ich, ohne Komma.«

»Ist auch nicht so wichtig. Erzählen Sie bitte weiter.«

»Herr van Vaal stand auch wirklich im Parkhaus. Er war schrecklich nervös, hatte einen roten Kopf. Er riss mir das Handy aus der Hand, steckte es in seinen Aktenkoffer und lief davon. Nicht mal Danke hat er gesagt. Ich bin also zurück zu Frau Dr. van Vaal.«

»Was vermuten Sie, hat Frau van Vaal was gewusst?«

»Was meinen Sie damit, Herr Oberkommissar?«

»Nun zuerst einmal das Handy?«

»Da bin ich mir nicht sicher. Sie sagte nämlich zu mir: Komisch, vorhin hätte sie das Handy von ihrem Mann auf dem Schreibtisch gesehen, und nun sei es weg.«

»Und wo ist das Handy jetzt?«

»Es ist ganz weg. Herr van Vaal hat es verschwinden lassen. Er gestand, es sei ihm aus Versehen, Sie glauben es nicht, es sei ihm aus Versehen aus der Hosentasche ins Klo, also in die Toilette gefallen. Er habe es zuerst gar nicht bemerkt. Er hat sogar zu Hause am Nachmittag einen riesen Aufstand gemacht, das Handy sei weg. Und dann ist er noch mal in die Uni gefahren, um das Handy zu holen, aber es war kaputt. Und dann warf er es in die Mülltonne. Praktischerweise kam am nächsten Tag die Müllabfuhr.«

»Halten Sie es für möglich, dass Frau Dr. van Vaal ebenfalls das Handy entsperren konnte?«

»Wahrscheinlich. Sie ist eine kluge Frau.«

»Halten Sie es auch für möglich, dass sie den Chat gelesen hat?«

»Weiß nicht, vielleicht hat sie ihn gelesen. Vielleicht ist sie zu vornehm, um zu schnüffeln. Vielleicht ist sie auch zu ängstlich, um die Wahrheit zu erfahren. Wissen Sie, die Ehe lief, was soll ich sagen, sie hatte ihn bestimmt im Verdacht, dass er auch eine andere hat. Wie Männer so sind.«

»Wie bitte?!«

»Ich meine in diesen Kreisen. Bei den Prominenten. Da hält man sich doch so eine Geliebte. Oder?«

»Schon möglich.«

»Darf ich jetzt gehen, Herr Oberkommissar? Ich muss zur Arbeit, komme schon viel zu spät. Frau Dr. van Vaal wird sehr ungehalten sein. Sie kann auch ohne Worte schimpfen. Ich sage Ihnen, dann ist es eisig.«

»Bitte, ich denke, für heute sind wir fertig.«

»Oje, was kommt noch?«

»Also doch«, schmunzelte Lone, als sie abgehetzt zu Jörg ins Dienstzimmer trat. »Haben wir uns gleich gedacht, dass Frau Kosanke was verbergen wollte.«

»Hast sie noch gesehen? Hast du auch mit ihr gesprochen?«

»Nee, sie fuhr gerade mit ihrem kleinen Toyota vom Hof, als ich mit meinem Fahrrad kam. Was hat sie denn noch ausgesagt?«

»Setz dich doch erst einmal. Du siehst vollkommen erledigt aus.«

»Bin ich auch. Meiner Socke geht es nicht gut. Sie bekommt jetzt noch ein anderes Antibiotikum. Wenn das nicht anschlägt, muss sie operiert werden.«

»Sei man zuversichtlich.«

»Werde mir Mühe geben. Aber nun, was hatte Frau Kosanke denn noch auf dem Herzen?«

»Jens van Vaal hatte eine Geliebte, und Frau Kosanke kennt ihren Namen: Simone Heuer. Und noch mehr. Herr van Vaal

»Das ist das reinste Naturparadies! Es ist nicht zu glauben, kaum radelt man aus Bremen raus, schon ist man wie im Urlaub«, rief Lea begeistert und ließ ihren Blick vom Deich hinüber zu den weiten überschwemmten Wiesen gleiten. Am Rande graues Schilf, bisweilen eine Weide, die aus dem Wasser hervor stakte.

»Lass uns mal anhalten. Was steht da auf dem Schild? Wasserschutzgebiet«, las Lone nüchtern.

»Du willst irgendetwas wissen. Gib es zu.«

»Ach Lea.«

»Schau dahinten, ein Aussichtsturm. Wollen wir raufklettern?«

»Klar, machen wir.«

»Na, wer ist als Erste oben?«

»Du natürlich. Du Polizistin, du.«

»Ach was.«

»Lone, lass uns einen Augenblick verschnaufen. Ist das schön, diese Weite. Auf dem Wasser sehe ich jede Menge Vögel.«

»Wahrscheinlich Gänse. Aber lass uns mal weiterfahren.«

»Lone, kannst du denn gar nicht die Landschaft genießen? Du hast irgendwas im Sinn und bist davon ganz eingenommen. Willst du zu den reetgedeckten Bauernhäusern dahinten? Hör auf, nur zu lachen und den Kopf zu schütteln.«

»Nee, da will ich nicht hin.«

So jetzt noch einige Kurven, dann müsste die Holzbrücke zum Weg nach Fischerhude bald kommen, schätzte Lone. Und da wollte dieser Jens van Vaal ein Spielcasino errichten und davon profitieren.

»Puh«, stöhnte Lea, »ganz schön windig hier oben auf dem Deich. Kein Haus und kein Baum mehr zu sehen. Der Gegenwind ist nicht schlecht, da muss man ordentlich strampeln.«

»So, hier geht es ab nach Fischerhude. Machen wir mal 'ne Pause«, schlug Lone vor, hielt an und betrachtete stumm die hat vor vier Wochen sein Handy auf dem Schreibtisch liegen lassen und Frau Kosanke gebeten, es ihm heimlich schnellstmöglich in die Uni zu bringen. Was sie auch getan hat. Sie hat das Handy entsichert. Sie behauptet, nur einen Satz von dieser Simone gelesen zu haben. ›Schatz ich liebe dich‹, dahinter war das Symbol eines Hauses und ein Herz. Van Vaal selbst hat dieses Handy verschwinden lassen.«

»Hm. Der Haussegen hing offensichtlich ziemlich schief. Da stellt sich die Frage: Hat Frau van Vaal von dieser Beziehung gewusst? Hat sie auch das Handy auf dem Schreibtisch gesehen und die WhatsApp-Nachrichten gelesen?«

»Schon möglich. Wenn Frau van Vaal was weiß, dann hätte sie es uns gegenüber sagen müssen. Schließlich würde eine weitere Person sie von dem Verdacht entlasten, ihren Mann getötet zu haben. Denn das ist ihr sicher klar, dass sie als potentielle Mörderin in Betracht kommt.«

»Oder gerade umgekehrt«, bemerkte Lone. »Wenn sie die Mörderin sein sollte, so wäre so eine Geliebte ein Motiv für einen Mord. Und Simone Heuer und Jens van Vaal haben sich zumindest aus der Sicht Simones zu dem Zeitpunkt gut verstanden.«

»Könnte man annehmen«, überlegte Jörg. »Andererseits hat der Satz ›Schatz ich liebe dich‹ auch etwas Flehendes an sich. Einen ängstlichen Unterton.«

»So kann man es auch sehen«, überlegte Lone, löste das Haargummi von ihrem sich auflösenden Zopf, strich sich durch ihr herabfallendes, langes Haar und band sich einen neuen Pferdeschwanz.

»Entschuldige, ich bin total nervös und angespannt. Die Sache mit Socke setzt mir sehr zu. Aber was hast du denn da für Akten auf deinem Schreibtisch? Die sehen uralt aus.«

»Fünfundvierzig Jahre sind die alt. Du hast ja gemeint, das Haus könne etwas mit unserem Fall zu tun haben. Ich habe inzwischen bei der Baubehörde nachgefragt. Das

Haus liegt in bester Gegend in der Nähe des Rhododendron-Parks. Allein das Grundstück ist eine Million Euro wert oder wäre es, wenn es nicht so gruselig wäre. Stell dir vor, Jens van Vaal hat das Haus am Vormittag seines Todes gekauft, hat noch den Kaufvertrag beim Notar unterschrieben. Ich habe mir jetzt die Akten von dem Fall von damals zukommen lassen. Schau dir mal die Fotos an. Fällt dir was auf?«

»Erst einmal ist es eine schöne, alte Villa. Hochherrschaftlich. Ein gepflegter Garten mit Spielzeug. Hm. Es war im Interview von einem Mord die Rede?«

»Es gab drei Tote: den Besitzer des Hauses, Dr. Kai Gröger, seine Ehefrau Elke und die gemeinsame Tochter Natascha. Gröger hat seine Frau, seine Tochter und sich selbst erschossen. Hier sind die Aufnahmen von den Leichen.«

»Es passierte im Wohnzimmer. Er stand bei der Tür, die Ehefrau und das Kind nahe bei der Wand. Das sieht nach Angst und Streit aus. Sie ist eine Hübsche mit weißer Hose und roter Bluse. Die Kleine, wie alt mag sie wohl sein?

»Vier.«

»Die Kleine im blauen Blümchenkleid. Der Ehemann in Jeans mit schwarzem Hemd. Und überall Blut. Ich sehe im Moment nicht ganz, worauf du hinauswillst, Jörg.«

»Betrachte einmal die Wand«, antwortete er und reichte Lone eine Lupe.

»Die Holzvertäfelung sieht überall nicht ganz glatt und einheitlich aus.«

»Schau genau hin. Das hat man damals übersehen.«

»Da ist ein Einschuss.«

»Genau. Der Mann hat vier Schüsse abgegeben. Aber es sind nur drei Leichen.«

»Es könnte sein«, schlussfolgerte Lone, »dass er einmal danebengeschossen hat. Wenn er zuerst seine Frau getötet hat, was wahrscheinlich ist, und dann auf seine kleine Tochter gezielt hat, dann ist es schwierig, nach einer großen Person eine kleine zu treffen. Es könnte sich allerdings auch so verhalten, dass sich eine vierte Person im Raum aufgehalten hat, die sich entweder ganz schnell geduckt hat, sodass der Schuss danebenging, oder bei der es sich um ein Kind handelte.«

»Eben«, pflichtete Jörg ihr bei. »Nur dass sich seit fünfundvierzig Jahren niemand gemeldet hat, der Ansprüche auf das Haus erhoben hätte. Das Haus konnte von der Stadt verkauft werden, weil ein Eigentümer nicht zu ermitteln war. Also, offene Frage: Hat das Haus etwas mit dem Mord zu tun?«

»Vielleicht nicht mit der Tat von damals. Aber mit Simone Heuer. Die wollte möglicherweise da mit Jens van Vaal einmal einziehen. Das Haus-Symbol in der WhatsApp-Nachricht deutet darauf hin.«

»Diese Frau Heuer sollten wir uns heute genauer ansehen«, bemerkte Jörg nickend. »Ich habe ihre Adresse schon ausfindig gemacht. Zum Glück ist sie gemeldet. Sie wohnt in der Überseestadt.«

»Wenn ich einen Stadtteil aus dem Nichts planen sollte, dann wären garantiert schnurgerade, endlos lange Straßen und quadratische Häuserblöcke nicht das Ergebnis. Ich würde bunt und abwechslungsreich bauen«, fantasierte Lone, »Häuser im Jugendstil, im Barock, Backsteingotik, Fenster mit Sprossen und natürlich auch modern, schmal und elegant.«

»Lone, Lone, wer soll das bezahlen?«

»Dass du immer ans Geld denken musst.«

»Guck mal, sie haben auf beiden Straßenseiten Bäume gepflanzt.«, besänftigte er.

»Bis aus den dünnen Bäumchen eine Allee wird, dauert es Jahrzehnte.«

»Was ist nur mit dir los?«

»Ich weiß nicht. Mir bereitet es Unbehagen, dass die Geliebte von Jens van Vaal in einem neu erbauten Luxusviertel wohnt. Es wirkt eiskalt und unpersönlich und liegt ein bisschen abseits. Möglicherweise wollte er mit Simone in der Stadt nicht gesehen werden.«

»Kann schon sein. Sieh mal dahinten der Weser Tower. Zweiundzwanzig Stockwerke, viel Glas. Schau dir den imposanten Treppenaufgang zum Foyer an. Gefällt mir.«

»Bei Nacht, wenn der Tower erleuchtet ist, finde ich ihn auch schon eindrucksvoll. Nachts ist sowieso alles schöner.«

»Hm. Wir sind gleich da«, bemerkte er trocken.

»Halt mal an. Ich habe so im Gefühl, dass ich besser erst einmal allein hingehen sollte, ein Gespräch sozusagen von Frau zu Frau. Vielleicht weiß Frau Heuer noch nicht einmal, dass Jens van Vaal tot ist.«

»Okay, ich warte einen Augenblick hier und komme dann nach.«

Schon beeindruckend, eine Wohnung mit Blick auf die Weser, dachte Lone und klingelte.

Nichts, sie ist wohl nicht da.

»Zu wem wollen Sie denn?«, fragte eine Frau mit Henkeltasche im klassischen Gucci-Design, sicher ein Original.

»Zu Frau Heuer.«

»Da sind Sie sicher wegen der Proben gekommen.«

»Proben? Natürlich.«

»Ich finde die Parfum-Proben besonders attraktiv. Ich mag es sehr, verschiedene teure Parfums auszuprobieren. Kostet ja fast nichts.«

»Davon habe ich auch gehört. Aber sie ist nicht zu Hause. Dann bin ich wohl umsonst gekommen.«

»Sagen Sie mal. Hat sich das so herumgesprochen mit den Proben?«, fragte die Frau neugierig.

»Nicht, dass ich wüsste«, wiegelte Lone ab. »Frau Heuer

arbeitet doch wohl in der Parfümerie im Einkaufszentrum Waterfront.«

»Ach was, die arbeitet in der Innenstadt.«

»Richtig. Dann noch einen schönen Tag«, grüßte Lone und wandte sich zum Gehen.

Stiehlt Simone Heuer tatsächlich Proben und riskiert ihren Job für ein paar Euro?, überlegte sie, während sie zum Auto zurückeilte.

»Ich weiß, wo sie arbeitet«, rief sie Jörg zu, der das Fenster heruntergelassen hatte.

Jörg nickte. »Ich auch. Fahren wir hin.«

»Lass mich, wenn wir da sind, wieder erst einmal alleine hingehen. Ich möchte mir die Frau anschauen, ohne dass sie weiß, dass wir von der Polizei sind.«

Forschen Schrittes betrat Lone schließlich die Parfümerie. Rasch ließ sie ihren Blick an der rechten Wand entlang gleiten, wo die Namen der bekannteren Marken prangten. Dann weiter zur Rückwand mit den Bioprodukten und zur Linken die Herrenartikel. Simone Heuer war nicht zu sehen, jedenfalls keine Verkäuferin, die dem Passfoto ähnelte.

Vielleicht kommt sie noch, hoffte Lone. Lass ich mir also Zeit. Gemächlich ging sie in die von sanftem Licht durchflutete Parfümerie hinein. Weihnachtlich schaut es aus, die goldenen Sterne an der Decke, die schwebenden Engel, die hohen Stehtische, übersät mit goldenen, silbernen und rot glitzernden Geschenksets.

Sie könnte sich einen Lippenstift kaufen für ihre Einladung am Abend, fiel Lone ein, während sie die Farben der verschiedenen Marken verglich und dabei das Geschäft im Auge behielt. Ein Rosé-Ton wäre wohl passend zu ihrem blonden Haar und dem leicht bräunlichen Teint. Besser kaufe ich erst einmal gar nichts und behalte dadurch Handlungsfreiheit, rief sie sich zurück und schlenderte an den Pflegeprodukten und der Biokosmetik vorbei.

»Darf ich Ihnen behilflich sein?«, wurde sie von einer Verkäuferin im Kleinen Schwarzen angesprochen, während sie bereits bei der Pflege für Herren angekommen war.

»Ich suche die Parfums«, lächelte Lone die dezent geschminkte Frau an.

»Die Düfte sind oben«, antwortete die Verkäuferin freundlich.

»Danke«, grüßte sie und ging zur Treppe.

Die sieht aus, als würde sie zum Sektempfang beim Bundespräsidenten eingeladen sein. Alle Verkäuferinnen sehen in ihren schwarzen Kleidern, Kostümen oder Hosenanzügen so aus.

Was verdient so eine Verkäuferin eigentlich?, fragte sich Lone, blieb mitten auf der Treppe stehen, um zu googeln. 2.300 Euro brutto, das machte ungefähr 1.700 oder höchstens 1.800 Euro netto.

Und wie hoch ist die Miete in der Überseestadt? Schnell gegoogelt. Die Mietpreise liegen zwischen 900 und 1.300 Euro. Dazu kommen noch die Nebenkosten, Heizung, Wasser, Strom, mit ungefähr 250 Euro. Macht im Monat mindestens 1.150 Euro. Bleiben von einem Nettoeinkommen von 1.800 Euro, was schon hochgerechnet ist, 650 Euro zum Leben.

Hm, überlegte Lone. Das reicht natürlich. Es könnte folglich sein, dass Simone Heuer selbst ihre Miete bezahlt und sie unabhängig von Jens van Vaal ist. Möglicherweise hat ihr jedoch Jens van Vaal die Miete spendiert. Wenn das Verhältnis zwischen den beiden gut war und er die Miete auch in Zukunft bezahlt hätte, dann würde dies sie entlasten. Wenn es aber zwischen den beiden Zoff gegeben hatte und er weitere Zahlungen verweigert hatte, dann wäre dies möglicherweise ein Mordmotiv oder würde zu einem beitragen.

Mal sehen, ob Simone im oberen Stockwerk ist.

Ein Blick, sie ist es nicht. Stattdessen – Düfte. Und dort gleich rechts von der Treppe wie immer ihr Lieblingsparfüm: *Oui j'adore.*

Sollte sie hingehen oder es lieber bleiben lassen? War sie gefährlich, diese Berührung mit der Vergangenheit? Mit Tom?

Ach, warum denn nicht, entschied sie und fühlte sich wie magisch angezogen von der bauchigen Flasche mit dem schlanken Hals und dem runden Flacon. Und nun noch ein kleiner Spritzer auf den Probestreifen. Den Duft verteilen und riechen. Noch ein Spritzer auf das Handgelenk.

Lone, Lone, was tust du da? Die Erinnerung tut viel zu sehr weh.

Sie auf dem Freimarkt mit ihrer Freundin vor dem Fischstand. Ein herzhafter Biss in das Matjesbrötchen. Der Fisch flutschte hinten raus. Sie packte mit der Rechten kräftig zu und schob den Matjes zurück ins Brötchen und roch an ihren Fingern.

»Da hilft nur Wasser und ein gutes Parfum«, sagte eine Männerstimme. Sie hatte ihn vorher gar nicht bemerkt und war nun angenehm berührt von dem großen, schlanken Mann mit dem blonden Lockenhaar und dem sympathischen Gesicht. Parfum gab es nicht, aber Mineralwasser. Man war dann gemeinsam über den Freimarkt gegangen. Am nächsten Tag das erste Date. Nicht zu fassen, was Tom ihr mitgebracht hatte: Ein Fläschchen *Oui j'adore.*

Was sollte sie jetzt tun? Sich das Parfum kaufen oder nicht. Womit könnte sie sich besser von ihrer Vergangenheit lösen, von der Erinnerung an Tom? Indem sie es extra kaufte, um so zu tun, als sei dies selbstverständlich und als gäbe es keinen Bezug zu früher, oder indem sie es sein ließ und dabei wusste, dass sie es nicht kaufte, damit sie jede Erinnerung fernhielt?

»Darf ich Ihnen behilflich sein?«, riss sie eine ältere Verkäuferin aus ihren Gedanken.

»Oh ja, ich suche ein leichtes Parfum für jeden Tag für eine Freundin.«

»Es gibt jetzt ein ganz leichtes Parfum von *Oui j'adore*. Sehen Sie, es ist zum Sprühen, und Sie können es täglich auf der Haut tragen. Es umhüllt Sie wie ein leichter Seidenschal.«

»Vielleicht doch ein anderes.«

»Ich zeige Ihnen gerne eines. Eine neue Kreation: *Daisi Day*.«

»Ich würde es gerne einmal probieren.«

»Sehen Sie, nur ein Spritzer und es entfaltet sich ein leichter, unbeschwerter Flair.«

»Es duftet gut. Ich nehme es«, entschied Lone kurz entschlossen. Eigentlich war sie ja nicht hier, um ein teures Parfum zu kaufen, wenngleich sie schon ein Geschenk für ihre Freundin heute Abend brauchte, sondern um sich Simone Heuer einmal aus nächster Nähe anzuschauen. Na denn …

»Die Kasse ist unten?«

»Ja, heute ist die Kasse oben nicht besetzt.«

Unten in der Schlange anstehen. Hoffentlich kommt sie noch, wünschte Lone sich und schaute sich nach dem Seiteneingang für das Personal um. Siehe da! Endlich! Da kommt Simone Heuer, atmete Lone auf. Groß ist sie, nur ein wenig kleiner als Jens van Vaal. Hat ein breites, herbes, stark geschminktes Gesicht. Das weiße Stirnband wirkt streng und die nach hinten frisierten Haare wie toupiert. Schön ist sie nicht, urteilte Lone, während Simone sich zu ihrer Kollegin an die Kasse stellte.

»Endlich löst du mich ab«, beschwerte sich die Kassiererin.

»Ich habe wieder Unterleibsschmerzen«, flüsterte Simone nicht allzu leise.

»Gute Besserung. Dann bis morgen«, wünschte die Kollegin im Weggehen.

»Morgen habe ich frei.«

Das passt prima. Dann können wir dir morgen einen Besuch abstatten. Teilnahmslos reichte sie Simone Heuer das Parfum zum Abscannen.

Warum nur, überlegte Lone, während sie die Parfümerie verließ, hatte sich Jens van Vaal eine so unattraktive Geliebte ausgesucht? Warum nicht eine zierliche, smarte Person? Seine eigene Frau sieht da weitaus eleganter aus. Gehörte er zu den Männern, denen es Genugtuung bereitet, die Ehefrau zu erniedrigen, indem sie sich eine Geliebte anschaffen, die eher hässlich ist? Oder aber wollte er sich für etwas rächen, indem er seine Frau demütigte?

Jedenfalls hätten wohl beide Frauen ein Motiv. Irene van Vaal als betrogene Ehefrau, Simone Heuer, falls van Vaal sie verlassen hatte. Vielleicht könnte sie was in Erfahrung bringen, wenn sie heute Abend ihre Freundin Bettina in der Überseestadt besuchen würde.

»Lone, siehst du gut aus! Lass dich anschauen: Lila High Heels, rote Lederjacke und graues enges Kleid – wow.«

»Für deinen Geburtstag wollte ich mich mal in Schale werfen. Du siehst auch fantastisch aus in deinem silbernen Glitzerkleid. Aber erst einmal, lass dich umarmen. Herzlichen Glückwunsch zum Geburtstag.«

»Danke. Sag mal, bist du auf deinem Rennrad gekommen oder mit der Bahn?«, fragte Bettina, während sie ins vom Kerzenlicht festlich erleuchtete Wohnzimmer gingen.

»Mit dem Rad. War ziemlich unbequem in dem engen Kleid.«

»Hat doch was: Lady rast auf rotem Rennrad durch Bremen.«

»Ich habe hier eine Kleinigkeit für dich.«

»Ich ahne es, Parfum. Tausend herzlichen Dank!«

»Hey, Lone«, grüßte Jürgen vom Esszimmer aus und stand auf. »Wir warten schon auf dich. Du warst sicher noch mit deinen Morden beschäftigt?«

»Was du nur redest.«

»Leute, setzt euch mal. Es gibt was zu essen. Lone, magst du neben Konstantin sitzen?«

Der ist wohl der einzige Single hier. Bettina mit ihren Verkupplungsversuchen, schmunzelte Lone.

»Das duftet wunderbar. Ich vermute, du hast die Pizza selbst gebacken«, lobte Matthias.

»Der Salat ist auch nicht zu verachten. Und so schön auf dem Teller dekoriert«, bemerkte Katja.

»Sag mal, Lone, dieser Mord an dem Jens van Vaal. Ermittelst du da?«, wechselte Matthias abrupt das Thema und schob seine Gabel zum Mund.

»Ja.«

»Und?«

»Nix und. Außerdem, ob es Mord war, darüber entscheidet der Richter.«

»Heimtückischer Mord. Dem van Vaal wurde von hinten auf den Kopf geschlagen. Der konnte sich gar nicht wehren. Das ist heimtückischer Mord, stimmt doch, Lone«, grinste Konstantin und stieß sie leicht mit dem Ellenbogen an.

»Ich bin nicht im Dienst.«

»Auf heimtückischen Mord steht lebenslänglich«, mischte sich Axel ein. »Also fünfzehn Jahre üblicherweise.«

»Dass man das riskiert. Fünfzehn Jahre Knast. Ich könnte das nicht.«

»Brauchst du auch nicht, Bettina. Bist schließlich mit mir verheiratet«, ulkte Jürgen.

»Der Mörder hat es auch verdient«, regte sich Katja auf. »Ihr glaubt gar nicht, was für ein wunderbarer Mann Professor Jens van Vaal war.«

»Nanu, was sagst du denn da?«, fragte ihr Ehegatte verwundert.

»Axel, so hab ich es nicht gemeint. Nur, na ja, ich war bei seiner Lesung im Goethetheater. Volles Haus, sage ich euch.

Bis auf den letzten Platz. Das wollte ich gar nicht erzählen. Den Tag ging es mir richtig mies. Und da habe ich bei Psycho-Check gegoogelt. Da werden zu verschiedenen Problemen wie Angst, Depressionen oder Borderline Fragen gestellt, und man muss gucken, ob diese zu einem passen oder nicht. Jedenfalls kam bei mir raus, dass ich unter Angst und Depressionen leide. Jedenfalls so ziemlich.«

»Das ist sicher bei uns meisten der Fall«, bemerkte Bettina mit einem Seitenblick zu ihrem Ehemann Jürgen.

»Ziemlich niedergeschlagen bin ich dann ins Theater gegangen. Dazu noch allein. Du warst ja in Hamburg.«

»Keine Vorwürfe, bitte.«

»Das wollte ich auch gar nicht, dir was vorwerfen. Ich meine nur, es ist blöd, alleine ins Theater zu gehen. Und dann geschah es wie ein Wunder. Jens van Vaal betrat die Bühne. Er strahlte so eine positive Energie aus, sage ich euch, dass ich wie verwandelt war. Erst recht durch das, was er sagte beziehungsweise aus seinem Buch vorlas. Keine Angst zu haben. Jeden Tag freudig zu begrüßen und neugierig zu sein auf das, was da kommt.«

»Und dann ist er selbst schon am nächsten Abend tot. Ermordet. Ob er darauf wohl neugierig war?«

»Matthias, sei bitte etwas feinfühliger«, rügte Katja.

»Ist doch gruselig«, bemerkte Bettina und verschränkte frierend ihre Hände auf ihren bloßen Armen.«

»Gibt es denn gar kein Bier?«, tönte es von ihrem Ehemann Jürgen.

»Natürlich haben wir Bier. Ich hole es sofort.«

Sie sprang auf, verschwand in der supermodernen Einbauküche und stellte ein paar Bierflaschen auf den hübsch dekorierten Tisch.

»Was wollt ihr denn?«, fragte sie in die Runde und blickte dabei zu ihren Freundinnen.

»Mögt ihr einen Aperol Spritz?«

»Ich nicht, ich muss noch Fahrrad fahren. Für mich bitte ein Wasser.«

»Frau Kommissarin ist wieder ziemlich streng mit sich.«

»Mädels, machen wir es uns im Wohnzimmer gemütlich.«

»Eine schöne Aussicht habt ihr. Dieser Blick auf die Weser ist einmalig. Bei Tag stelle ich es mir herrlich vor«, lobte Lone und trat vom Fenster weg.

»Der Blick schon, nur kann man nicht auf dem Balkon sitzen, der Wind vom Wasser bläst immer.«

»Schade.«

»Ist nicht so schlimm. Ich habe sowieso keine Zeit. Ich arbeite ja in der Unibibliothek in Oldenburg und dann habe ich täglich die Fahrerei. Jürgen hat nur einen kurzen Weg zur Arbeit. Der schläft immer noch weiter, wenn ich aufstehen muss.«

»Das ist mal ein Thema. Ich kann da was Krasses erzählen«, trumpfte Sabine auf. »Also, wir haben eine Chefsekretärin, so achtunddreißig Jahre alt, elegant und eine richtige Vorzeigedame für die Chefetage. Diese Frau liebt einen richtigen Verbrecher. Ihr glaubt es nicht. Er wusste, dass bei einem alten, sehr reichen und alleinlebenden Herrn viel Geld und Schmuck zu holen war. Abends ist er über den Balkon eingebrochen, hat den alten Mann überwältigt, was nicht schwer war, und ihn gefesselt an einen Stuhl gebunden. Dann hat er seelenruhig die Wohnung ausgeraubt und schließlich den alten Herrn gefesselt zurückgelassen. Zum Glück hatte der eine Putzfrau, die ihn am nächsten Morgen halb tot aufgefunden hat. Der Einbrecher, also der Freund von der Chefsekretärin, war maskiert, ist ja heute nach Corona nichts Außergewöhnliches und fällt nicht auf, jedenfalls fehlte von ihm jede Spur. Er hat allerdings eine Schwester, die von dem Einbruch wusste und es mit ihrem Gewissen nicht ausgehalten hat. Sie ist zur Polizei gegangen und hat ihn verpfiffen. Die Polizei dringt in seine Wohnung ein, um ihn zu inhaftieren, und da liegt der Kerl mit einer anderen Frau im Bett! Die Polizei hat dies auch der Chefsekretärin gesagt. Kaum zu fassen, was die dann macht: Sie verlobt sich mit dem Schwein. Verzeiht den Ausdruck. Jetzt sitzt er für sieben Jahre im Knast, und sie wartet auf ihn. Ich habe ihr letzte Woche geholfen, seine Wohnung zu räumen und neu zu streichen, damit sie tipptopp dem Vermieter übergeben werden kann.«

»Ist schon schlimm, was sich Frauen von Männern alles gefallen lassen. Und das heute noch! Man sollte doch meinen, wir wären emanzipiert«, ließ sich Katja hören.

»Das frage ich mich auch manchmal. Meine Nachbarin zum Beispiel ist eine resolute Frau, eher herb, sie hat die Bürgerinitiative hier in der Überseestadt gegen Rassismus organisiert. Trotzdem hat sie sich von ihrem Lover tyrannisieren lassen. Erst will er, dass sie ein Kind von ihm bekommt. Als sie dann wirklich schwanger wird, verlangt er von ihr, dass sie abtreibt, was sie auch macht. Und zuletzt lässt er sie sitzen, hat sich seit Wochen nicht mehr blicken lassen.«

»Woher weißt du denn das, wenn du ständig in Oldenburg bist?«, fragte Lone.

»Simone hat mir das erzählt. Wir sind eigentlich nicht so eng, dass wir Privates austauschen. Aber eines Abends waren wir beide unten bei den Mülleimern. Und da fühlt man sich manchmal wie Müll, wenn man abends noch den Abfall runterbringt.«

»Diese Müllabfuhr«, stöhnte Jörg, »versperrt die ganze Straße!«

»Nun reg dich man nicht auf, du siehst doch, ich kann da nicht vorbeifahren. Und außerdem«, gab Lone zu bedenken, »ist es egal, ob wir fünf Minuten früher oder später bei Simone Heuer ankommen.«

»Hm.«

»Welche Laus ist dir denn heute über die Leber gelaufen?«

»Ein Hund.«

»Was?«

»Die Kinder wollen einen Hund. Gestern Abend haben sie mir wieder in den Ohren gelegen. Warum sie keinen Hund kriegen würden. Andere Leute würden einen Hund haben. Warum ausgerechnet sie nicht. Was ich auch sage, sie lassen es nicht gelten. Lone, es ist doch wirklich so: Wer soll den Hund Gassi führen? Ein Hund braucht Auslauf. Es gibt Hunde, die müssen jeden Tag Kilometer rennen, zum Beispiel ein Cocker Spaniel. Sieht süß aus mit seinen Schlappohren. Ist aber für die Wohnung völlig ungeeignet. Dazu muss er kinderlieb sein. Woher soll ich denn wissen, dass er nicht beißt, wenn die Kinder etwas rau mit ihm umgehen. Und außerdem kostet so ein Haustier Geld. Hunde sind teuer.«

»Na, von diesem Argument waren deine Kinder sicher begeistert.«

»Stimmt doch.«

»So arm bist du nicht, dass du dir keinen Hund leisten könntest.«

»Nun fang du nicht auch noch damit an«, maulte Jörg genervt und zog die Stirn kraus. »Das Schlimmste ist, ich kann die Kinder verstehen. Aber es geht eben nicht. Basta.«

»Oje, der Herr spricht«, schmunzelte sie und fuhr in eine Parklücke. »Da wären wir. Hoffen wir, dass Simone Heuer zu Hause ist. Frei hat sie ja, wie ich in der Parfümerie gehört habe.«

»Mal sehen. Klingle du.«

»Frau Heuer?«

»Ja.«

»Hier sind Oberkommissar Schmitz und Kommissarin Peterson.«

»Was? Die Kriminalpolizei?«

»Würden Sie bitte aufmachen.«

»Natürlich. Ich wohne im dritten Stock.«

»Die wirkt erstaunt«, bemerkte Lone, als sie die Treppe hinaufgingen.

Bleich und erschrocken sieht sie aus, stellte auch Jörg fest, als er Simone Heuer in der Tür stehen sah.

Geschminkt ist sie hübscher. Ziemlich unreine Haut hat sie, befand Lone für sich.

»Die Kripo? Warum denn?«

»Dürfen wir bitte hineinkommen?«

»Entschuldigen Sie, wie es hier aussieht. Die Umzugskartons im Flur. Ich ziehe gerade aus. Im Wohnzimmer können wir uns unterhalten. Bitte kommen Sie hier herein.«

Lindgrüne Wände, keine Blumen, keine hübsche Deko, stellte Lone fest. Vielleicht war schon alles eingepackt.

»Bitte nehmen Sie Platz«, forderte Simone sie auf und wies auf grau bezogene klobige Sessel.

»Was gibt es denn?«

Sie hat wirklich keine Ahnung. Oder sie hat sich auf ihre Rolle gut vorbereitet?, spekulierte Lone.

»Wir kommen wegen Professor Jens van Vaal«, antwortete Jörg. »Herr van Vaal ist Ihnen doch bekannt?«

»Ja. Was ist mit ihm? Hat er was verbrochen?«

»Halten Sie das für möglich?«, stellte Jörg die Gegenfrage.

»Nein. Nein, natürlich nicht. Was sollte er auch schon getan haben?«

»Wir kommen aus einem anderen Grund. Bitte bleiben Sie ruhig«, fuhr Jörg fort. »Wir müssen Ihnen die traurige Nachricht überbringen. Herr van Vaal ist getötet worden.«

»Was? Das kann nicht sein. Nein, nein, nein. Das ist nicht wahr.«

»Es ist leider wahr«, bestätigte Lone sanft.

»Nein, das ist nicht wahr. So was kommt in Wirklichkeit gar nicht vor. Das gibt es nur im Film.«

»Leider geschieht so etwas auch in Wirklichkeit. Niemand kann sich ein Verbrechen vorstellen. Es tut uns leid, Ihnen diese grausame Nachricht überbringen zu müssen.«

»Frau Kommissarin. Was wird dann aus mir und meinem Kind?«, schluchzte Simone, beugte sich verzweifelt vor und weinte. Weinte lange.

»Haben Sie mal ein Taschentuch?«, bat sie, als sie mit nassem Gesicht aufblickte.

Lone kramte in ihrer Jackentasche und reichte ihr ein Tempo-Taschentuch. »Bitte gerne.«

»Wann ist Herr van Vaal ermordet worden?«, fragte Simone mit belegter Stimme.

»Letzten Donnerstag«, antwortete Lone ruhig.

»Aber wie, aber wie ist denn das passiert? Ich meine, wie ist Herr van Vaal gestorben?«, fragte sie und kratzte sich im Gesicht.

»Haben Sie eine Vermutung?«

»Wieso sollte ich eine Vermutung haben? Ich höre gerade zum ersten Mal davon.«

Das klang eher unsicher, fand Jörg.

»Bei seinem abendlichen Lauf um den Riensberger Friedhof ist Herr van Vaal von hinten angegriffen worden, sodass er niederfiel. Es wurde ihm viermal mit einem Messer in den Hals gestochen.«

»Das kann nicht sein«, rief sie erschrocken aus. »Das ist ja entsetzlich. Sagen Sie, Herr Kommissar«, wandte sie sich an Jörg. »Das ist nicht wahr. Wer sollte so etwas Furchtbares, so etwas Böses getan haben?«

»Das wollten wir gerade Sie fragen, Frau Heuer.«

»Mich? Warum denn ausgerechnet mich?«

»Kommen wir auf unsere Frage zurück«, insistierte Jörg. »Wen halten Sie für fähig, Jens van Vaal getötet zu haben? Wer hätte Ihres Erachtens Grund dazu?«

»Niemand. Ich kann niemanden so aufs Geratewohl verdächtigen.«

»Sie verdächtigen auch niemanden. Es ist nur, wenn Sie für sich allein wären, an welche Person würden Sie denken?«

»Seine Frau. Die Ehe war schlecht. Er wollte sich scheiden lassen. Na ja, das ist kein Grund, jemanden zu töten.«

»Da haben Sie wohl recht«, pflichtete Lone ihr bei.

»Vielleicht war es Neid. Sein Konkurrent Herr Norris, ja, die haben sich überhaupt nicht gemocht. Eigentlich gehasst. Herr Norris hatte auch ein merkwürdiges Verhältnis zu Jens' Frau. Sie haben sich wöchentlich getroffen, um griechische Texte zu übersetzen und so. Ich weiß nicht, was sie genau gemacht haben. Ich glaube, sie haben sich sogar auf Griechisch unterhalten. Komisch ist mir das.«

»Wo haben sich Frau van Vaal und Herr Norris getroffen?«

»Weiß ich nicht. Mal so mal so. Aber wahrscheinlich ist sie zu ihm in die Wohnung gefahren.«

»Und hat das Herrn van Vaal gestört?«

»Was soll ich sagen, Herr Kommissar, Herr Oberkommissar. Wie war noch mal Ihr Name?«

»Schmitz.«

»Am meisten, glaube ich, hat ihn das mit dem Griechisch gestört. Ich weiß nicht, wie eifersüchtig er war. Ich weiß auch nicht, ob zwischen den beiden was war. Wahrscheinlich war es nur das gemeinsame Interesse am Sprachlichen. Aber das wäre ja nun kein Grund, dass er ermordet wird.«

»Können Sie sich noch eine weitere Person vorstellen, die für die Tat in Betracht käme?«

»Wie meinen Sie das, Frau Kommissarin. Wie war noch mal Ihr Name?«

»Peterson. Ich meine eine Person, an die man nicht von vornherein denkt.«

»Vielleicht ein Student. Wissen Sie, Herr van Vaal war stolz darauf, dass er streng war, oft schlechte Zensuren gab. Er schimpfte immer, dass die jungen Leute kein Griechisch und Latein mehr können, aber trotzdem Philosophie studieren wollen. Philosophie ohne alte Sprachen ginge gar nicht, predigte er immer. Jedenfalls könnte ich mir vorstellen, dass ein Student eine Wut auf ihn hatte.«

»Haben Sie da eine bestimmte Person im Sinn?«

»Nein, ich weiß keine Namen.«

»Und sonst jemand?«, bohrte Lone weiter. »Sie sagten Student, wie sah es mit Studentinnen aus?«

»Gegenüber Studentinnen war er besonders streng, hatte ich den Eindruck.«

»Das heißt, Ihnen fällt niemand ein, der eine solche Tat vollbracht haben könnte?«

»Ich wüsste niemanden«, überlegte Simone Heuer und schüttelte dabei den Kopf.

»Entschuldigen Sie, wir müssen auch Ihnen diese Frage stellen. Wo waren Sie am letzten Donnerstag zwischen achtzehn und neunzehn Uhr?«

»Lassen Sie mich nachdenken. Ja, ich hatte frei. Genau genommen hatte ich mir freigenommen. Vielleicht haben Sie davon gehört. Es ist nämlich nicht das erste Mal vorgekommen, dass ein Irrsinniger, ich nenne ihn mal so, dass so jemand beleidigende Schmähbriefe in die Briefkästen der Mieter geworfen hat, die einen ausländischen Namen haben. Ich habe mit anderen eine Versammlung organisiert, die gegen Rassismus und Volksverhetzung protestiert. Wir haben Strafanzeige gegen diesen Unbekannten gestellt. Von der Schrift zu urteilen, handelt es sich um einen Mann.«

»Und diese Protestversammlung fand am Nachmittag des Mordes statt?«

»Ja, Frau Kommissarin.«

»Wann war sie zu Ende?«

»Gegen sechzehn Uhr dreißig. Danach bin ich nach Hause in meine Wohnung gegangen.«

»Haben Sie einen E-Roller?«

»Warum fragen Sie? Ich habe einen. Ich fahre fast jeden Tag damit zur Arbeit.«

»Nur so«, wich Lone aus. »Ich muss auch Sie allerdings nach Ihrem Verhältnis zu Herrn van Vaal fragen?«

»Es war gut, sehr gut sogar. Wir wollten heiraten. Jens wollte diese alte verfallene Villa kaufen und ein neues schönes Haus auf dem Grundstück bauen. Und da wollten wir leben mit unserem Kind. Jens wollte unbedingt ein Kind. Mit seiner Frau hat er keins.«

»Das heißt, Herr van Vaal wollte das Kind – es war seine Idee, nicht Ihre?«, hakte Lone nach.

»Natürlich wollte ich auch ein Kind von ihm. Aber wissen Sie, er war noch verheiratet. Da war es ein Risiko für mich, ein Kind. Aber er war besessen davon. Da habe ich nachgegeben. Leider.«

»Was bedeutet leider? Leider, weil Herr van Vaal tot ist oder weil Ihre Beziehung in letzter Zeit schwierig war?«, fragte Jörg streng.

»Unsere Beziehung war überhaupt nicht schwierig. Jens hat mich geliebt.«

»Wann haben Sie sich das letzte Mal gesehen?«

»Ich war bei der Lesung im Goethetheater.«

»Hat Herr van Vaal Sie darum gebeten?«

»Selbstverständlich. Aber die Geliebte zu sein, ist immer etwas schwierig in der Öffentlichkeit.«

»Sie sind also sozusagen inkognito bei der Lesung gewesen.«

»So könnte man es ausdrücken.«

»Und wann haben Sie sich davor das letzte Mal getroffen?«

»Am Tag vor der Lesung.«

»Also letzten Dienstag. Sie nicken. Und wo haben Sie sich getroffen?«

»Hier in der Wohnung«, antwortete Frau Heuer und räusperte sich. »Jens kam meistens nach der Uni zu mir, sofern ich freihatte. Oder abends nach dem Joggen. Er ist dann einfach aus dem Haus gegangen. Er sagte, seine Frau frage ihn nie, wohin er gehe.«

»Dann ist Herr van Vaal die letzten Wochen fast täglich zu Ihnen hier in die Wohnung gekommen?«

»Selbstverständlich. Wir wollten schließlich heiraten.«

»Und warum wollen Sie jetzt hier ausziehen?«, mischte sich Lone in das Gespräch ein.

»Nun ja. Jens hat bisher die Miete bezahlt. Aber er musste das Geld zusammenhalten, denn das alte Haus ist trotzdem sehr teuer. Das Grundstück allein ist eine Million Euro wert. Da wollte ich ihm beziehungsweise uns entgegenkommen, indem ich hier aus- und zu meiner Mutter ziehe. Meine Mutter wohnt in Vegesack. Da hätte Jens mich schnell von der Uni aus besuchen können. Jedenfalls haben wir uns das so vorgestellt. Bis das Haus fertig geworden wäre und wir zu dritt darin gelebt hätten.«

»Dann fasse ich zusammen: Ihre Beziehung zu Herrn van Vaal war bis zuletzt sehr gut.«

»Ja, Herr Oberkommissar Schmitz.«

»Dann danken wir Ihnen für Ihre bereitwillige Auskunft, Frau Heuer«, beendete Lone die Befragung und stand auf.

Beim Herausgehen warf Jörg einen Blick in die Küche. Ein Kaffeebecher noch auf dem Tisch, ein Brotkorb mit Mohnbrötchen, Herd und Spüle picobello sauber, auf dem Regal handbeschriftete Marmeladen- und Pflaumenmusgläser.

»Sie kochen selbst ein?«

»Ja«, antwortete Simone knapp.

»Meine Frau nimmt sich das jedes Jahr vor, Früchte einzukochen. Aber es wird nie was draus.«

»Ich muss noch etwas sagen«, bemerkte Simone eifrig. »Das hier ist keine gute Gegend für Kinder. Auf dieser langen geraden Straße fahren Wilde nachts Autorennen. Ich verstehe die Polizei nicht, warum hier nicht ständig nachts Patrouille gefahren wird. Diese ewigen Autorennen machen einen ganz verrückt. Bitte geben Sie das an die betreffende Dienststelle weiter. Jens fand das auch entsetzlich und meinte deswegen, ich solle hier ausziehen. Verstehen Sie?«

»Danke für den Hinweis. Wir werden es weitergeben«, versicherte Lone.

Sie will ablenken, dachte sie, als sich die Wohnungstür hinter ihnen schloss und sie die Treppe hinunter zum Parkplatz gingen. Unangenehm blies der Wind von der Weser. Lone fröstelte.

Kalt war es im Auto. Mechanisch steckte Lone den Autoschlüssel ins Zündschloss, wandte sich zu Jörg und sprach: »Sie lügt.«

»Augenscheinlich. Fragt sich nur, warum.«

»Der naheliegendste Grund ist wohl der: Simone hat Jens van Vaal umgebracht«, antwortete Lone.

»Ich habe schon oft darüber nachgedacht, warum Leute, wenn sie das Wort Polizei hören, lügen oder zumindest nicht die ganze Wahrheit sagen. Die meisten Menschen wollen mit der Polizei nichts zu tun haben. Schon wenn man von einem Polizisten angesprochen wird, hat man ein schlechtes Gewissen, obwohl man gar nichts getan hat, und ist in Habachtstellung.«

»Ja, als Kinder sind wir weggelaufen, wenn die Polizei kam.«

»Ich hatte als kleiner Steppke von vielleicht drei oder vier Jahren ein unangenehmes Erlebnis mit der Polizei. In der Nacht hatte es Gewitter gegeben und ein Blitz war in die Nachbarstraße eingeschlagen. In die Straße, nicht in ein Haus. Es hatte furchtbar gedonnert und gekracht. Am nächsten Morgen wollte ich mir das anschauen und bin mit meinem Holzroller zu der Einschlagstelle gefahren. Ich stand auf der Straße, die übrigens kaum befahren war, und wollte gerade gucken, wie tief das Loch war, da kam die Polizei die Straße heruntergefahren. Ich kriegte einen riesigen Schrecken, schnappte mir meinen Roller und raste davon, ganz ordentlich auf dem Fußweg. Die Polizei fuhr langsam hinter mir her. Bei uns zu Hause gab ich dem Roller einen Schubs, hechtete mit einem Satz über die Hecke und versteckte mich. Die Polizei hat mich nicht gefunden. Doch dann klingelten die beiden Polizisten bei uns, den Roller in der Hand, und wollten ihn wegnehmen. Meine Mutter verteidigte den Roller, und so zogen sie wieder ab. Es muss so was wie eine Urangst vor der Polizei geben. Man weiß nicht, was kommt und ob es einem schadet.«

»Schön und gut. Wie gesagt, ich bin als Kind auch vor der Polizei weggelaufen. Aber das Misstrauen gegenüber der Polizei erklärt noch nicht Simones Verhalten«, warf Lone ein.

»Sicher nicht. Nur muss man in Rechnung stellen, dass sie, sofern sie nicht die Täterin war und nichts vom Tod Jens van Vaals gewusst hat, erschrocken war, als wir von der Kripo plötzlich vor ihrer Tür standen.«

»Dass sie ihr Verhältnis zu Jens van Vaal positiver darstellt, als es war, das kann ich nachvollziehen. Aber dass sie so lügt. Beim Herausgehen aus dem Juwelierladen in Hamburg war sie sauer auf ihn, und er war missgestimmt. Vor vier Wochen hat sie zwar ›Schatz ich liebe dich‹ ins Handy getippt, aber das klingt ambivalent, könnte ebenso ein Hilferuf an ihn gewesen sein. Sie hat auf seinen Wunsch ein Kind empfangen und es abgetrieben. Das ist für eine Frau ein traumatisches Erlebnis. Er hat sich von ihr getrennt. Nach der Abtreibung oder möglicherweise aufgrund der Abtreibung hat sie Unterleibsschmerzen.«

»Woher weißt du das?«

»Hat sie in der Parfümerie zu ihrer Kollegin gesagt.«

»Das alles spricht dafür, dass sie Jens van Vaal getötet haben könnte. Motive hat sie genug, kein Alibi und dazu einen Roller, den sie ohnehin täglich benutzt«, gab Jens zu bedenken.

»Wenn sie es aber nicht war. Schließlich wohnt seine Frau in unmittelbarer Nähe zum Tatort, und das Verhältnis zu ihrem Mann war zumindest angespannt. Wenn also Simone nicht den Mord begangen haben sollte, warum sollte sie dann lügen und mit allen Mitteln versuchen, uns davon zu überzeugen, dass ihr Verhältnis zu Jens van Vaal gut war? Das kommt mir komisch vor.«

»Mir auch. Kannst mal zu Hause in Ruhe darüber nachdenken.«

»Du meinst, weil ich nichts Besseres vorhabe?«

»Miez, Miez. Wo bist du? In der Küche?« Lone knipste das Licht an. Ein Blick auf den Wassernapf. Sorgenvoll zuckte sie die Achseln.

In ihrem Zimmer? Auf Toms Bettseite lag Socke nicht.

»Miez, wo bist du denn?«

»Im Wohnzimmer, hier mit mir auf dem Sofa«, rief Rolf.

»Ach da, irgendwie hatte ich mich erschrocken, Socke nirgendwo zu sehen. Aber sie hat es sich ja in deinem Arm bequem gemacht.«

»Ich übe schon.«

»Du übst, eine Katze im Arm zu halten?«

»Ich übe, ein Baby im Arm zu halten.«

»Unsinn«, erklang Leas harte Stimme aus der Tiefe des Ohrenbackensessels.

»Was ist denn los?«, fragte Lone und setzte sich auf einen Hocker.

»Ich bin schwanger. Ich weiß es seit heute.«

»Wie schön für euch.«

»Eben nicht schön. Rolf hat heute die Nachricht erhalten, dass er als Grafiker in einer Werbeagentur in München eine Stelle bekommt.«

»Das passt doch. Dann verdiene ich endlich Geld.«

»Das passt überhaupt nicht. Du arbeitest in München und ich in Hamburg. Außerdem schreibe ich noch meine Doktorarbeit. Ich will das Kind nicht.«

»Aber ich.«

»Mein Bauch gehört mir.«

»Tut er nicht. Er gehört auch dem Kind. Und das Kind gehört auch zu mir.«

»Ich werde eine Schwangerschaftsunterbrechung machen lassen.«

»Man kann eine Schwangerschaft nicht unterbrechen. Unterbrechung bedeutet, dass man etwas fortsetzen kann. Das ist ein irreführender Euphemismus«, verbesserte er Lea streng und ließ Socke los. »Miez, Miez, Miez, wo willst du denn hin? Sie flüchtet schon.«

»Lass doch die Katze. Sagen wir Abbruch oder Abtreibung, wenn dir das lieber ist.«

»Moment mal, ich will mich nicht einmischen. Aber so redet man nicht über wichtige Entscheidungen. Ich denke, ihr solltet zunächst einmal das Für und Wider besprechen. Es handelt sich wirklich um eine Entscheidung, die ihr nicht wieder rückgängig machen könnt. Es wird nicht öffentlich darüber gesprochen, aber es gibt viele Paare, die hinterher psychische Probleme haben, Angst und Schuldgefühle und zu Selbstmord oder zu Aggressionen neigen. Oder zu Dissoziationen, dass sie immer noch glauben, sie wären schwanger. Und …« »Übertreib nicht, Lone«, fiel ihr Lea ins Wort.

»Ich als Polizisten sage euch, dass die Selbstmordrate bei Personen, die abgetrieben haben, um die fünfzehn- bis zwanzigmal höher ist als bei Menschen, die es nicht getan haben.«

»Hör auf mit so einer Angstmacherei. Ich bin kein Fall von dir.«

»Lea, tut mir leid. Aber ich glaub, ich kriege das nicht mit mir hin, wenn du das machst. Mir ginge es hinterher wirklich schlecht. Ich würde mich riesig über ein Kind freuen.«

»Unwiederbringlich. Ich weiß nicht, ob ihr euch das vorstellen könnt, was es heißt, dass etwas, was ihr euch wünscht, unwiederbringlich ist. Tom und ich, wir haben ebenso gedacht wie ihr oder wie es üblich ist. Erst die Ausbildung, das Studium, der Beruf, erst einmal einen guten, festen Job haben – und dann irgendwann einmal ein Kind oder mehrere Kinder. Das war unser Plan. Niemals haben wir uns vorgestellt, dass einer von uns jung sterben würde. Dabei ist ein Motorradunfall gar nicht unwahrscheinlich. Trotzdem, wir sind davon ausgegangen, dass wir ganz viel Zeit haben. Und jetzt … Natürlich wäre es schwer, ein Kind mit meinem Beruf zu vereinbaren. Trotzdem, jetzt bedaure ich, dass ich kein Kind von Tom habe. Mein einziger Trost ist Socke, und Socke ist krank. Wir wissen nicht, ob sie wieder gesund wird.«

»Ich glaube das nicht mit den Traumata«, murmelte Lea.

»Es ist ein Tabuthema. Kollektives Verdrängen. Es wird darüber nicht wirklich geforscht. Die Frauen und auch Männer gehen zum Arzt, klagen über Kopfschmerzen, Schlaflosigkeit, Panikattacken, Albträume, diffuse Schmerzen, Übelkeit, die Krankheit selber Post-Abortion-Syndrom wird nicht benannt und nicht erkannt.«

»Mir gefällt dein Gerede nicht, misch dich nicht in unsere Angelegenheiten ein.«

»Gib mir doch eine Chance, Lea. Lass uns in Ruhe und nicht nur einmal darüber reden«, versuchte Rolf. »Lass uns über unsere Gefühle, Sorgen, Ängste und auch Freuden reden. Was meinst du?«

»Freuden?«

»Lass solche Gedanken und Gefühle bitte einmal zu«, flehte er. »Wir besprechen doch sonst alles.«

»Meinetwegen. Das war ein langer harter Tag«, sagte Lea und gähnte. »Gehen wir erst einmal schlafen.«

»Dann gute Nacht, ich schaue mal, ob Socke schon schläft.«

»Du, ich muss morgen wieder mit ihr zum Tierarzt. Ich habe es dir noch gar nicht gesagt. Wahrscheinlich muss sie operiert werden.«

»Ich dachte es mir schon. Danke, Rolf. Ich würde ja selber gehen. Aber dieser Mord lässt einen nicht los. Na, ich muss morgen wieder früh raus. Gute Nacht euch!«

Lone blinzelte. Fahles Licht fiel durch die Jalousie und ließ Toms alten Mahagonischreibtisch wie ein dunkles Ungeheuer erscheinen. Vom Wohnzimmer hörte sie leise, aber erregte Stimmen. Lea und Rolf diskutierten, rangen immer noch. Verstehen konnte sie nichts. Lone seufzte. Etwas vollmundig hatte sie erklärt, sie sei glücklich, wenn sie jetzt ein Kind von Tom hätte. Dabei hatte sie nicht einmal genügend Zeit, sich um die kranke Socke zu kümmern. Nun tat es ihr fast ein bisschen leid, so auf Lea eingeredet zu haben, ohne ihre Wünsche und Ängste wenigstens etwas ernst genommen zu haben.

Sie stützte sich auf und schaute zu Socke hinüber, beobachtete nachdenklich, wie das Kätzchen neben ihr auf Toms Seite ruhig schlief. Seufzend drehte sich Lone auf den Rücken und starrte die Decke an. Mehr als einmal hatten sie und Tom gedacht und auch gesagt, wie gut es sei, dass sie noch kein Kind hätten. Das war besonders in Examenszeiten, wenn sowieso alles vernachlässigt wurde. Konzentriert auf ein Ziel hinzuarbeiten, da wurde alles andere unwichtig. Was hatten sie heute davon, was hatte sie nun davon? Ihr Examen hätte sie wohl auch mit Kind geschafft. Warum musste sie unbedingt durch Leistungen glänzen? Fragen – sinnlose Fragen. Es war zu spät. Unwiederbringlich. Sie hätte weinen mögen.

Und Simone Heuer? Knallhart hatte sie zu Jörg im Auto gesagt: »Simone Heuer lügt!« Aber war das die ganze Wahrheit? Stimmte das so? Wenn sie Simone Glauben schenkte, dann war es Jens van Vaal, der ein Kind wollte. Warum? Von seiner Ehefrau, von der kalten Irene hatte er keins, also wollte er sich möglicherweise selbst beweisen, dass es an ihr lag und er hingegen zeugungsfähig gewesen war. Simone mag vielleicht zunächst skeptisch gewesen sein. Ein Kind als Geliebte, ein Kind von einem verheirateten Mann, das sah nach alleinerziehender Mutter aus. Das hatte den Ruch von Einsamkeit, von Verlassenwerden. Er aber hatte ihr offensichtlich vorgegaukelt, er würde sie heiraten, er wolle mit ihr in dieses ominöse Haus ziehen. Dieses Haus erschien sowieso sonderbar. Ein Geisterhaus, in dem vor vielen Jahren ein Mord geschehen war. Mord? Es ging jetzt nicht um juristische Spitzfindigkeiten. Jedenfalls hatte er, wenn man Simone Glauben schenken durfte, der jungen, unattraktiven und mittellosen Frau versprochen, er wolle sie heiraten und mit ihr und dem Kind in diesem Haus leben. Ja, und dann hatte er plötzlich von ihr die Abtreibung verlangt! Die Heuer selbst war also nichts als sein Mittel gewesen. Einerseits um sich über seine Frau zu stellen. Selbst wenn sie nichts von der Schwangerschaft gewusst haben könnte, so hätte er Macht, Genugtuung und Rache genossen? Andererseits symbolisierte es Macht über Simone. Er war der Herr und er befahl. So könnte es jedenfalls gewesen sein.

Und Hamburg? Das feudale Juweliergeschäft? Wollte sie Trost für das abgetriebene Kind? Vermutungen. Wie fühlte Simone sich jetzt? Verspürte sie Trauer? Oder verdrängte sie alles und glaubte tatsächlich noch, sie sei schwanger? Die Heirat, das Haus, sie schien immer noch daran festzuhalten – jedenfalls tat sie so gegenüber der Polizei. Oder log sie bewusst? Dann wollte sie kaschieren, dass Jens van Vaal sie verlassen hatte, dass er sie mit ihrer Not, ihrem Kummer und mit ihren Unterleibsschmerzen im Stich gelassen hatte. Die waren wahrscheinlich echt. Was fühlte sie dabei? Fühlte sie sich minderwertig, weil ihr bewusst war, Jens van Vaal würde sich niemals zu einer Verkäuferin in einer Parfümerie bekennen? Die dazu noch Pickel hatte. Oder hatte sie die erst nach der Abtreibung bekommen? Pickel waren schließlich ein typisches Übel nach diesem Schritt. Empfand sie Trauer, Wut, Hass? Dann war sie allein mit diesen sie tyrannisierenden Empfindungen und Gedanken. Dann kochte es in ihr. Dann hatte sie ihn getötet? War sie die Mörderin und wollte mit ihrem Gerede nur von der Tat ablenken wollen? Wenn sie aber nicht Jens van Vaal beim Joggen umgebracht hatte, warum log sie vehement? Was wollte sie verbergen?

Vor dieser Frage hatte sie schon einmal ratlos gestanden. Simone hatte Jens van Vaal ungefähr vier Wochen nicht mehr gesehen, die Lesung im Goethetheater ausgenommen, was hätte sie verbergen können und wollen?

Das mussten sie rausbekommen. Jörg anrufen? Das ging doch nicht. Wie spät war es eigentlich? Zwei Uhr. Also mitten in der Nacht. Mal sehen, ob er noch online war. Tatsächlich, er war auf WhatsApp.

»Hallo Jörg, entschuldige, dass ich dich so spät noch anrufe. Ich kann nicht schlafen.«

»Deswegen rufst du mich an?«

»Nein, natürlich nicht. Was machst du denn, dass du noch auf bist?«

»Ich habe mir gerade Eishockey angeschaut. Winnipeg gegen Toronto. Krasses Spiel, sage ich dir.«

»Wer hat gewonnen?«

»Toronto. Das war irre. Winnipeg war mit fünf Toren im Vorsprung. Toronto hat fast die ganze Spielzeit nicht ein einziges Tor geschossen. Und dann in den letzten fünfzehn Minuten sechs Tore für Toronto. Rich, mein Freund in Winnipeg, ist fast ausgerastet. Das ist doch vollkommen unwahrscheinlich.«

»Deswegen rufe ich dich auch an. Es lässt mir keine Ruhe,

ich habe das Gefühl, Simone will noch etwas anderes verbergen. Vielleicht hat sie den Mord begangen, vielleicht hat sie auch etwas anderes auf dem Kerbholz.«

»Was könnte das denn sein?«

»Bei Frauen – Gift«, antwortete sie intuitiv.

»Du meinst, sie ist eine zweite Bremer Gesche?«

»Ja, vielleicht. Irgendwie ja.«

»Dagegen spricht allerdings, dass Simone Jens van Vaal wahrscheinlich seit vier Wochen nicht gesehen hat. Bei dem Interview machte er mir keinen kranken Eindruck. Und bei der Lesung erst recht nicht. Ich habe mir den Ausschnitt bei buten un binnen angeschaut. Schwäche, das passt nicht.«

»Das denke ich mir auch. Andererseits hat man bei einer Lesung vor ausverkauftem Haus einen erhöhten Adrenalinausschuss, sodass man fitter wirkt, als man ist.«

»Wirkt plausibel.«

»Hast du die Marmeladen- und Pflaumengläser auf ihrem Bord gesehen?«

»Habe ich. Ich habe Simone Heuer ja auch darauf angesprochen.«

»Sie hat sehr knapp geantwortet«, gab Lone zu bedenken.

»Bei Steinobst ist der harte Kern giftig. Beim Kochen vergeht das Gift. Wenn man hingegen den Kern zerkleinert, kann es lebensbedrohliche Auswirkungen haben. Möglicherweise hat Simone Heuer Aprikosensteine oder Pflaumensteine zerhackt und püriert und Jens van Vaal so ein Glas geschenkt. Aber das ist nichts als Spekulation.«

»Ich meine nur«, insistierte Lone, »noch ist seine Leiche nicht freigegeben. Wir sollten morgen Früh mit dem Gerichtsmediziner reden.«

»Können wir machen, ich rufe ihn an«, erklärte sich Jörg bereit und gähnte. »Ich bin reichlich müde. Aber einen Versuch ist es wert.«

»Tatsächlich«, bestätigte Jörg, während er den Hörer auflegte und sich Lone zuwandte, »Gift. Die toxikologische Obduktion hat ergeben, dass Jens van Vaal eine schleichende Blausäurevergiftung hatte. Er müsste das eigentlich gemerkt haben, ich meine, er müsste unter Kopfschmerzen und Atemnot gelitten haben.«

»Atemnot? Er war joggen.«

»Möglicherweise hat er oft verschnauft oder ist nur langsam gelaufen, was es dem Täter erleichtert hat, ihn von hinten auf den Kopf zu schlagen.«

»Ja, nur verbindest du die Tötung beim Riensberger Friedhof mit der Blausäurevergiftung. Das muss gar nichts miteinander zu tun haben. Es gab möglicherweise auch eine Person, die Jens van Vaals Tod wünschte und ihn dafür allmählich schwächen wollte.«

»Du dachtest gestern Nacht schon an Simone Heuer«, bemerkte Jörg, zog einen Stuhl heran und setzte sich zu Lone.

»Ich weiß nicht so recht. Da Blausäure in geringen Mengen vom Körper abgebaut werden kann und sie ihn über eine längere Zeit nicht gesehen hat, spricht das gegen sie als Täterin.«

»Hm, infrage kommt seine Ehefrau, für die es ein Leichtes gewesen wäre, ihm vergiftete Lebensmittel unterzumischen.«

»Oder aber doch Simone«, korrigierte sich Lone nun. »Dir sind die Marmeladengläser auf ihrem Bord in der Küche aufgefallen. Was ist, wenn sie ihm zum Abschied ein Glas Aprikosenmarmelade geschenkt hat, in das die Bitteraprikosen kaum merklich vermengt waren?«

»Nehmen wir einmal an, es ist so passiert, wo hat er die Marmelade dann aufbewahrt? Zu Hause doch wohl kaum«, überlegte Jörg und strich sich dabei über das Kinn. »Bleibt nur die Uni. Mit der Uni potenzieren sich allerdings die möglichen Täter, die ihm eine Freude in Form von Marmelade machen wollten. Selbst gemacht gilt sie als ein besonderes

Geschenk. Es könnte also auch sein Rivale Norris oder eine andere Person gewesen sein.«

»Bevor wir spekulieren, sollten wir lieber zur Uni fahren und uns vergewissern«, entschied Lone.

»Sachte sachte. Erst esse ich mein Frühstücksbrot. Mal sehen, was drauf ist. Ah, Aprikosenmarmelade. Hat mir meine Frau heute Morgen gemacht.«

»Pass auf!«, schmunzelte Lone und drohte mit ihrem Finger.

»Vielleicht verzichte ich heute, lass uns gleich zur Uni fahren.«

»Finde ich auch besser. Aber ich fahre«, sagte Lone bestimmt.

»Gibt es dafür einen bestimmten Grund?«

»Nö.«

Puh, dachte Jörg. Sie will fahren, damit sie sich auf den Verkehr konzentrieren muss und nicht von ihren Erinnerungen an Tom eingeholt wird. Wie oft hat sie ihn von der Uni abgeholt, als er bis spät in die Nacht an seiner Doktorarbeit gearbeitete. Er selbst hatte Lone da zwar noch nicht gekannt, aber sie hatte es ihm einmal erzählt. Schon merkwürdig, wie die Vergangenheit die Gegenwart und unser Handeln beeinflusst. Frei sind wir wahrlich nicht. Sartre hat unrecht, dass wir uns selbst erschaffen. Merkwürdiger Gedanke, das trifft wohl auch auf die Mörderin oder den Mörder von Jens van Vaal zu. Und noch verwunderlicher ist es, dass es möglicherweise zwei Personen gibt, die ihn töten wollten.

»Du, Lone«, begann er.

»Ich muss hier links abbiegen und wir haben Gegenverkehr.«

»Du, Lone«, setzte er nochmals an, als sie beim Berufsbildungszentrum vorbeifuhren. »Es besteht durchaus die Möglichkeit, dass zwei Personen Jens van Vaal nach dem Leben trachteten. Einmal die Person, die ihn vergiften wollte, und die andere, die ihn getötet hat. Die beiden müssen gar nichts miteinander zu tun haben und sich gar nicht kennen. Beide hatten Gründe, zu so einem außerordentlichen Schritt wie Mord beziehungsweise versuchtem Mord zu greifen. Ich gehe mal davon aus, dass es der Person, ich vermute irgendwie, dass es eine Frau ist, nicht an der Wiege gesungen wurde, einen Menschen vergiften zu wollen.«

»Das sehe ich auch so«, nickte sie. »Der Mörder oder die Mörderin muss kein brutaler Mensch sein, obgleich die Tat brutal war.«

»Hm. Es ist mehr als merkwürdig, wenn zwei Menschen diesen Jens van Vaal töten wollten. Daraus schließe ich, dass er ein Mann war, der anderen Veranlassung gab, zu so einer extremen Tat wie Mord zu greifen. Also sollten wir nicht nur die potenziellen Täter im Auge haben, sondern Jens van Vaal selbst, wie er war, wie er sich verhielt, sein Ego, seine Außenwirkung, sein Verhalten.«

»Du meinst, er ist nicht nur das Opfer, sondern in gewisser Weise Täter?«

»Ich meine ganz nüchtern«, stellte Jörg richtig, »dass wir der Mörderin oder dem Mörder und der Person, die ihn vergiften wollte, eher auf die Spur kommen, wenn wir Jens van Vaal selbst ins Blickfeld nehmen.«

»Sieht so aus«, bekräftigte sie und parkte vor dem Institut. »Aber nun wollen wir schauen, ob wir ein Marmeladenglas in Jens van Vaals Arbeitszimmer finden. Los, gehen wir hinauf zu den über das Alltägliche erhabenen Philosophen.«

»Das sagst du so ironisch«, stellte Jörg fest.

»Ich meine nur, dass eine Diskrepanz besteht zwischen der Philosophie, die uns zum Guten befähigen sollte, und einem brutalen Mord. Es ist, als würde die Macht des Bösen uns anschauen.«

»Lone, jetzt wirst du selbst philosophisch. Aber bedenke, das Böse ist nicht das Große, Mächtige und Erhabene, sondern das Mittelmäßige, das Kleinliche, das Feige. Hat Hannah Arendt geschrieben, auch eine Philosophin.«

»Komm, gehen wir lieber.«

Jörg nickte, und schweigend stiegen sie die Treppen zum vierten Stock hinauf.

Ruckartig blieb Lone stehen und hielt Jörg zurück. Aus dem Gang zur philosophischen Abteilung klang eine Frauenstimme: »Man soll nicht schlecht über Tote sprechen, aber dieser van Vaal …«

»Pst, nicht so laut«, erwiderte eine andere Frauenstimme flüsternd. »Man weiß ja nie.«

»Ach was, der kann einem endlich nichts mehr tun.«

»Ach nee. Sieh mal. Puh. Das Sprechzimmer von Norris wird geradezu belagert«, stöhnte die zweite. »Das kann dauern. Stellen wir uns an.«

Das war das Stichwort. Jörg nickte Lone zu: Auf geht's.

Was sind die verschreckt, stellte Lone für sich fest, als sie in dem engen Gang zum Sprechzimmer auf eine Gruppe von Studentinnen und Studenten zugingen. Jäh verstummt das Gespräch, wenn die Polizei in Sicht ist. Kurze scheue Blicke, und dann drehen sie sich um, als hätten sie uns nicht bemerkt. Ein verängstigter, unsicherer Haufen junger Leute. Bedrückt sehen sie aus, fand Lone. Und verängstigt. Weswegen? Wegen der Polizei, die sie zum Verstummen brachte, oder weil es sie ängstigte, dass in ihrer Nähe ein Mord geschehen war, oder weil sie sich vor der Sprechstunde graulten und um ihr Studium fürchteten? ›Sie können meistens kein Latein und Griechisch‹, fiel Lone das Urteil van Vaals ein, das Simone ihnen beiläufig mitgeteilt hatte. Hatte dieser Mord oder der Giftanschlag etwas mit alten Sprachen zu tun? Oder lag sie gerade ganz falsch?

Schweigend öffnete Jörg das Sicherheitssiegel, welches die Tür mit dem Türrahmen vom Sprechzimmer van Vaals verklebte.

Mit einem Blick stellte Lone fest: Das Arbeitszimmer sah genauso aus, wie sie es in Erinnerung hatte, der Schreibtisch, allerdings ohne den PC, der schon längst untersucht war, der Schreibtischsessel, ein runder Tisch mit Stühlen, eine Coach, Bücherregale. Und doch erschien er ihr verändert. Nein, eigentlich nicht. Nur war ihr beim ersten Mal nicht das übergroße Bild von Kant aufgefallen. Dass ein Philosophieprofessor sich ein Bild von Kant in sein Sprechzimmer hängt, ist schließlich nichts Ungewöhnliches. Daneben, und das war ihr entgangen, ein Text. Lone trat näher.

Kants berühmteste Schrift: »*Was ist Aufklärung? Aufklärung ist der Ausgang des Menschen aus seiner selbst verschuldeten Unmündigkeit.*« Und einige Sätze weiter: »*Dass der bei Weitem größte Teil der Menschen (darunter das ganze schöne Geschlecht) den Schritt zur Mündigkeit außerdem, dass er beschwerlich ist, auch für gefährlich halte …*«

Das ganze schöne Geschlecht? Unwillig kräuselte Lone die Stirn. Schon ihre Deutschlehrerin hatte sie auf diesen Satz aufmerksam gemacht. Ein Allsatz. Ein Allsatz, der ein Urteil über alle Frauen fällt, ist nicht nur falsch, sondern eines Philosophen unwürdig. War van Vaal dieser Satz jemals aufgefallen? Und wenn, vertrat er dieselbe Meinung wie Kant? Und wenn er sie vertrat, warum? Was hatten Frauen ihm getan, dass er sie herabwürdigen musste? Und rächte sich hier eine Frau durch Gift?

»Schau, das gleiche Marmeladenglas, wie es Simone Heuer auf ihrem Küchenbord stehen hat. Und dann noch Aprikosenmarmelade«, unterbrach Jörg ihre Gedanken und hielt das besagte Glas in seiner behandschuhten Hand hoch. »Wer hätte gedacht, dass der Inhalt des Kühlschranks zu den Indizien zählen würde. Bin gespannt, was die Analyse ergibt. Na, dann werden wir Simone Heuer aufs Revier laden«, sagte er, während sie die Tür wieder versiegelten.

Einmal noch vor Ladenschluss durch die Stadt bummeln, Gift und Mord und auch Sockes Krankheit vergessen, wünschte sich Lone, während sie ihr rotes Rennrad über den Zebrastreifen auf den Domshof schob. Doch daraus würde wohl nichts. Düster schaute der große baumlose Platz aus. Was hatte sie nur erwartet? Einen hell erstrahlten Dom, bunte Lichter an Buden und Ständen, Menschen bei Glühwein, Kinderpunsch und Grog, den Duft von Schmalzgebäck und Bratwürstchen und gebrannten Mandeln? Dabei würde doch erst morgen der Weihnachtsmarkt eröffnet. Heute jedoch erschienen ihr die Buden in der klammen Abenddämmerung düster und verlassen. Massig und drohend wirkte der Dom mit seinen schwarzen Türmen, die in den düsteren Himmel ragten. In der Innenstadt bei den Geschäften wird schon mehr los sein, hoffte sie, während sie langsam ihr Fahrrad über den Platz schob. Selbst das Riesenrad sieht unheimlich aus, fand sie.

Gedankenverloren blieb sie stehen und blickte hinauf zu den Gondeln, die oben schattenhaft baumelten. Dieses Riesenrad, wie anders hatte sie es in Erinnerung: größer, verlockend mit bunten Lichtern und einladenden Gondeln. Und jedes Mal die Freude, wenn ihre Mutter das Portemonnaie gezückt und ihr und ihrer Schwester Monika Geld gegeben hatte, und sie sich selbst das Ticket hatten kaufen können. Und dann ein leises Kribbeln im Bauch, wenn es aufwärtsgegangen war und die Gondeln oben verharrt waren und der Blick auf die Menschen, die bunten Buden und hinüber zum Rathaus geschweift war.

Auch mit Tom war sie einmal mit dem Riesenrad gefahren. Er hatte eigentlich nicht gewollt, aber sie hatte ihn überredet. Und dann hatte es ihm sogar mehr Spaß gemacht als ihr. Sie hatte es an seinem Gesicht gesehen. Das war schön gewesen. Das war nun vorbei. Für immer.

Langsam schob sie ihr Fahrrad weiter, bis sie fast den Dom erreichte.

Da, der Spuckstein. Hier ist Gesche Gottfried hingerichtet worden. Die letzte öffentliche Hinrichtung von Bremen. Eine Giftmörderin war sie. Wen hatte sie alles umgebracht? Ihren ersten Ehemann, ihren zweiten Ehemann, ihre Kinder und wen sonst noch alles. Wie viele Menschen waren es denn? Mal googeln. Fünfzehn Menschen vergiftete sie mit Arsenik. Mäusebutter hieß das damals Anfang des 19. Jahrhunderts. Was? Engel von Bremen wurde sie genannt, weil sie ihre Lieben so aufopferungsvoll gepflegte hatte? Erstaunlich, dass sie fünfzehn Menschen töten konnte, ohne in Verdacht zu geraten. Wie ist sie überführt worden? Aha, allmählich kursierten dann doch immer mehr Gerüchte über die merkwürdigen Todesfälle, und als ihr Vermieter Rumpf weiße kleine Körner in einem Schinken entdeckte, ließ er diese von seinem Arzt Luce untersuchen. Der stellte Arsenik fest. Was? Der Arzt selbst hatte mehrere der Mordopfer behandelt und nichts Sonderbares entdeckt? Kaum zu glauben – aber wahr. Nun ja, sie hatten ja auch nicht gleich auf Gift getippt. Jedenfalls, Gesche wurde am Abend ihres Geburtstages am 6. März 1828 verhaftet und ins Stadthaus gebracht, am 13. Mai dann ins Detentionshaus am Ostertor. Wie alt war sie damals? Dreiundvierzig Jahre. Drei Jahre verbrachte sie dort. In dieser Zeit wurde sie regelmäßig von Senator Droste, dem Untersuchungsrichter, verhört. Währenddessen bildete sich eine fast freundschaftliche Beziehung zwischen dem Senator und Gesche Gottfried. Am Tag vor ihrer Hinrichtung sagte er zu ihr, dass er sie all die Jahre lächelnd und glücklich angeschaut habe – wie bitte? Eine Serienmörderin? –, dass er nun aber bei der Hinrichtung ein ernstes Gesicht machen müsse. Sie möge ihm das nicht übel nehmen. Und gewiss würden sie sich im Himmel wiedersehen.

Na, das war ja was, dachte Lone, während sie ihr Fahrrad bei dem Edelgeschäft Manufactum in Richtung Fahrradparkhaus schob. Sympathie, ja sogar so etwas wie Freundschaft mit einer Giftmörderin, die sogar ihre eigenen Kinder umgebracht hatte! Gab es das? Offensichtlich ja. Aber durfte man sich solche Gefühle erlauben? Und vor allem, waren sie nicht pervers? Oder anders, was hatte diese Gesche an sich, dass sie immer wieder Männer in ihren Bann gezogen hatte? Auf der Lithografie aus dem Jahre 1829 sieht sie mit ihrem Häubchen, der langen Nase, dem verhärmten, bitteren Gesicht keineswegs attraktiv aus. Vielleicht konnte sie Mitleid erregen, sich selbst als Opfer darstellen. Ihr erster Ehemann soll liederlich gewesen sein. Kein Grund zum Morden. Jedenfalls sie als Kommissarin wollte und durfte sich derlei Gefühle nicht erlauben. Sie führen leicht in die Irre. Sachlichkeit, Fakten waren Trumpf. Nur was waren die Fakten in dem Fall Jens van Vaal? Keinerlei Indizien hatten sie bisher gefunden. Seufzend brachte Lone ihr Rennrad in das Videoüberwachte Fahrradparkhaus neben dem Dom, schob es auf einen der Ständer, schloss es fest ab und hievte es auf den oberen Stellplatz. Sicher war es auch hier nicht, wie sie nur zu gut aus eigener leidvoller Erfahrung wusste. Die Diebe kümmerten sich überhaupt nicht darum, dass sie während des Diebstahls gefilmt wurden. Gefasst würden sie trotzdem nicht. Na ja, es würde nachher schon noch da sein.

Nun einmal wirklich gemütlich bummeln, beschloss Lone und ging am Dom vorbei Richtung Rathaus und Roland zu den weihnachtlich geschmückten Arkaden. Vor der Confiserie blieb sie stehen. Sie versank in den Anblick der Pralinenschachteln und Täfelchen mit feinster Schokolade, die in goldenem, silbernem, rotem und blauem Glanzpapier durch die mit Schneeflocken geschmückten Butzenscheiben glitzerten. Ein Blick auf die Uhr. Es war kurz vor Ladenschluss. Darinnen sah es nach Aufbruch aus. Die letzten Kunden verließen das Geschäft. Jetzt schnell hineinspringen und sich noch Pralinen mit Nüssen und Mandeln kaufen? Oder doch nicht. Sie hatte Hunger auf

Salziges. Aber wo denn?, überlegte sie, drehte sich um. Ah! Wer kommt denn da auf der anderen Straßenseite aus dem Eingang von Karstadt? Das ist doch Simone Heuer! Mich sieht sie garantiert nicht, so wie sie in Gedanken versunken, ja geradezu niedergeschlagen, mit herunterhängenden Schultern und krummem Rücken die Einkaufsstraße entlanggeht. Ärmlich sieht sie aus in ihrer grünen, mit unechtem weißem Pelz besetzten Jacke, der schwarzen Hose und den hohen weißen Stiefeln, die – Lone konnte es sogar von der gegenüberliegenden Straßenseite erkennen – ziemlich schmutzig waren. Empfand sie Mitleid für Simone? Mitleid – vielleicht. Sympathie? Sympathie – gewiss nicht, eher war es Abneigung gegenüber der jungen Frau.

Jetzt will sie die Fahrbahn überqueren. Pass auf, da kommt eine Straßenbahn! Laut schellend kam die Bahn vor Simone zum Stehen, die schreckte zurück, verschwand einen Moment aus dem Blickfeld, überquerte vorsichtig die Straße und ging hinein zu Rewe To Go.

Da ist 'ne ziemlich lange Schlange an der Kasse. Bis Simone rauskommt, könnte ich mir noch schnell in der Imbissbude Pommes mit Currysauce kaufen. Das wäre ziemlich unauffällig, wenn sie mit ihrer Tüte in der Hand Simone weiter folgen würde. Die kam gerade selbst mit einer Papiertüte beladen aus dem Geschäft heraus, wechselte wieder die Straßenseite und blieb an der Straßenbahnhaltestelle zur Überseestadt stehen.

Also nahm sie nicht den Roller, sondern die Straßenbahn, um nach Hause zu fahren. Das könnte natürlich auch eine Ausnahme sein. Sie könnte sich schon morgens vorgenommen haben, sich was zum Essen zu kaufen, und wollte nicht mit einer Tüte am Lenker fahren. Es könnte aber auch bedeuten, dass sie ihren Roller verschwinden lassen wollte oder es schon getan hatte, damit keinerlei Spuren vorhanden waren, falls sie doch die Täterin war. Die Spurensicherung an dem Roller von Norris und dem von Jens van Vaal, den seine Frau benutzt haben könnte, hatten nichts ergeben, keinerlei Hinweise auf Dreck, Blut oder intensives Reinigen. Für Simones Roller würde sie eine richterliche Befugnis erwirken müssen, bevor der ebenfalls auf Spuren untersucht werden könnte.

Da steigt sie in die Straßenbahn. Also dann bis Montag beim Verhör.

Kühl und ungemütlich war es am frühen Morgen, fand Lone. Sie schwitzte und fror zugleich, als würde sich eine Erkältung anbahnen. Jörg war in umso besserer Form. Er rieb sich erwartungsvoll die Hände und rückte den Stuhl, auf dem Simone Heuer sitzen würde, so hin, dass sie ihm unausweichlich beim Verhör in die Augen sehen musste. Auf ihr Klopfen antwortete er mit schneidender Stimme: »Herein« und forderte sie streng auf, Platz zu nehmen. Fehlt nur noch, dass er ihr wie beim Verhör in der DDR befiehlt, sich mit den Handflächen nach unten auf den Stuhl zu setzen. Geradezu eine Foltermethode, dachte Lone ein wenig belustigt, obgleich Jörg selbstverständlich nichts dergleichen anordnete.

Schweigen. Ängstlich zusammengekauert saß Simone da, ermahnte sich offenbar, gerade zu sitzen, Haltung anzunehmen.

Was kommt nun?, fragte sich Lone. Wann unterbricht er diese befremdliche Stille?

Wortlos nahm Jörg ein Marmeladenglas aus seiner Schublade und platzierte es mitten auf dem Schreibtisch.

Schweigen. Eiskalt und feindlich sah er der jungen Frau auf dem Verhörstuhl in die Augen. Ihr Blick flackerte. Unruhig zupfte sie an den Falten ihrer karierten grauen Stoffhose. Lone beobachtete, wie ihre Halsschlagader pochte.

Wie lange hält sie das durch?, überlegte sie und fühlte sich selbst unbehaglich. Ein Niesen stieg ihr in die Nase, was sie mühsam unterdrückte, um die quälende Stille nicht aufzubrechen.

Sie würde doch hoffentlich nicht krank. Hier im Raum war es eiskalt trotz der Heizung. Das Schweigen unerträglich.

»Was hat es mit diesem Marmeladenglas auf sich?«, fragte Simone mit verkrampfter Stimme.

»Das frage ich Sie«, antwortete Jörg erbarmungslos.

»Ich weiß nicht.«

»Etwas genauer können Sie sich sicher ausdrücken.«

»Ich weiß es wirklich nicht. Das Glas sieht aus wie eines von meinen Marmeladengläsern.«

»Mögen Sie einmal kosten, ob es sich so verhält«, forderte Jörg sie auf und reichte ihr über den Schreibtisch hinweg einen langen Yoghurt-Löffel.

Hui. Sie wird ja kreidebleich, jetzt rot, nun wieder aschfahl.

»Sie meinen, ich soll einmal probieren?«

»Ja, bitte.«

»Warum soll ich diese Marmelade probieren?«

»Das sage ich Ihnen gleich. Ihr Zögern macht sie verdächtig.«

Sie macht ein Gesicht, als würde sie angestrengt abwägen, ob ein Teelöffel schon tödlich ist. Wahrscheinlich nicht. Würde ich mich darauf einlassen?, grübelte Lone stirnrunzelnd.

»Na gut«, gab Simone in gelangweiltem Ton nach und nahm einen Löffel mit so viel Marmelade, dass sie beinahe auf den Schreibtisch tropfte.

Tapfer, tapfer, bemerkte Lone für sich.

»Das ist nicht meine Marmelade. Meine Aprikosenmarmelade schmeckt anders, weniger süß.«

»Richtig, dies ist nicht Ihre Marmelade.«

»Ja, was soll das denn hier?«

»In der Universität im Kühlschrank von Professor van Vaal befand sich ein Marmeladenglas, das genauso aussieht wie Ihre Marmeladengläser, wie Sie selbst zugegeben haben. Der Inhalt, die Aprikosenmarmelade, war vergiftet.«

Jetzt ist sie ganz entsetzt. Mit offenem Mund starrt sie Jörg an und kriegt kein Wort heraus.

»Nun, was sagen Sie? Wer unschuldig ist, protestiert sofort. Ist lautstark entrüstet und droht sich zu beschweren. Sie machen sich durch Ihr Schweigen verdächtig.«

»Nein, das war ich nicht. Das muss jemand anderes getan haben.«

»An wen denken Sie da?«

»Na, seine Ehefrau natürlich. Die Ehe war hundsmiserabel. Und er hatte Angst vor ihr.«

»Angst, inwiefern?«

»Dass sie, diese Irene, ihn eines Tages vergiften würde. Sie hatte die Gewohnheit, immer vor dem Abendessen den Saft einzuschenken. Und er meinte, irgendwann würde sie ihm mal was untermischen.«

»Saft ist jedoch keine Marmelade. Und es ist die Marmelade im Kühlschrank, die eindeutig vergiftet ist. Das Glas sieht genauso aus wie die Gläser auf Ihrem Küchenregal.«

»Ich war es nicht, ich schwöre«, rief Simone und brach in Tränen aus.

Die Tränen sind echt, und Tränen zeigen Schuld und Reue. Simone Heuer wurde für Lone ein immer größeres Rätsel.

»Wer könnte es noch gewesen sein?«, fragte Jörg nach.

Schluchzen.

»Irgendjemand. Jawohl, das Zimmer war nicht immer abgeschlossen, wenn er kurz herausging. Da kann irgendjemand meine gute Marmelade mit der vergifteten ausgetauscht haben.«

»Sie geben also zu, Herrn van Vaal ein Marmeladenglas mit Aprikosenmarmelade geschenkt zu haben. Zu welchem Anlass?«

»Nur so. Wir waren ja fast ein Ehepaar. Wir wollten heiraten. Außerdem aß Herr van Vaal gerne Marmelade. Nur Erdbeermarmelade mochte er nicht. Die war ihm zu süß.«

»Von Ihrer Aussage glaube ich Ihnen nur einen Bruchteil, nämlich dass Herr van Vaal keine Erdbeermarmelade mochte. Ansonsten …« Jörg ließ den Rest des Satzes im Raum stehen.

»Sie meinen doch nicht etwa, dass ich lüge?«

»Das haben Sie gesagt.«

»Ich sage die Wahrheit.«

Schweigen.

»Verrennen Sie sich nicht weiter. Sie würden sich entlasten, wenn Sie uns über Ihr Verhältnis zu Jens van Vaal aufklären würden – und diesmal mit der ganzen Wahrheit.«

»Wir wollten heiraten.«

»Jetzt ist genug«, herrschte Jörg sie an. »Sonst lasse ich gegen Sie einen Haftbefehl ausstellen. Sehen Sie mich an, was ist die Wahrheit?«

Schweigen.

»Na, wird es?«

»Ich bin nicht schwanger«, hauchte Simone kaum hörbar. »Ich bin es nicht mehr. Wahr ist«, sprach sie und richtete sich auf, »er wollte ein Kind, hat er gesagt. Er wollte, dass ich schwanger werde. Und als ich es war, sollte ich es abtreiben. Er hat mich gezwungen, ich meine mit Worten. Er hat mir gedroht, dass er sich nicht von seiner Frau trennt, wenn ich es nicht wegmachen lasse.«

»Das ergibt nicht so richtig Sinn«, mischte sich jetzt Lone ein und rückte ihren Stuhl heran.

»Nein, das ergibt keinen Sinn. Aber es war so. Seine Frau, diese Irene, wird nicht schwanger und ist es in all den Ehejahren nicht geworden. Und er wollte sich und ihr, also seiner Frau, beweisen, dass es an ihr liegt und nicht an ihm. Er wollte seine Frau demütigen. Er hat mich nur benutzt. Benutzt, stellen Sie sich das vor. Er wollte gar kein Kind, keinen Menschen! Er hat mich geschändet!«, rief Simone und brach laut heulend zusammen.

Wenn sie nur aufhören würde zu weinen, wünschte sich Lone.

»Darf ich Ihnen ein Glas Wasser bringen?«

»Ja, bitte«, schniefte sie, suchte in ihrer Handtasche ein Taschentuch und schnäuzte sich lautstark.

»Ich habe ihn trotzdem nicht vergiftet. Nein, nein, nein.«

»Aber – haben Sie ihn getötet?«

»Frau Kommissarin. Nein«, rief Simone und schaute Lone entsetzt an. »Gewiss habe ich ihn nicht ermordet. Das war jemand anderes. Das war gewiss seine Frau, diese schreckliche Irene.«

»Entschuldigen Sie, das Telefon läutet«, unterbrach sie Jörg. »Ja, Frau Dr. van Vaal soll sofort heraufkommen.«

»Kann ich jetzt gehen?«

»Einen Augenblick, Sie müssen noch das Protokoll unterschreiben.«

»Bin ich dann fertig?«

»Es klopft«, bemerkte Lone.

»Herein«, rief Jörg.

Was kommt nun?, fragte sich Lone. Kommt es zu gegenseitigen Beschimpfungen?

Atemlos beobachtet sie, wie Frau Dr. van Vaal den Raum hoheitsvoll mit erhobenem Kopf wie eine Königin betritt. Simone Heuer ist schon bei der Tür. Wenn Blicke töten könnten, geht es Lone durch den Sinn. Simone drängt sich an Irene vorbei. Die Unternehmerin wirft der Verkäuferin einen verächtlichen Blick zu und wendet sich an Jörg: »Das ist eine Unverschämtheit, Herr Oberkommissar. Ich habe Ihnen genau gesagt, dass ich keine Zeit habe, weil ich gleich zur Vorstandssitzung muss, und Sie, Herr Schmitz, bestellen mich hier ins Polizeipräsidium, als wäre ich eine

Verbrecherin. Hätten Sie nicht gefälligst zu mir nach Hause kommen können, wenn Sie mit mir reden wollen?«

»Sachte sachte, Frau Dr. van Vaal. Nehmen Sie bitte erst einmal Platz«, antwortete Jörg unbeirrt und wies auf den Stuhl, auf dem eben gerade Simone Heuer gesessen hatte.

»Ich werde mich über Sie beschweren. Ich kenne den Polizeipräsidenten aus meiner Schulzeit. Sie sehen, ich trage Schwarz. Ich trage Trauer.«

Und das mit einer Brillantkette auf dem schwarzen Rollkragenpullover, bemerkte Lone argwöhnisch für sich.

Ohne darauf einzugehen, stellte Jörg das Marmeladenglas auf den Schreibtisch.

»Was ist das? Was soll das … ein Marmeladenglas?«

»Es befand sich im Kühlschrank Ihres Mannes in seinem Büro in der Universität.«

»Na und? Was habe ich damit zu tun? Meinen Sie wirklich, ich interessiere mich dafür, was mein Mann in seinem Kühlschrank hat? Da habe ich wahrhaftig anderes zu tun.«

»Dieses Marmeladenglas ist vergiftet. Genauer, die Aprikosenmarmelade darin.«

»WAS? Das macht nun überhaupt keinen Sinn. Mein Gatte wurde grausam ermordet UND jemand wollte ihn vergiften?«

»Eben deswegen haben wir Sie gebeten, sich heute trotz Ihrer beschränkten Zeit hierher ins Polizeipräsidium zu begeben.«

»Mein Mann wurde vergiftet. Das ist ja furchtbar! Er klagte öfter über Kopfschmerzen, Übelkeit und Atemnot und konnte sich das gar nicht erklären. Das wurde allerdings besser. Vor der Lesung im Goethetheater ging es ihm gut. Da hat er wohl keine Marmelade mehr gegessen.«

»Wer könnte ihrem Gatten eine vergiftete Marmelade in seinen Kühlschrank gestellt haben?«, fragte Lone.

»Weiß ich nicht. Furchtbar.«

»Wie wäre es mit Herrn Dr. Norris?«, warf Jörg den Namen in das Gespräch.

»Professor«, korrigierte sie ihn. »Herr Norris ist Professor, wenn auch ohne Amt.«

»Danke für die Berichtigung. Noch einmal, könnte Herr Professor Norris dies getan haben? Schließlich hat er als Kollege am leichtesten Zugang zu dem Raum Ihres Gatten. Es dürfte ein Leichtes oder sagen wir nicht allzu schwierig gewesen sein, das Marmeladenglas auszutauschen.«

»Warum sollte Herr Professor Norris das getan haben?«

»Nun, vielleicht, um die Stelle Ihres Gatten zu erhalten.«

»Machen Sie sich nicht lächerlich, Herr Oberkommissar Schmitz. Die Stelle wird regulär ausgeschrieben. Da gibt es keinen Schmu. Warum also sollte Harald, ich meine Herr Professor Norris, diesmal die Stelle erhalten? Es wird genug andere Bewerber geben.«

»Welches Verhältnis haben Sie zu Herrn Professor Norris?«, fragte Jörg so ohnehin.

»Gar keins.«

»Sie nannten ihn eben bei seinem Vornamen.«

»Das hat heutzutage nichts zu sagen. Alle Menschen duzen sich. Ständig wird man von Unbekannten geduzt.«

»Dennoch, es klang vertrauter bei Ihnen. Nochmals, welches Verhältnis haben Sie zu Professor Norris?«

»Wir interessieren uns beide für Griechisch.«

»Was bedeutet ›interessieren‹?«

»Können Sie Griechisch, Herr Schmitz? Was soll die Frage?«

»Nochmals. Es geht hier um Mord. Wie sieht ein gemeinsames Interesse an Griechisch konkret aus?«

»Darauf muss ich nicht antworten. Ich gehe gleich und komme mit meinem Anwalt wieder. Hätte ich sowieso von vornherein machen sollen.«

»Gut, lassen wir die Frage. Hätte Ihrer Meinung nach Frau Simone Heuer die Marmelade vergiften können?«

»Simone Heuer. Wer ist das? Kenne ich nicht.«

»Ich möchte Ihnen etwas nachhelfen. Sie sind ihr eben begegnet, und ich hatte nicht den Eindruck, dass die Dame Ihnen gänzlich unbekannt gewesen ist.«

»Ich habe die Frau nie zuvor gesehen.«

»Aber Sie wussten von ihr.«

»Hören Sie auf. Was soll das? Natürlich nicht. Meinen Sie, Jens hätte so etwas ausposaunt? Unsere Ehe beruhte auf Diskretion. Auch untereinander.«

»So sage ich es Ihnen nunmehr direkt. Frau Simone Heuer war die Geliebte Ihres Mannes.«

»Unsinn. Mein Mann mag bisweilen fremdgegangen sein, aber eine Geliebte hatte er nicht.«

»Ich verstehe nicht, warum Sie nicht zugeben, dass Sie von Simone Heuer wussten. Warum haben Sie dies bei unserem Gespräch verschwiegen? Andersherum, warum schützen Sie Frau Heuer?«

»Wie bitte?«

»Es gibt dafür erkennbar nur zwei Gründe. Sie und Frau Heuer sind Komplizinnen beim Mord Ihres Gatten, oder Sie verschweigen Frau Heuer, weil Sie sich selbst nicht belasten wollen. Schließlich wäre eine Geliebte durchaus ein Mordmotiv.«

»Was faseln Sie da. Sie halten sich wohl für sehr klug.«

»Das habe ich nicht gehört«, antwortete Jörg streng. »Also, was ist Ihr Grund?«

»Ich höre den Namen heute zum ersten Mal.«

»Leugnen Sie es nicht, Sie verrennen sich nur. Selbst wenn der Name Ihnen unbekannt gewesen sein sollte, so wussten Sie, dass Ihr Mann eine Geliebte hatte und dass diese schwanger von Ihrem Mann war.«

»Ist«, entgegnete Irene und sackte auf ihrem Stuhl zusammen. »Ist. Diese Frau bekommt ein Kind von meinem Mann.«

Weiß sie also nichts von der Abtreibung?, dachten Lone und Jörg beide und schwiegen dazu.

»Das scheint für Sie schmerzhaft zu sein«, sagte Lone mit einfühlsamer Stimme.

»Haben Sie eine Ahnung, Frau Kommissarin. Wissen Sie, was leiden ist? Wahrscheinlich nicht. Sie sind noch jung. Sie haben Ihr Leben noch vor sich – ich nicht.«

Nur jetzt nichts sagen, abwarten. Vielleicht erklärt sie sich näher.

»Mein Mann ist tot. Aber er ist für mich schon tot seit Jahren. Ich meine, die Liebe. Ich war sehr verliebt in ihn. Mein erstes Rendezvous, Date sagt man wohl heute, hatten wir in der Lila Eule. Jens konnte wunderbar tanzen. Ich trug High Heels, und mein Absatz vom rechten Schuh brach ab. Jens brachte es tatsächlich fertig, den Schuh noch am Abend im Lokal zu reparieren. Das beeindruckte mich. Er war damals fremd in Bremen, kam gerade aus Berlin, hatte nichts außer dieser fantastischen Doktorarbeit, die er damals hier an der Uni in Bremen eingereicht hatte. Jetzt ist sie ein Bestseller: *Mut zur Zukunft*. Ich war fasziniert von ihm, er hatte Charme«, schwärmte sie, und es war, als blickte sie in ihr früheres Inneres, als wollte sie sich vergegenwärtigen, wie beeindruckend sie ihn damals fand.

Irene schluckte und fuhr fort: »Meine Familie war gegen die Verbindung. Ein armer Schlucker, dieser Jens Meier, und dazu noch ein Blender, behauptete mein Vater und behielt recht, leider. Dennoch konnte ich meine Familie umstimmen. Wir sind ein Familienunternehmen, waren es jedenfalls bis vor Kurzem. Und wir brauchten einen Erben, möglichst einen Sohn. Damit habe ich meine Familie überzeugt. Ich wurde auch tatsächlich schwanger. Wir heirateten. Aber es kam alles anders, ich verlor das Kind. Danach hat es nie wieder geklappt. Wir, also Jens und ich, ließen uns medizinisch untersuchen. Alles in Ordnung. Trotzdem, man kann es nicht erzwingen, und nun bin ich zu alt. Ich bin achtundvierzig Jahre alt. Na ja, und mein Mann ist jetzt tot.«

Geistesabwesend drehte sie an ihrem Ehering, bis sie sich plötzlich wütend aufrichtete. »Und dann kommt dieses junge ungebildete Ding, diese Simone Heuer, und wird schwanger, und er will sich scheiden lassen und diese ungehobelte Frau heiraten! Stellen Sie sich das vor! In sein neues Haus wollte er mit ihr einziehen. Noch am Tag seiner Ermordung hat er den Kaufvertrag unterschrieben. Dieses Gruselhaus, das seit fünfundvierzig Jahren leer steht!«

Sie weiß nichts, dachten Lone und Jörg. Dieser Professor für Philosophie Jens van Vaal hat sie im Unklaren gelassen, leiden lassen, gequält.

Er ist ein Schatten über Bremen, schoss es Lone durch den Kopf.

»Ich weiß«, sprach Frau Dr. van Vaal und blickte Jens fest in die Augen. »Ich habe mich eben selbst belastet, den Mord an meinem Mann verübt zu haben. Jedoch glauben Sie mir, ich war es nicht.«

»Wir kommen nicht weiter«, stellte Jörg am nächsten Morgen resigniert fest und wandte sich vom Fenster Lone zu.

»Du bist, so scheint es, genauso depri wie das Wetter draußen.«

»Wir waren gestern mit den Kindern auf dem Weihnachtsmarkt. Nur nass und teuer.«

»Jörg, so kenne ich dich gar nicht. Ich finde, wir haben gestern beachtenswerte Informationen über Norris erhalten. Frau van Vaal hat ihm attestiert, er habe kein Motiv für einen Mord, obgleich er zu den Verdächtigen zählt. Seltsam. Nicht?«

»Nehmen wir diesen Norris einmal genauer unter die Lupe. Hast du eine Idee?«

»Ich höre mir einmal eine Vorlesung von ihm an.«

»Hm. Ist einen Versuch wert. Vielleicht kann man aus seinen Gedanken heraus etwas ermitteln.«

»Hoffen wir mal.«

»Geh du mal alleine hin, Lone. Ich habe gleich eine Besprechung, und es ist in dem Sinne kein Verhör.«

»Bis dann, ich mache mich gleich auf den Weg.« Lone nickte ihm zu, nahm ihren Mantel vom Harken und fuhr zur Uni.

Lone beschloss, sich möglichst unauffällig in die letzte Reihe zu setzen, und beobachtete, was so vor sich ging. Ziemlich leer, der Hörsaal. Norris wirkt trotzdem souverän, wie er da an seinem Pult steht. Es scheint ihn nicht zu tangieren, dass seine Zuhörerinnen und Zuhörer nicht sonderlich interessiert wirken. Was macht denn da die Studentin vor mir? Was schreibt sie so eifrig auf ihrem Handy? Ein Chat mit einem Prof über ihre letzte Liebesnacht und was sie am Abend wieder miteinander tun wollen. Dabei ist es interessant, was Norris vorträgt. Könnte sie sich doch nur öfter Zeit nehmen, einmal eine Vorlesung in Philosophie zu hören. Die Zeit verging dabei wie im Fluge. Schon war die Vorlesung vorbei.

Norris schaute in die Runde, lächelte amüsiert und beendete die Sitzung mit: »Meine Damen und Herren, ich wünsche einen angenehmen Tag.«

Allgemeines Raunen, Aufbruch. Lone stellte sich in den Ausgang und betrachtete die wenigen Studentinnen und Studenten, die langsam und gelangweilt aus dem Hörsaal schlurften.

»Kommst du heute Abend zum Glühweintrinken auf den Weihnachtsmarkt?«, hörte sie einen Studenten beim Herausgehen fragen.

»Nee, nicht bei diesem schaurigen Wetter.«

Bei der Tür wartend, beobachtete sie, wie Norris sorgsam seine Sachen zusammengepackte und in seinem Lederaktenkoffer ordnete. Er sah hoch, nickte und kam freundlich lächelnd auf sie zu. Groß war er im Vergleich zu seinen Studenten. Er hätte wahrscheinlich keinen Roller gebraucht, um Jens van Vaal von hinten zu treffen.

»Guten Morgen, Frau Kommissarin Peterson. Es ist mir eine Ehre, dass Sie meine Vorlesung besucht haben. Mögen Sie mit mir zusammen eine Tasse Kaffee trinken? Bei dem Regen schlage ich das Unikum gleich hier im Gebäude vor. Ist hübsch dort.«

»Gerne. Eine Tasse Kaffee jetzt am frühen Morgen wäre nicht schlecht. Aber ich bezahle selbst.«

»Bitte hier hindurch«, lenkte Norris und ließ Lone den Vortritt.

»Ist noch wenig los. Wo möchten Sie sitzen?«

»Dort in der Ecke. Da sind wir ungestört«, antwortete sie und hatte kurz Sorge, Letzteres könnte man auch falsch verstehen.

»Nun, was sagen Sie zu der Vorlesung?«, begann Norris das Gespräch.

»Verschiedenes«, gab sie zu und blickte zu der jungen, grünhaarigen Frau auf, die die Bestellung entgegennahm.

»Bitte für mich einen Café crème. Ohne Milch.«

»Ich hätte gerne einen Latte macchiato«, wandte er sich an die Bedienung.

»Wir wurden gerade unterbrochen.«

»Ich hatte den Eindruck, entschuldigen Sie, wenn ich das so sagen muss, dass sich die meisten Ihrer Zuhörerinnen und Zuhörer nicht sonderlich für das Thema interessierten. Sie machten eher einen müden, gelangweilten Eindruck auf mich.«

»Sie haben recht. Klassische Philosophie gehört zum Pflichtprogramm, reißt aber die Leute nicht gerade vom Hocker, um es einmal salopp auszudrücken. Aktuelle Themen wie inklusive Philosophie oder Philosophie mit dem Schwerpunkt auf Klima und Zukunft erwecken bedeutend mehr Aufmerksamkeit. Jens van Vaal mit seinem reißerischen Titel *Mut zur Zukunft* hat genau den Nerv der Zeit getroffen.«

»Das kann ich mir gut vorstellen. Ich persönlich, und das meinte ich mit Verschiedenes, fand die Vorlesung spannend und aufschlussreich. Seit meiner Schulzeit, ich hatte Philosophie als Wahlfach, konnte ich keinem Philosophieunterricht mehr beiwohnen. Da habe ich wohl Nachholbedarf. Platon haben wir damals auch durchgenommen, aber ich hatte ganz vergessen, dass er von den Ideen, von dem unveränderlichen Sein ausgeht und dazu im Unterschied die sich ständig verändernde Welt der Erscheinungen setzt. Das ewige Sein ist für ihn das Eigentliche, das Wirkliche. Unsere sichtbare Welt der Erscheinungen ist nichts als ein Schatten im Vergleich zu dieser unsichtbaren Wirklichkeit.«

»Das finden Sie spannend?«

»Ja, insbesondere weil für Platon die Gerechtigkeit einen Schlüsselbegriff in seinem Denken, seiner Philosophie darstellt. Sehen Sie, ich bin Polizistin, besser gesagt Kommissarin geworden, weil ich ebenfalls einen abstrakten Begriff von Gerechtigkeit habe. Ich bin zwar keine Richterin, aber ich strebe doch durch meinen Beruf an, zu der Gerechtigkeit in unserer Gesellschaft etwas beizutragen. Obgleich ich genau weiß, dass die Gerechtigkeit ein Ziel, ein Ideal darstellt, das nicht zu verwirklichen ist. Aber genau in diesem Streben nach dem Ideal, nach der reinen Gerechtigkeit gefällt mir Platon. Und so missfällt mir Roscelin, den Sie ebenfalls in Ihrer Vorlesung ansprachen. Für Roscelin besitzen nur die empirisch wahrnehmbaren Dinge Wirklichkeit. Ideen oder Begriffe wie Gerechtigkeit sind für ihn nichts als Luftblasen, die der Mund ausstößt. Er spricht ihnen jede Realität ab. Das führt meiner Meinung nach zur Anarchie, im privaten wie im öffentlichen Bereich. Zu Rücksichtslosigkeit, zu Rechtlosigkeit oder zum Verbrechen.«

»Sie verstehen, Frau Peterson, die Philosophie offenbar nicht als abstrakte, vom Leben getrennte Wissenschaft.«

»Nein, sicher nicht. Philosophie ist die Wissenschaft für das Leben.«

»Aha«, meinte er und schaute sie neugierig an. »Was sagen Sie zu Abaelard? Der kam in der Vorlesung ebenfalls zur Sprache.«

»Irgendwie faszinierend und ein bisschen unheimlich in seinen Schlussfolgerungen. Abaelard geht, wenn ich das richtig verstanden habe, nicht davon aus, dass die Ideen, die Allgemeinbegriffe etwas Außerweltliches, also Ewiges, sind, sondern sie sind nach seinem Verständnis innerweltlich entstanden durch Konvention. Nehmen wir wieder den Begriff Gerechtigkeit. Gerechtigkeit entsteht in einer Gesellschaft und fasst als Oberbegriff zusammen, was in dieser als gerecht verstanden wird. Es handelt sich somit durchaus um einen wandelbaren Begriff. Für Platon war die Sklavenhaltergesellschaft eine Selbstverständlichkeit und kollidierte nicht mit der Gerechtigkeit. Für uns ist das heute undenkbar.«

»Was finden Sie denn an Abaelard unheimlich?«

»Seinen Denkansatz. Aus dem real Vorhandenen ergibt sich die Vorstellung, die Idee von Gerechtigkeit. Wenn aber niemand mehr gerecht handelt, nehmen wir diesen Fall einmal an, dann verschwindet die Vorstellung, die Idee und damit die Sehnsucht nach Gerechtigkeit. Gerechtigkeit lässt sich dann nicht einmal mehr denken. Das finde ich beunruhigend. Und noch etwas. Sie wandten als Beispiel die Gattung Menschheit an. Abaelard sagt, der Begriff Menschheit setze voraus, dass es Menschen gibt, also mindesten zwei Menschen. Wenn es aber keine Menschen mehr gibt, dann auch nicht mehr den Begriff.«

»Ich verstehe Sie nicht ganz, was ist daran unheimlich?«, hakte er weiter nach und schaute Lone skeptisch über seinen Kaffeetassenrand an.

»Unheimlich ist daran, dass ich noch einen Schritt weiter als Abaelard gehe. Wenn ein Mensch stirbt, also ein Mensch, der wirklich gelebt hat und vorhanden war, dann gibt es noch eine kurze Zeit die Erinnerung. Aber schon zwei Generationen weiter wissen die Nachfahren in der Regel nicht, dass es diesen Menschen überhaupt gegeben hat, wissen nicht den Namen, nichts über seine Lebensgeschichte. Bisweilen erhalten sich merkwürdige Anekdoten. Allgemein gesprochen bedeutet dies, dass bis auf wenige berühmte Ausnahmen die Menschen, die doch einmal wirklich gelebt haben, in ein Nichts fallen, als hätte es sie nie gegeben.«

»Das hat mit Abaelard wenig zu tun. Das ist einfach so«, bemerkte Norris.

»Gut, nehmen wir einmal den Fall, weswegen wir heute hier sitzen: Professor Jens van Vaal. Ich gehe davon aus, dass im Moment seiner noch gedacht wird. Also seine Ehefrau, Sie, seine Studentinnen und Studenten, seine Eltern denken an ihn, und es wird ermittelt. Vermutlich hat auch die Mörderin oder der Mörder ihn noch nicht vergessen. Doch gesetzt den Fall, die Ermittlung kommt zu keinem Ergebnis und wird eingestellt, was bisweilen, wenn auch äußerst selten, bei Mord vorkommt, dann ist es nach einiger Zeit so, und da wären wir wieder bei Abaelard, als hätte es Jens van Vaal nie gegeben, als hätte er nie gelebt.«

»Davon wäre wohl auszugehen, wenn der Fall unaufgeklärt bliebe«, bemerkte Norris, rührte in seiner Kaffeetasse und legte den Löffel schnell wieder weg.

»Mein Gedanke ist der«, fuhr Lone fort, »dass dieser Mord begangen worden sein könnte, damit Jens van Vaal nicht mehr existiert. Er sollte einfach weg sein oder mehr noch nie vorhanden gewesen sein.« Sie lachte. »Das wäre meine Schlussfolgerung aus Abaelard.«

»Ganz so verhält es sich nicht«, korrigierte Norris und schien erleichtert, sie endlich belehren zu können. »Abaelard ist ein Mensch, ein Philosoph des Mittelalters. Er ist ein gläubiger Christ. Und wenn er auch die Ideen nicht als etwas ewig Seiendes begreift, so doch Gott. Gott ist für ihn nichts Abstraktes, sondern Gott ist das unerreichbare Gegenüber des Menschen, Gott handelt in der Welt.«

»Mit handeln meinen Sie, er lenkt die Welt?«, fragte Lone skeptisch. »Dann wäre der Mensch eben nichts anderes als eine Marionette.«

»Das eben gerade ist er für Abaelard nicht«, entgegnete Norris entschieden.

»Abaelards Philosophie und Ethik gründen sich auf der Intention. Es geht darum, aus welcher Absicht ein Mensch eine Handlung vollführt. So kann dieselbe Handlung gut oder böse sein.«

»Das verstehe ich nicht ganz. Für mich ist Mord Mord.«

»Für Abaelard nicht. Nehmen wir die Kreuzigung Jesu Christi. Die Juden wurden angeklagt und oftmals verdammt, Jesus Christus hingerichtet zu haben. Abaelard aber sagt, und das hat ihm große Probleme eingebracht, dass selbst der Hohepriester unschuldig war, weil seine Absicht eine gute war: Nach jüdischem Gesetz war Jesus ein Gotteslästerer und darauf stand nach jüdischem Gesetz die Todesstrafe, die er von den Römern forderte.«

»Das ist geradezu revolutionär.«

»Abaelard hatte aber auch kuriose Beispiele. Sie wissen, dass Mönche sexuelle Enthaltsamkeit bei ihrem Ordenseintritt gelobten. Sein Beispiel, es steht in der Ethik *Erkenne dich selbst*: Ein Mönch liegt gefesselt auf einem weichen Bett, umgeben von wunderschönen, kaum bekleideten Frauen. Sie müssen sich durchsichtige Gewänder vorstellen. Dass der Mönch in Begierde entbrennt, ist keine Sünde, sondern natürlich. Ob er dazu aber seine Zustimmung gibt, das entscheidet über die Beurteilung. Oder ein anderes Beispiel: Ein Mann schläft mit einer verheirateten Frau. Ob er darunter leidet, dass sie verheiratet ist, er jedoch trotzdem mit ihr schläft, weil er sie liebt, oder ob er mit ihr schläft, obwohl ihm gar nichts an ihr liegt und er nur ihren Ehemann demütigen will, das ist für Abaelard entscheidend.«

»Das leuchtet ein.«

»Oder noch ein Beispiel. Das fällt in Ihr Fach. Ein Richter verurteilt einen Mann zum Tode. Er tut dies, weil der Mann wirklich einen Mord begangen hat und weil dies dafür die Strafe ist. Oder aber er verurteilt den Mann, natürlich ohne dass dies öffentlich bekannt wäre, weil er ihn hasst. Es ist dasselbe Ergebnis. Der Mann wird verurteilt und hingerichtet. Dennoch ist die ethische Beurteilung eine ganz andere.«

Sie schwieg, schaute sich im Raum um, wo sich mehrere Gruppen zum Frühstück trafen, und blickte Norris dann in die Augen. »Und wie ist Ihr Verhältnis zu Professor Jens van Vaal? Haben Sie ihn gehasst?«

Norris schüttelte den Kopf und lächelte amüsiert. »Nein, gehasst habe ich ihn nicht. Ich brauche und kann kein Hehl daraus machen, dass ich ihn nicht gemocht habe. Ich halte ihn auch, wie ich schon einmal erwähnte, für einen nicht gerade begnadeten Philosophen. Das muss ich allerdings differenzieren. Schriftlich, also in seinen Arbeiten, seiner Doktorarbeit und seiner Habilitationsschrift, war er geradezu außergewöhnlich, wenn nicht genial. Aber mündlich. Nun gibt es das natürlich, dass Menschen sich hervorragend schriftlich äußern können und mündlich durch die Kommunikationssituation so beeinflusst werden, dass sie versagen. Aber er war nun nicht gerade der schüchterne, introvertierte Typ, sondern eher jemand, der öffentlich brillieren wollte, was er auch tat, wenn es nicht gerade um Philosophie und Griechisch ging.«

»Wie ist Ihr Verhältnis zu Frau Dr. Irene van Vaal?«, hakte Lone nach.

»Sie stellen vielleicht Fragen. Lassen Sie mich nachdenken. Ich habe eigentlich kein Verhältnis zu ihr. Manchmal sehen wir uns aus rein fachlichem Interesse. Sie ist eine brillante Altphilologin. Eine kluge Frau, die meine Achtung besitzt. Für sie ist der Tod ihres Mannes ein herber Schlag, denn, wie ich schon andeutete, Jens van Vaal besaß Charme. Und sie sind ja nun schon zwanzig Jahre verheiratet, haben viele Reisen miteinander unternommen. Sie hat ihn auch meist zu Kongressen begleitet. Ich würde sagen, Frau Dr. Irene van Vaal und ich pflegen ein freundschaftlich distanziertes Verhältnis zueinander«, sprach er und schaute auf seine Rolex.

Er hat genauso eine Armbanduhr wie van Vaal, fiel Lone auf.

»Entschuldigen Sie, ich habe gleich die nächste Veranstaltung.«

»Natürlich bitte«, lenkte sie ein und sah sich nach der Bedienung um.

»Nur noch eine Frage. Wann hat Abaelard gelebt?«

»Vor 900 Jahren. Also genau genommen von 1079 bis 1142. Sie müssen unbedingt seinen Briefwechsel mit Heloisa lesen. Sie war seine Geliebte, später seine Ehefrau und dann Nonne und Äbtissin. Eine hochintelligente Persönlichkeit. Als einzige Frau Frankreichs erhielt sie den Ehrentitel Magistra.«

»Na, wie war es?«, fragte Jörg und schaute von seinem PC hoch, während Lone ihren nassen Mantel im Dienstzimmer an den Haken hängte, die Spange aus ihrem Haar löste, die langen nassen blonden Haare schüttelte und sich einen Zopf flocht.

»Ist das ein Regen. Nur dieses kurze Stück, und ich bin patschnass.«

»Wie war es denn? Hat die Vorlesung was gebracht?«

»Was soll ich sagen? Hm, ich weiß nicht, so direkt nicht. Interessant war es schon. Aber ob Norris unser Mann ist … Selbst wenn er es sein sollte, so ist er zu klug, um uns Hinweise zu geben. Ich würde mal sagen, wir stecken fest ohne Indizien.«

»Tja, das sehe ich auch so. Der Roller von Simone Heuer hat auch nichts ergeben. Auch die Reifen nicht. Sie ist in letzter Zeit nicht über Sand oder Laub gefahren.«

»Manchmal überlege ich«, teilte Lone ihre Gedanken und krauste die Stirn, »es könnte einen Täter geben, an den wir überhaupt nicht denken.«

»Oder nicht denken können, weil wir von Jens van Vaal, seinem Leben, seiner Vergangenheit zu wenig wissen. Wer hat ihm anonym das Buch *Farm der Tiere* zugeschickt? Es kann die Täterin oder der Täter gewesen sein oder aber eine Person, die mit dem Mord nichts zu tun hat.«

»Tja Jörg, wir könnten jetzt jeden einzelnen Prof oder Assistenten befragen. Mein Vorschlag ist, wir knüpfen uns noch einmal Norris vor, und zwar, wenn er es nicht erwartet. Also heute Abend könnten wir ihm in seinem Domizil im Schnoor einen unerwarteten Besuch abstatten.«

»Tja, warum nicht? Wollte sowieso nicht früh nach Hause.«

»Hä? Nicht im Ernst.«

»Ach Lone.«

»Dann bis heute Abend um halb acht.«

»Habe ich mich abgehetzt«, rief Lone außer Atem.

»Ist gar nicht nötig. Ich stehe hier ganz entspannt vor dem Laden mit dem schönen Namen Weihnachtsträume und bewundere den Weihnachtsmann im goldbesetzten Mantel mit Rauschebart. Guck hier, das Rentier mit Schlitten und die vielen wunderschönen bunten, glitzernden Kugeln. Meiner Frau würde der Engel und der ganze Weihnachtsschmuck gefallen. Der einzige Nachteil ist, die ganze Pracht ist zu teuer für mich.«

»Geld – das ewige Thema«, seufzte Lone und schlenderte mit Jörg das Kopfsteinpflaster hinunter.

Sie bogen in eine enge Gasse und zwängten sich durch Menschengruppen, die in die Restaurants strömten.

»Hab du mal fünf Kinder und ein Haus abzubezahlen«, maulte Jörg. »Aber ich freue mich, Lone, unsere Kinder bekommen zum Nikolaustag ein glitzerndes Rentier mit Beleuchtung. Hat meine Frau in einem Billigkaufhaus entdeckt.«

»Du hast es gut. Machst dir Gedanken über Rentiere und Nikolaus.«

»Na, was ist denn?«

»Ich war eben noch beim Tierarzt. Darum komme ich auch so spät. War proppenvoll. Und das Fahrrad wollte ich nicht nehmen. Sind wahrscheinlich alle Fahrraddiebe von Bremen bei dem Weihnachtsmarkttrubel unterwegs. Aber das ist Nebensache. Socke ist immer noch nicht gesund. Und der Arzt weiß nicht, was sie hat. Socke tut mir so leid. Sie kann nicht raus. Sonst ist sie vom Küchenfenster auf die Linde vor dem Fenster gesprungen. Jetzt ist sie viel zu schwach dazu. Sie jammert. Sitzt einfach vorm Küchenfenster … Ach je.«

»Wird schon.« Jörg zwang sich ein kleines Lächeln für sie ab. Sie hatten inzwischen die Haustür vom Professor erreicht. »So, Norris scheint daheim zu sein, es brennt Licht. Bin gespannt, ob er uns reinlässt. Muss er ja nicht. Klingel du mal, Lone.«

»Warum ich?«

»Du bist die sympathischere von uns beiden.«

»Ach was. Also gut.« Die bekannte Melodie ertönte. »Hörst du, er kommt die Treppe runter.«

»Er schaut erst durch den Spion«, flüsterte Lone.

»Sie?«, wunderte sich Norris, während er die Tür einen Spalt breit öffnete, so weit, wie es die Sicherungskette zuließ.

»Guten Abend, Herr Norris, dürften wir Sie für einen kleinen Augenblick stören?«

»Stören ist gut. Es passt im Moment wirklich nicht.«

»Wir können gerne wieder gehen und einen Termin im Präsidium vereinbaren.«

»Na gut«, gab Norris achselzuckend nach. »Einen Moment, ich öffne die Tür.«

»Vielen Dank, wir möchten Sie auch wirklich nicht allzu lange aufhalten«, versicherte Lone, während sie seine verrutschte Krawatte registrierte.

»Harald, wo bleibst du so lange? Der Champagner wird warm«, flötete von oben eine Frauenstimme.

Nanu, wunderte sich Lone, das klingt wie die Stimme von Frau van Vaal.

»Gibt es was zu feiern?«, fragte Jörg.

»Eigentlich nicht. Carpe diem. Ergreife den Tag.«

»Ach so. Das sollte man in der Tat öfter tun. Müsste ich mir auch mal vornehmen«, bemerkte Jörg, während sie die chromblitzende Wendeltreppe zum Wohnraum hochgingen.

Was feiert die denn nun mit Norris?, überlegte Lone. Etwa den Tod ihres Gatten?

Oben angekommen, staunte Lone nicht schlecht: Oh la la, das ist ja mal was. Die trauernde Witwe im tief dekolletierten roten Kleid mit einem Sektglas in der Hand? Das hatte sie nicht erwartet.

»Die Polizei?«, rief Frau Dr. van Vaal, und ihr rot geschminkter Mund zog sich unangenehm nach unten.

»Nur einen Augenblick«, meinte Lone beschwichtigend.

»Nein, ist schon recht. Bitte nehmen Sie Platz«, forderte Norris die Kommissare mit konziliantem Lächeln auf. »Es ist ein schwerwiegender Fall, der, so hoffen wir alle, so schnell wie möglich aufgeklärt wird.«

»Wir danken für Ihr Entgegenkommen und Ihr Verständnis«, antwortete Jörg ebenfalls gewinnend lächelnd.

»Und es trifft sich gut, dass wir Sie, Frau Dr. van Vaal, und Sie, Herr Professor Norris, zugleich antreffen. Denn wir haben an Sie beide dieselbe Frage zu richten. Wir möchten noch einmal auf das anonym zugesandte Buch *Farm der Tiere* zurückkommen. Vielleicht haben Sie bereits darüber nachgedacht, wer als Absender infrage kommen könnte. Haben Sie inzwischen eine Idee, irgendeinen Verdacht?«, fragte Jörg und sah von Frau van Vaal zu Norris.

Ihr Entsetzen steht ihr ins Gesicht geschrieben, sie kann uns nicht ausstehen. Ein Zeichen von Unschuld oder gerade von Schuld?, grübelte Lone.

»Ein Glas Champagner darf ich Ihnen wahrscheinlich nicht anbieten. Natürlich nicht. Sie sind im Dienst. Sonst täte ich es gerne. Es plaudert sich besser.«

Was redet er nur? Er will freundlich rüberkommen.

»Selbstverständlich habe ich mir Gedanken gemacht, wer das Buch Jens offeriert haben könnte. Verdacht möchte ich es nicht nennen. Jedoch erscheint es mir nicht als unwahrscheinlich, dass Arnold von Brescia das Buch an Herrn van Vaal geschickt hat.«

Aha. Arnold von Brescia, das klingt ziemlich merkwürdig. Vielleicht ein Philosoph, und Norris will uns reinlegen, um zu testen, wie ungebildet wir sind. Jörg sagt auch nichts.

»Arnold von Brescia ist natürlich nicht der richtige Name des jungen Mannes, sondern sein Spitzname. Ich kenne ihn nur unter diesem Namen, eigentlich kenne ich ihn überhaupt nicht. Er ist eine auffallende Persönlichkeit, extrem hager, durchgeistigtes Gesicht mit Nickelbrille. Seinen bürgerlichen Namen weiß ich nicht, ich habe ihn nie im Unterricht gehabt. Jedoch fällt er auf durch radikale Ansichten«, klärte Norris auf, verstummte jedoch, als es gerade spannend wurde. Nun hatte er die Kommissare dahin gelockt, dass sie nachfragen mussten: Inwiefern radikal.

»Entschuldigen Sie, könnten Sie mir einmal die Toilette zeigen. Ich bin schon so lange unterwegs«, bat Lone und schaute sich hilfesuchend im Raum um.

»Natürlich«, erwiderte Norris und stand auf.

»Nicht nötig, Harald, ich mache das gerne. Bitte folgen Sie mir«, erbot sich Frau Dr. van Vaal. Offensichtlich hatte sie ihre Fassung wieder gewonnen.

»Wir warten mit dem Gespräch, bis Sie wieder da sind«, versprach Irene freundschaftlich vor der Badezimmertür.

Ein luxuriöses Badezimmer. Schwarzer Marmor. Messingarmaturen. Schnell die Zeit nutzen und Arnold von Brescia googeln. Den Wikipedia-Eintrag öffnen: »**Arnold von Brescia** (* um 1090 in Brescia; † 1155) war ein italienischer Regularkanoniker und Prediger. Im Hinblick auf eine Kirchenreform vertrat er die Auffassung, auch der Säkularklerus solle nach Vorbild der Mönche Besitzlosigkeit und Ehelosigkeit üben und auf jede politische Macht verzichten. Arnold war einer der Führer der Römischen Kommune und wurde 1155 im Verlauf des Romzugs Friedrich Barbarossas hingerichtet.«

Na ja, dachte sie, da bleiben noch viele Frage offen. Eines steht zumindest fest, dieser Arnold vertrat die Auffassung, dass nicht nur Mönche in Armut leben und Keuschheit üben sollten, sondern auch die anderen Geistlichen. Wahrscheinlich auch der Papst. Und von Barbarossa wurde er hingerichtet, weil er ein Führer der römischen Kommune war, Kommune klingt immer nach Revolution. Wie ist er denn hingerichtet worden?

Schnell weiterscrollen: »Mittlerweile näherte sich Friedrich Barbarossa mit einem Heer. Der Papst sandte ihm drei Kardinäle nach S. Quirico in die Toscana entgegen, um über die Modalitäten einer Kaiserkrönung zu verhandeln. Die päpstlichen Gesandten forderten unter anderem die Auslieferung Arnolds. Dieser wurde den Kardinälen übergeben und im Juni 1155 an einem unbekannten Ort erhängt. Sein Leichnam wurde verbrannt und die Asche in den Tiber gestreut, damit seinen Anhängern keine Reliquien zur Verehrung verblieben.«

Ein Märtyrer für die Armut und Glaubwürdigkeit der damaligen Eliten. Uff. Das müsste jetzt an Information reichen, entschied sie, kehrte zu den anderen zurück und nahm in einem behaglichen Sessel Platz.

»Welche Parallelen sehen Sie zwischen dem historischen Arnold von Brescia und dem Studenten oder Doktoranden, zum Beispiel im Hinblick auf die Thematik Armut?«, wendete Lone ihr neu gewonnenes Wissen an.

»Da sprechen Sie einen wichtigen Gesichtspunkt an. Arnold von Brescia, also der historische, vertrat die Ansicht, dass jeder Geistliche vom Papst bis zum Diakon in Armut leben sollte. Sie können sich unschwer vorstellen, dass dies auf größten Protest stieß, schon gar in Rom, wo Arnold von Brescia diese Forderung öffentlich äußerte. Der junge Mann heute, ich weiß gar nicht, ob er noch zur philosophischen Fakultät gehört, übte selbst strengste Askese, hielt sich von jedwedem Vergnügen fern, fastete, verzichtete auf Schlaf. Er war der Überzeugung, ein Philosoph hätte in Armut zu leben sowie sexuelle Enthaltsamkeit nach dem Vorbild der Philosophen der Antike zu praktizieren. Diese Ansicht, Philosophen und Wissenschaftler überhaupt müssten strenge Askese üben, verkündete er lautstark per Megafon vor der Unibibliothek.«

»Da könnte seine Kritik auch auf Sie fallen«, bemerkte Jörg trocken.

»Gewiss. Arnold von Brescia klagt alle philosophischen Fakultäten an, nicht der Philosophie, nicht der Wissenschaft entsprechend zu leben, sondern im Kontrast dazu ein Leben im Luxus zu führen mit teuren Autos, luxuriösen Wohnungen, Kongressen, Prestige. Ich sage einmal überspitzt, er behauptete, Ruhm und Geld seien die eigentlichen Interessen von Professoren, namentlich Philosophieprofessoren, und hier nun insbesondere von Jens van Vaal. Entschuldige Irene. Ich wollte dir da nicht zu nahe treten.«

»Ist schon gut. Es trifft ja zu«, bemerkte sie nüchtern und nippte an ihrem Sektglas.

»Wie ich Ihnen schon bei unserem ersten Gespräch mitteilte, war van Vaal Initiator und Profiteur des exklusiven Spielcasinos, das zwischen Oberneuland und Borgfeld geplant ist. Möglicherweise hat Arnold von Brescia davon Wind bekommen und hält dieses Vorhaben für eine Ausgeburt des Teufels beziehungsweise eines Philosophen unwürdig.«

»Sie meinen Verrat an der Philosophie«, warf Jörg ein.

»Eben, Sie bringen es auf den Punkt«, bestätigte Norris.

»Genauso wie die Schweine in *Farm der Tiere* die hohen edlen Ziele pervertieren, so auch van Vaal unter dem Deckmantel seiner Autorität als Professor? So lautet die Kritik Arnold von Brescias?«

»Ich sehe ihn durchaus als potenziellen Sender des Buches«, bekräftigte Norris Jörgs Annahme.

»Kommen wir zu Ihnen, Frau Dr. van Vaal«, wandte sich Jörg an die Witwe. »Auch Sie hatten Zeit, sich Gedanken über die anonyme Zusendung des Buches zu machen. Haben Sie da jemanden im Blick?«

»Eigentlich nicht«, antwortete Irene und blickte erst zu Lone, dann zu Jörg. »Wie ich Ihnen bereits sagte, habe ich zuerst und letztlich nur an Norris gedacht. Verzeih, Harald, es ist nun mal so.«

»Diesen Verdacht habe ich, so denke ich, entkräftigt. Dass meine Fingerabdrücke zu erkennen sind, liegt einfach daran, dass Jens mir das Buch wütend in die Hand gedrückt hat.«

»Ganz so eindeutig verhält es sich nicht«, entgegnete Jörg. »Dass Herr van Vaal Ihnen das Buch in die Hand gegeben hat, beweist nicht, dass Sie es ihm nicht geschickt haben.«

»Gut, ich sehe es ein. Logisch. Natürlich könnte ich meine Fingerabdrücke schon beim Versenden des Buches hinterlassen haben und dann eben noch einmal, als Jens zu mir kam. Dennoch, ich war es nicht.«

»Nehmen wir das einmal so hin«, bemerkte Jörg und sah wieder Frau Dr. van Vaal an.

»Einen Moment, Herr Oberkommissar Schmitz. Ihr Besuch wegen des Buches ist nur ein Vorwand. Letztlich geht es um Mord. Und da gehören Frau Dr. van Vaal und ich zu den Hauptverdächtigen. Geben Sie es einfach zu. Sie sind heute überraschend gekommen, um doch noch etwas aus mir herumzufummeln. Wäre netter gewesen, Sie hätten das gleich zugegeben.«

»Dass wir Sie verdächtigen, ist ein offenes Geheimnis. Als Hauptverdächtige möchte ich weder Sie noch Sie, Frau Dr. van Vaal, bezeichnen. Der Grund unseres heutigen Erscheinens liegt eben darin, weitere Verdächtige, von denen wir nichts wissen, in die Ermittlung einbeziehen zu können. Da erscheint das Buch zumindest potentiell eine Brücke zu sein. Also Frau Dr. van Vaal«, fuhr Jörg mit liebenswürdigem Lächeln fort, »fällt Ihnen jemand ein, den Ihr Mann sich zum Gegner gemacht haben könnte?«

»Was soll ich sagen, Herr Oberkommissar. Frau Kommissarin, Sie sind so still heute. Na ja, das geht mich nichts an«, stichelte sie. »Natürlich war mein Gatte nicht bei allen beliebt. Das ist normal, es gibt Sympathien und Antipathien. Jedoch Gegner, gar Feinde … Ich wüsste niemanden.«

»Vielleicht jemanden aus der Vergangenheit Ihres Gatten?«, mischte sich jetzt Lone in das Gespräch ein. »Vielleicht aus der Zeit vor Ihrer Bekanntschaft?«

»Das ist nun reichlich lange her. Wir sind, waren zwanzig Jahre zusammen. Wer sollte aus dieser längst vergangenen Zeit meinem Mann ein Buch anonym zusenden und ihn gar hinterrücks ermorden? Das ist absurd. Ich weiß, ich belaste mich selbst. Trotzdem, mir fällt niemand ein.«

»Wie haben Sie sich denn kennengelernt?«, fragte Lone.

»Ich wüsste nicht, was das mit dem Fall zu tun hat. Aber also gut. Wir haben uns im Zug von Berlin nach Hamburg kennengelernt. Die Eltern meines Mannes leben in Hamburg. Der Zug war vollkommen überfüllt. Ich hatte eine Platzkarte, mein Mann, also damals noch Jens Meier, nicht. Er fragte sehr charmant, ob neben mir noch ein Plätzchen frei sei. So fing es an. Mein Mann ist dann sehr kurze Zeit später von Berlin nach Bremen gezogen.«

»Was war der Anlass?«, insistierte Lone.

»Sie stellen Fragen. Natürlich ich. Allerdings war das nicht der einzige Grund. Mein Mann, also Jens, hatte seine Dissertation bis zum letzten Punkt fertig, und da starb plötzlich sein Doktorvater Professor Sommerfeld. Schlaganfall, aus heiterem Himmel. Jens musste sich folglich nach einem neuen Doktorvater umsehen, und da schlug ich ihm Professor Hans Schubert vor, ein Freund unseres Hauses und damals Professor für Philosophie an der Universität Bremen.«

»Wissen Sie etwas über das Leben Jens Meiers dort in Berlin? Könnte er sich dort jemanden zum Feind gemacht haben?«

»Machen Sie sich nicht lächerlich, Frau Kommissarin Peterson. Wie gesagt, das ist über zwanzig Jahre her. Soviel ich weiß, hat Jens häufig Party gemacht. Er war sehr gut aussehend und charmant. Ansonsten hat er studiert und diese überragende Doktorarbeit geschrieben.«

»Wie hat er gewohnt? Alleine oder mit anderen?«

»Das weiß ich nicht genau. Er hat mal hier und mal dort gewohnt, mal im Studentenwohnheim, mal in WGs. Zuletzt hatte er ein Zimmer in einem Studentenwohnheim, glaube ich.«

»Hatte er da Freunde? «

»Bestimmt. Anzunehmen.«

»Hat Ihr Mann irgendeinen Namen genannt?«

»Mir fällt kein Name ein.«

»Bitte denken Sie einmal nach. Sie wissen selbst, jeder kleinste Hinweis kann wichtig sein.«

»Gut«, gab Frau Dr. van Vaal endlich nach, sackte zusammen und nahm ihr Gesicht zwischen ihre Hände. Dann schüttelte sie den Kopf und sagte ernst: »Ich weiß es wirklich nicht. Jens hat fast nie über seine Berliner Zeit gesprochen. Auch nicht, als wir uns gerade kennengelernt haben. Ich weiß, dass er manchmal mit seinem Zimmernachbarn geredet hat. Mir fällt nur sein Spitzname ein: Findling. Der Findling hat Jens ihn genannt.«

Puh, stöhnte Lone innerlich. Heute ist wohl der Tag der schrägen Spitznamen.

»Vielleicht lässt sich sein Name über die Adresse herausfinden.«

»Ich glaube nicht«, erwidere Frau Dr. van Vaal. »Ich vermute, mein Mann hat ständig gegen das Meldegesetz verstoßen. Deswegen können Sie ihn nun nicht mehr mit einer happigen Geldstrafe belangen«, bemerkte sie und lachte unangenehm. »Im Ernst, mein Mann war, soviel ich weiß, zu keinem Zeitpunkt in Berlin gemeldet.«

Aha, so sind wir mal wieder in einer Sackgasse, dachte Lone resigniert. Aber irgendjemand muss die Kaltblütigkeit, Antriebskraft und ein Motiv besessen haben, Jens van Vaal zu ermorden. Etwa doch diese scheinheiligen Zwei hier?

»Es tut mir vor allem für mich selbst leid, dass ich Ihnen nicht weiterhelfen kann. Aber Jens war, was Berlin anbelangt, ziemlich wortkarg. Ich glaube, er war sexuell sehr aktiv in Berlin und wollte sein Liebesleben vor mir kaschieren.«

»Also fällt Ihnen vielleicht eine Frau ein, vielleicht eine Frau, die ein Kind von ihm hat und sich noch nach Jahren rächen will?«

»Das sind wilde Spekulationen, Frau Kommissarin«, warf jetzt Norris unwillig ein. »Und verletzende.«

»Harald, lass man, die Frau macht nur ihren Job. Könnte sein, dass eine rachsüchtige Lady aus der Berliner Zeit sich daran vergnügt hat, es meinem Mann heimzuzahlen.«

»Es wäre freundlich und zudem sehr hilfreich, wenn Sie sich die Mühe machen würden, diesen Faden einer ehemaligen Freundin aufzunehmen und zu überlegen, ob Ihnen ein Name oder sonst ein Anhaltspunkt einfällt.«

»Schon im eigenen Interesse werde ich das tun. Sie können dessen sicher sein.«

»So«, schien Norris das Gespräch zu Ende bringen zu wollen und erhob sich. »Gibt es noch weitere Fragen?«

»Danke, das wäre es für heute«, schloss Jörg das Gespräch und stand ebenfalls auf.

»Dann würde ich Sie gerne zur Tür begleiten.«

»Ich bleib hier oben, wenn es Ihnen recht ist«, rief ihnen Frau Dr. van Vaal nach.

»Selbstverständlich. Noch einen angenehmen Abend«, wünschte Lone, während sie schon die Wendeltreppe hinunterging.

Draußen schlug ihnen der Wind entgegen. Sie hörten, wie hinter ihnen die schwere Eichentür geschlossen wurde.

Als sie einige Schritte in der engen Gasse gegangen waren, atmete Lone tief durch, blieb stehen und sagte: »Ich brauch jetzt ein Bier«.

Jörg nickte. »Nachvollziehbar. Aber wo?«

»Gehen wir in die Destille. Ich bin seit Ewigkeiten nicht mehr in einer Kneipe gewesen.«

»Dann wird es mal wieder Zeit«, stimmte ihr Jörg zu und schlug den Kragen seiner Jacke hoch.

»Es stürmt ganz schön von der Weser. Beeilen wir uns, es fängt an zu schütten.«

»Ach, die paar Schritte. Da ist die Destille ja schon«, rief Lone und blieb wie angewurzelt vor dem Plakat an der von Efeu umrankten Eingangstür stehen:

*»**Schnoor in Gefahr!***
Die traditionsreiche Schnoor-Destille
soll abgerissen
werden für private Parkplätze!
Wir sagen Nein ZUM
ABRISS, JA ZUM ERHALT
Unterzeichne jetzt die Petition zum Erhalt des Schnoorviertels!«

»Das gibt es nicht! Ich dachte, die Zeiten, wo man Gebäude für Parkplätze abreißt, sind vorbei«, ereiferte sich Lone, während Jörg ihr die Tür aufhielt. »Und dann noch für private! Nach dem Motto: Wenn du erst Königin bist, musst du nicht mehr zu Fuß gehen.«

»Wie bitte? Suchen wir uns erst einmal ein ruhiges Plätzchen«, meinte Jörg beschwichtigend und steuerte auf einen rustikalen Holztisch in einer Ecke zu.

»Kaum zu glauben, wie man auf einem so kleinen Weg so nass werden kann«, schimpfte er und hängte seine Jacke über einen Eichenstuhl.

»Guten Abend. Was darf es sein?«, wandte sich eine schwarz gekleidete junge Frau mit großen runden Ohrringen an ihre Gäste.

»Für mich bitte ein *Schnoor-Bräu.*«

»Und für mich ein alkoholfreies *Becks.*«

»Das war nun mal was«, stöhnte Lone, nahm einen kräftigen Schluck und setzte ihr Glas ab. »Frau Dr. van Vaal im tief dekolletierten roten Kleid. Keine Spur von Trauer. Er ist noch nicht einmal unter der Erde! Er liegt noch in der Leichenhalle!«

Mit beiden Händen umfasste sie ihr Bierglas. »Und ich, Jörg, ich traure schon über ein Jahr und komme nicht darüber hinweg.«

Tröstend legte Jörg seine Hand auf Lones Ärmel.

Sie nahm wieder einen Schluck und starrte vor sich hin.

Sie versinkt in Traurigkeit, fürchtete er. Am besten, ich komme auf den Fall zurück.

»Habe ich nicht erwartet, dass Norris was mit der van Vaal hat. Irene als lustige Witwe. Pikant. Und morgen ist die Beerdigung!«

»Das könnte den Fall ziemlich verändern«, bemerkte Lone, mit der Ablenkung nun etwas ruhiger geworden.

»Wie meinst du das?«

»Ich meine, der springende Punkt ist die Frage, ob sie bereits vor dem Tod von Jens van Vaal was miteinander hatten.«

»Gehen wir einmal durch, was wir wissen.«

»Reichlich wenig.«

»Wir wissen«, begann Jörg unbeirrt, »dass beide, Frau van Vaal wie auch Norris wie übrigens auch Simone Heuer, kein Alibi für die Tatzeit haben. Wir können jedoch davon ausgehen, dass jede dieser Personen für sich ein Motiv hat.«

»Genau«, bestätigte Lone und schob ihr Glas Bier auf dem Tisch hin und her. »Aber damit verändert sich der Fall, wenn Irene mit Harald bereits vor dem Mord ein Verhältnis hatte. Es stellt sich dann die Frage, was nützt diesem Pärchen der Mord beziehungsweise der Tod von Jens van Vaal?«

»Da könnte ich mir einen Grund vorstellen«, gab Jörg zu bedenken. »Es könnte sein, dass sich van Vaal von seiner Frau scheiden lassen wollte, ganz unabhängig von seiner Beziehung zu Simone. Ich habe recherchiert. Offenbar war er in der Firma im Marketing involviert und hat damit zum Gewinn beigetragen.«

»Wenn van Vaal die Scheidung eingereicht hätte«, schlussfolgerte Lone, »so hätte er eine hohe Abfindung verlangt. Die Zahlung hätte Irene mit dem Mord umgehen können. Das spräche für sie als Täterin.«

»Norris hingegen hatte bisher kein ausreichendes Motiv«, überlegte Jörg. »Er hätte zwar gerne die Professur bekommen, aber es ist keineswegs sicher, dass er sie nun durch den Tod seines Konkurrenten erhält. Wie er schon richtig klarstellte, die Stelle wird neu ausgeschrieben. Das heißt, das Procedere ist korrekt und ohne Gemauschel. Und seine Kritik an dem finanziellen Gebaren Jens van Vaals reicht meines Erachtens auch nicht aus, um tatsächlich einen Mord zu begehen.«

»Eben«, bekräftigte Lone. »Deshalb ändert sich die Situation grundlegend, wenn die Beziehung zwischen Irene und Harald schon vor dem Mord intim war.«

Jörg nahm einen großen Schluck von seinem Bier. »Vergiss dein Bier nicht, Lone. Wir müssen auch leben. Du sahst schon vorhin ganz fertig aus.«

»Ja, ja. Carpe diem. Um auf meinen Gedanken zurückzukommen: Irene van Vaal gehört zu den besten und ältesten Familien Bremens. Sie führt ein erfolgreiches Kaffee-Unternehmen, ist reich und dazu außerordentlich gebildet. Für Norris, der zwar auch nicht schlecht als akademischer Oberrat verdient, ist sie eine ausgesprochen gute Partie. Eine Scheidung würde ihm nicht so viel nützen wie der Tod seines Widersachers. Falls Irene und Jens eine Zugewinngemeinschaft gehabt haben, müsste Irene im Falle einer Scheidung, wie du schon erwähntest, ihrem Ex reichlich Geld zukommen lassen. Dazu hätte sie sicher absolut keine Lust. Es könnte also auch Norris' Interesse sein, wenn keine weiteren Zahlungen an Jens van Vaal zu entrichten wären.«

»Sicher, sofern sie eine Zugewinngemeinschaft waren und keinen Ehevertrag geschlossen haben.«

»Was wir nicht wissen, aber in Erfahrung bringen sollten«, stellte Lone fest. »Gesetzt den Fall, eine Scheidung hätte für Irene Nachteile mit sich gebracht, so wäre es zumindest denkbar, dass ihr der Tod ihres Ehemannes nicht ungelegen kam.«

»Anders ausgedrückt, der Mord könnte von beiden geplant und von einem ausgeführt worden sein.«

»Ich vermute«, setzte sie ihren Gedanken fort. »Wenn dem so wäre, so wäre Norris der aktive Täter. Erinnerst du dich noch an Frau van Vaals erste Reaktion auf die Ermordung ihres Mannes? Als Erstes sagte sie ›Ach! Tatsächlich?‹ Das hieße, sie hätte mit Norris über die Ermordung gesprochen, sie gemeinsam mit ihm geplant, aber nicht fest daran geglaubt, dass er tatsächlich Jens van Vaal beim Joggen um den Riensberger Friedhof töten würde.«

»Lone, Lone, merkst du, dass wir nur rumspekulieren. Wir wissen gar nichts. Das alles ist nicht justiziabel.«

»Mensch, Jörg«, klagte sie, »nicht einmal das Bier schmeckt mir richtig. Liegt nicht am Bier, sondern an mir. Ich habe das Gefühl, nur noch in einer Sackgasse zu stecken, privat und beruflich. Wir kommen einfach nicht weiter.«

»Gehen wir einmal von dem aus, was wir heute Abend erfahren haben«, schlug Jörg vor. »Arnold von Brescia. Norris schien sich ziemlich sicher zu sein, dass dieser junge Mann zumindest Jens van Vaal das Buch anonym zugeschickt haben könnte. Vielleicht ist er auch der Mörder. Scheint zum Fanatismus zu neigen. Jedenfalls dürfte es ein Leichtes sein, seinen bürgerlichen Namen durch die Fakultät in Erfahrung zu bringen.«

»Ja. Aber worauf spielt ›der Findling‹ an?«, wandte Lone ein. »Jens hat in seiner Berliner Zeit im Studentenheim neben einem Mann gewohnt, dem er den Spitznamen ›der Findling‹ gegeben hat. Vielleicht wurde der auch von anderen so genannt.«

»Ein Findling ist ein einzeln liegender überdimensionaler Steinblock, der nicht in die Landschaft passt«, kramte Jörg sein Wissen heraus.

»Auf Rügen gibt es mehrere solcher Findlinge. Ich glaube, da wurden früher Frauen geopfert. Auf den Steinen sieht man noch die Blutrinnen. Meine ich in *Effi Briest* gelesen zu haben.«

»Was hat das nun mit unserem Fall zu tun? Ich meine die Opferung?«

»Weiß nicht. Aber dieser Mann, neben dem Jens van Vaal in Berlin gewohnt hat, muss wohl ein Einzelgänger und dabei eine herausragende Persönlichkeit gewesen sein. Im Gegensatz zu Jens, der damals vor allem Party gemacht hat.«

»Das könnte zutreffen«, stimmte ihr Jörg zu. »Hilft uns im Moment allerdings noch nicht so sehr weiter. Eine Person, die vor ungefähr zwanzig Jahren in Berlin den Beinamen ›der Findling‹ hatte, dürfte schwer aufzufinden sein.«

»Lass uns weiter nachdenken. Was könnte ›Findling‹ noch bedeuten? Mir fällt dazu Findelkind ein. Ein Kind, das irgendwo gefunden wird und dessen Herkunft man nicht kennt. Meist werden Findelkinder wohl heutzutage ausgesetzt. Früher konnte man Kinder, die man nicht haben wollte oder konnte, ins Kloster geben. Anonym wurden sie auf ein Rad gelegt, man schellte die Glocke, das Rad wurde gedreht und das Kind im Kloster aufgezogen.«

»Ja«, kommentierte Jörg und zog die Stirn kraus.

»Jörg, ich habe Kopfweh.«

»Lass uns aufbrechen. Und verpasse nicht die Beerdigung. James Bond, Spectre«, ulkte er und nahm seine Lederjacke vom Stuhl.

»Tu ich nicht. Die Leiche ist freigegeben. Wir sehen uns morgen bei der Beisetzung. Aber erst einmal gehe ich zu meiner armen, lieben Katze nach Hause.«

Katzen lügen nicht, ging es Lone durch den Sinn. Endlich war sie zu Hause angekommen, hatte geduscht, ihre lila Jogginghose und den selbst gestrickten blauen Schlabberpullover angezogen, die nasse Kleidung in die Waschmaschine gestopft und saß nun mit einer dampfenden Tasse Tee vor der warmen Heizung im Ohrenbackensessel mit Socke auf ihrem Schoß.

»Ihr Katzen lügt nicht«, wiederholte sie mit einer ruhigen, liebevollen Stimme und kraulte Socke sanft am Hinterkopf. Socke belohnte es mit leisem Schnurren, blinzelte und stupste mit der Nase Lones Hand an.

»Süße Socke, bei dir weiß ich genau, woran ich bin. Was du magst oder nicht magst. Wenn es dir behagt, wenn du dich wohlfühlst, kuschelst du dich auf meinen Schoß, leckst meine Hand, stupst mich mit deinem Näschen an oder bringst mir ein Geschenk, eine Maus, einen Vogel oder gar eine Kröte. Das finde ich dann zwar nicht so schön, aber es ist ein liebes Geschenk auf Katzen-Art, und ihr seid nun mal Fleischfresser. Es ist ein besonderer Liebesbeweis, wenn du mir von deinem Essen etwas abgibst. Bei den Menschen ist es nun mal genau umgekehrt, sie töten sich, weil sie keinen Frieden wollen, weil sie missgünstig sind, dem anderen nichts gönnen, den anderen einfach weghaben wollen. Sie morden im Zorn, aus Rachsucht oder einfach nach dem Grundsatz: Wem nützt es? Mir nützt es, also morde ich.

Jedenfalls, aus welchem Grund auch immer, es ist böse.

Wenn dir etwas nicht behagt, meine süße Socke, sitzt du aufrecht, schließt deine Augenlider, neigst den Kopf zur Seite, die Ohrmuscheln sind leicht nach innen gedreht, und du zuckst mit deiner angespannten Schwanzspitze. Damit sagst du deutlich: Räume das Feld. Wenn du auf einen Gegner triffst, richtest du dich auf, sträubst die Haare auf Rücken und Schwanz und fauchst. So wirkst du furchterregend. Krallen hast du auch. Weißt du noch, wie du dich mit Lina gebalgt hast? Aus dem freundschaftlichen Spiel wurde eine echte Keilerei. Ohrfeigen habt ihr verteilt, habt euch wütend angefaucht und Fellbüschel rausgerissen. Ja, und dann habt ihr euch getrennt, ohne euch den Ringkampf übel zu nehmen. Ach, wenn du das noch könntest, meine süße Socke.«

Tränen stiegen auf. Lone, denk an was Schönes. Denk daran, wie Tom eines Sommerabends unerwartet mit einem Katzentransporter und Socke darin in die Wohnung kam.

»Meine süße Socke, weißt du noch, wie du hier ankamst? Tom setzte den Transporter hier im Zimmer ab, ich hockte mich auf den Boden, löste das Gitter und zwei große grünblaue Augen beäugten mich misstrauisch. Leise und sanft sprach ich mit dir, und da siegte die Neugierde und du stecktest dein Köpfchen mit den niedlichen Öhrchen heraus. Ja, Tom hatte auch schon für deinen Hunger und dein Lieblingsessen gesorgt.«

Nicht daran denken, das tut nur weh. Mieze, du fühlst es und springst vom Schoß. Miez, Miez, ihr seid sensibler als Menschen. Das sollte und dürfte ich auch nicht denken. Geh ins Bett, Lone, morgen ist van Vaals Beisetzung. ›Und verpasse nicht die Beerdigung‹, sagt M. zu James Bond. Mal sehen, ob die Beerdigung von Herrn Professor Jens van Vaal neue Erkenntnisse bringen wird.

»Es ist zum Verzweifeln. Kein Parkplatz zu finden. Ganz Bremen ist wohl bei dieser Beerdigung«, stöhnte Jörg.

»Nicht ganz Bremen. Nur, was Rang und Namen hat.«

»Dass du mich auch immer verbessern musst.«

»Ach du.«

»Schau dir das an. Diese Autos. Eines teurer als das andere, und die belegen alle freien Plätze. Viermal sind wir nun schon am Haupteingang vorbeigefahren und haben die hochwürdige Trauergesellschaft vor der erhabenen Friedhofskapelle bewundern dürfen.«

»Backsteingotik hat so was Düsteres, Unheimliches an sich. Jörg, findest du nicht auch?«

»Was faselst du da. Such lieber einen Parkplatz. Oh nee. Da wird einem noch der letzte Parkplatz vor der Nase weggeschnappt. Ich gebe es gleich auf, und wir stellen unser Auto auf dem Uniparkplatz ab.«

»Dann kommen wir zu spät und verpassen die Trauerfeier.«

»Vielleicht auch nicht.«

»Doch, Trauerfeiern sind kurz. Es gibt zu viele Todesfälle, die Beerdigungen sind in kurzen Abständen getaktet. Das Beerdigungsinstitut muss in fliegender Eile den Sarg aufstellen oder die Urne auf einem Ständer postieren. Die Tücher, die Kränze und Blumen müssen in Windeseile schön drapiert, der Sarg beziehungsweise die Urne muss in der passenden Farbe angestrahlt werden und dann muss das Ganze ebenso schnell wieder abgebaut und die nächste Beisetzung vorbereitet werden. Da muss jeder Handgriff sitzen und der Pastor muss sich an seine zwanzig Minuten halten, die für die Trauerrede bleiben.«

»Zwanzig Minuten, Lone. Was soll er da schon sagen, was wir von Jens van Vaal nicht wissen.«

»Tja, er erzählt, was man ihm sagt. Genauso wie uns. Mensch«, rief Lone erleichtert, »da vor der Friedhofsgärtnerei wird ein Parkplatz frei!«

»Glück gehabt. Wir sind pünktlich.«

»Schau mal«, bemerkte Lone, als sie durch den weiten Eingang zum Friedhof gingen. »Sieht malerisch aus, die Trauergesellschaft. Und dann hat es auch noch geschneit. Passt gut zu Frau Dr. van Vaal. Sieh dir das an, sie trägt tatsächlich einen schwarzen Schleier vor ihrem Gesicht, ein Designer-Kostüm und schwarze Pumps. Sind bestimmt handgefertigt.«

»Lone, hör auf zu lästern. Sieh mal da, da vorne steht auf dem Weg zwischen den alten Gräbern die ganze feine Gesellschaft von Bremen, der stellvertretende Bürgermeister, der Rektor der Universität, die philosophische Fakultät, wahrscheinlich nicht nur die, sowie die Aufsichtsräte von dem Kaffee-Unternehmen.«

»Studenten fehlen.«

»Jetzt ist Schluss.«

Mach ein ernstes Gesicht, ermahnte sich Lone, während Jörg und sie auf die trauernde Witwe zugingen.

Rings um sich hörte sie die Anwesenden flüstern: »Ist ja schrecklich. Ermordet. Wie furchtbar! Die arme Frau Dr. van Vaal.«

»Mein Beileid«, begrüßte Lone diese und gab ihr die Hand.

»Die Polizei? Sie habe ich nun heute hier nicht erwartet.«

»Man tut, was man kann. Ist nur zu Ihrem Besten.«

Mit würdigem, ernstem Gesicht erschien nun der Inhaber des Beerdigungsunternehmens und forderte die Trauergäste auf, ihm in die Kapelle zu folgen.

Schweigend, mit gesenktem Haupt folgten die Damen und Herren der Aufforderung.

»Gehen wir als Letzte«, flüsterte Jörg der leicht pikierten Lone zu.

»Ich komme!«, ertönte es plötzlich laut vom Friedhofseingang.

»Nanu?«, wunderte sich Lone, schaute sich um und stieß mit dem Ellenbogen Jörg an. »Da stürmt tatsächlich Gisela Breuer aus dem Toilettenhäuschen.«

»Und neben dem Toilettenhäuschen steht Chrissi Martens im schwarzen Mantel«, raunte Jörg.

»Wir müssen uns beeilen«, rief Gisela ihrem wartenden Begleiter zu.

»Komm, wir begrüßen die beiden erst einmal«, schlug Lone vor und ging auf die Zeugen des Verbrechens zu.

»Ach Frau Kommissarin, Herr Oberkommissar, es ist alles so furchtbar. So furchtbar. Aber wir müssen dabei sein, wenn er beerdigt wird, nicht wahr? Seine Seele war noch bei ihm, als wir ihn gefunden haben. Da müssen wir ihn auch ins Jenseits begleiten. Oder nicht? Was rede ich da. Ich bin vollkommen durcheinander.«

»Wir sollten uns wirklich beeilen, Frau Breuer«, forderte Martens sie mit gelassener Stimme auf.

»Ja, ja, laufen wir, bevor sie das Tor zur Kapelle schließen.«

Dieser blöde Schneematsch!, stöhnte Jörg innerlich. Hätte ich bloß meine Stiefel angezogen. Diese billigen schwarzen Schuhe sind sofort durch.

»Wir haben es geschafft. Da, in der letzten Bank sind noch Plätze frei«, rief Frau Breuer und ließ sich fallen. »Sogar nebeneinander.«

Lone blieb einen Augenblick stehen, dachte an Tom, nahm Platz und lauschte der Musik. Bach. Eine klangvolle Orgel hat diese Kapelle.

»Schauen Sie, Frau Kommissarin. Da vorne beim Sarg, man kann es vor lauter Kränzen leider gar nicht richtig erkennen, da liegt auch ein Kranz mit weißen Chrysanthemen von Herrn Martens und mir. Wir wussten nicht, was wir draufschreiben sollten. Herr Martens machte den Vorschlag: ›In aufrichtiger Teilnahme‹. Ich meine, in tiefer Trauer konnten wir nicht schreiben, wir haben Jens van Vaal nicht gekannt, wir kennen ihn nur als Leiche.« Sie schlug sich die Hand auf den Mund. »Oh Gott, was sage ich da.«

Ein missbilligender Blick aus der Vorderbank und ein lautes »SCHSCH« ließen sie verstummen.

Der Pastor begann:

»Im Namen des Vaters und des Sohnes und des Heiligen Geistes.

Amen

Hochverehrte Irene, hochgeehrter Heinz, hochgeehrte Eva, hochgeehrte Trauergemeinde.

Wir nehmen Abschied von Professor Jens van Vaal, Ihrem Gatten, Sohn, Freund, Kollegen und Partner.

Wir haben uns hier versammelt, um den letzten Weg mit ihm zu gehen.

Einen vertrauten Menschen hergeben – das fällt schwer.

Den Wert der Tage ermessen, die uns gemeinsam gegeben sind, Acht haben darauf, dass wir einander beistehen und in der Liebe bleiben, die kein Ende hat – dazu brauchen wir Hilfe.

Deshalb sei der Gott allen Trostes mit uns.

In Gedenken daran lasst uns das erste Lied hören.«

Das klingt kläglich, obwohl die Kapelle bis auf den letzten Platz besetzt ist, fand Lone. Wenn die van Vaal nicht eine Vorsängerin engagiert hätte, dann würde man wohl fast gar nichts hören.

Da ertönte wieder die Stimme des Pastors:

»Wir nehmen Abschied von Jens mit dem 139. Psalm *Flügel der Morgenröte*.

›HERR, du erforschest mich und kennest mich. Von allen Seiten umgibst du mich und hältst deine Hand über mir. Spräche ich: Finsternis möge mich decken und Nacht statt Licht um mich sein – so wäre auch Finsternis nicht finster bei dir, und die Nacht leuchtete wie der Tag. Finsternis ist wie das Licht.‹«

Welch merkwürdiger Psalm auf der Beerdigung eines Ermordeten, überlegte Lone. Wie wirken diese Worte auf die Mörderin oder den Mörder, sofern sie oder er hier in der Kapelle sitzt? Fühlt sie oder er sich von Gott erkannt? Oder lässt sie oder ihn das alles kalt? Ist Gott ihr oder ihm gleichgültig und diese Trauerfeier ist nichts mehr als eine Farce? Ein gesellschaftliches Event?

Mal hören, ob die Predigt irgendetwas Neues ans Licht bringt.

Dass Jens van Vaal in Hamburg geboren und aufgewachsen ist, das wissen wir bereits. Die Berliner Zeit – ein Vakuum. So, als hätte es sie nie gegeben. Es waren schließlich

Studienjahre einschließlich fertiger Dissertation. Natürlich werden Bremen, die Karriere, das Buch *Mut zur Zukunft* und der kolossale Erfolg im Goethetheater am Tag vor seiner Ermordung erwähnt. Die brutale Tat und die Drohung, dass nach dem Evangelisten Matthäus Jesus Christus im Weltgericht die Guten belohne und die Bösen bestrafe. Kein Wort von Vergebung der Sünden, was auch möglich und evangelisch gewesen wäre. Ein donnerndes Strafgericht über die Person, die den reinen, unschuldigen Jens so hinterrücks von hinten niedergeschlagen und dann mit dem Messer viermal zugestochen hat.

»Um Gottes Willen. Muss er das sagen. Ich habe nur noch Albträume«, klagte Gisela und fasste sich ans Herz. »Ich muss hier raus. Ich halte das nicht aus«, entschied sie, und Lone und Chrissi Martens folgten ihr hinaus in die klare Winterluft.

»Wollen wir gehen?«, fragte Martens teilnahmsvoll.

»Nein, wir waren die Letzten, die seiner Seele nahe waren. Das ist wie, wenn ein Tier stirbt. Kennen Sie das nicht? Die Seele des Tieres, eines Hundes, einer Katze oder eines Hasen ist noch im Raum und entflieht langsam. Das war bestimmt bei Jens van Vaal auch so. Seine Seele war noch da, obgleich er schon tot war.«

»Wenn Sie möchten, Frau Breuer, können wir noch bleiben«, ging Martens auf sie ein, »aber beruhigend sind diese Gedanken nicht. Sie quälen und tun weh.«

»Schon die ganze Zeit. Wissen Sie, Frau Kommissarin, ich komme einfach über diesen Mord nicht weg. Jede Nacht und ständig am Tag sehe ich Jens van Vaal, spüre den Schock noch immer, dass ausgerechnet ich, ich, einen Toten, einen Ermordeten, eine Leiche finden musste. Das ist so furchtbar. Ach, Sie können sich nicht denken, wie furchtbar das ist. Mein Mann kann es schon gar nicht mehr hören. Er sagt: ›Gisela, nun ist Schluss. Unser Leben geht weiter.‹ Da hat er ja recht. Aber es hilft nichts. Deswegen habe ich Herrn Martens angerufen. Herr Martens hat dasselbe Furchtbare erlebt oder fast dasselbe, denn er hat ihn ja nicht gefunden. Herr Martens ist geduldig, und ich kann ihm immer wieder von vorne alles erzählen. Darum habe ich ihn gebeten, an dieser Beisetzung teilzunehmen. Ach, entschuldigen Sie, Herr Martens, ich spreche über Sie, als wären Sie gar nicht dabei.«

»Ist schon gut«, beschwichtigte er. »Sehen Sie, da kommen die anderen Trauergäste mit den Sargträgern aus der Kapelle.«

»Wo wohl das Grab ist? Der Friedhof ist so groß. Soll der größte und schönste Park Bremens sein, liegt wohl an den hohen Bäumen und den kunstvollen Gräbern.«

»Bleiben wir ein bisschen hinter der Trauergesellschaft, wir gehören schließlich nicht ganz dazu«, schlug Jörg vor, der sich zu ihnen gesellt hatte.

»Ja, ich wusste auch gar nicht, was ich anziehen sollte. Ich mag keine schwarzen Sachen. Je älter ich werde, desto mehr mag ich bunte, helle Kleidung. Sie, Herr Martens, sehen so aus, als hätten Sie sich alles neu gekauft. Entschuldigen Sie. Ich bin vollkommen durcheinander. Das war sicher taktlos.«

»Aber zutreffend«, bestätigte Martens. »Ich gehe selten zu Beerdigungen, genau genommen nie.«

Er schwieg, und auch die anderen mochten nichts sagen.

Zögernd fuhr er fort: »Das letzte Begräbnis war das meines Vaters vor zwanzig Jahren.«

Es war Lone, als mache der Tod seines Vaters Martens noch nach so langer Zeit zu schaffen.

»Mein Vater war herzkrank, und ein Schock führte zu dem tödlichen Herzinfarkt«, fügte Martens nach einer Weile hinzu.

»Ist Ihr Vater auch hier auf dem Riensberger Friedhof beigesetzt?«, fragte Lone aus Höflichkeit.

»Auf dem Osterholzer Friedhof. Wir haben im Viertel gewohnt in der *Lübecker Straße*, neben dem Haus, in dem Rilke und Klara Westhoff geheiratet haben. Ist eigentlich nebensächlich. War mir jedoch aus irgendeinem Grund wichtig.«

Warum nur wohnt er dann in dem Haus an der Linie 6, wunderte sich Lone.

»Meine Eltern waren nicht reich beziehungsweise sind es nicht. Meine Mutter lebt noch, seit einiger Zeit im Altenheim. Mein Vater war Busfahrer, meine Mutter hat manchmal Büroarbeiten für kleinere Betriebe gemacht. Wir haben zur Miete gewohnt, wenn das Ihre Überlegung war.«

»Sie haben mich ertappt«, gab Lone zu und schaute von der Brücke auf den großen See und zum Mausoleum auf der Halbinsel hinüber. Das war der exklusivste Platz des Friedhofes und tatsächlich, die Sargträger schwenkten in Richtung Seeufer.

»Da hat sich Irene allerhand was kosten lassen«, sagte Jörg leise, allerdings so laut, dass auch Frau Breuer und Herr Martens es hören konnten.

»Ist in diesem Teil des Friedhofs denn überhaupt noch ein Grabplatz frei?«, wunderte sich Frau Breuer.

»Anscheinend ja«, flüsterte Martens, als die Sargträger und die Trauergesellschaft vor einem ausgehobenen Grab stehen blieben.

Der Pastor erhob seine Stimme:

»Nachdem der allmächtige Gott Jens van Vaal aus diesem Leben abzurufen hat, befehlen wir ihn der Gnade Gottes an und legen seinen Leib in Gottes Acker.

Erde zu Erde – Asche zu Asche – Staub zu Staub, in der Hoffnung der Auferstehung zum ewigen Leben durch unseren Herrn Jesus Christus.«

Er nahm die Schaufel und warf Sand auf den Sarg. »Von Erde bist du gekommen.«

Wieder warf er Sand auf den Sarg. »Zu Erde sollst du wieder werden. Jesus Christus wird dich auferwecken am Jüngsten Tage.«

Zum dritten Mal klatschte der nasse Sand auf den Sarg. »Er sei dir gnädig im Gerichte und helfe dir aus zu seinem ewigen Reich.

Amen.«

»ZUR HÖLLE MIT DIR«, schrie jemand von hinten.

Entsetzt blickte sich die Trauergesellschaft um. Doch wie der Wind verschwand der junge Mann auf seinem E-Roller.

»Arnold von Brescia«, sprach tonlos eine Frau neben Lone.

»Kennen Sie ihn?«

»Er war in meinem Seminar über Nietzsche. Ist schon eine Weile her.«

»Wie heißt er wirklich?«

»Lukas Kramer. Ja, das war Lukas Kramer.«

»Fahren wir also zur Grohner Düne und statten Lukas Kramer einen Besuch ab«, sagte Lone mehr zu sich als zu Jörg und setzte sich ans Steuer.

»Nicht gerade die beste Adresse von Bremen«, kommentierte ihr Mitfahrer und hielt seine Hand an seine Backe.

Den abfälligen Ton nur nicht beachten, ermahnte sie sich. Beipflichtend bemerkte sie stattdessen: »Es wundert mich allerdings auch, dass ein junger Mann freiwillig in eine aus dem Boden gestampfte Hochhauslandschaft zieht.«

»Nicht jeder kann in einer schnuckeligen WG im Viertel wohnen.«

»Jörg, was ist mit dir los?«

»Zahnweh.«

»So schlimm?«

»Ich glaube, ich schaffe es nicht bis Bremen-Nord und wieder zurück.«

»Dann setz ich dich beim Zahnarzt ab.«

»Meinst du, das kriegst du hin? Arnold von Brescia scheint eine harte Nummer zu sein.«

»Wird schon – muss ja.«

Jörg nickte und versank darauf in leidendes Schweigen.

Eine harte Nummer, was hat er damit gemeint?, grübelte Lone, nachdem sie Jörg zum Zahnarzt gefahren hatte. Würde Lukas Kramer gewalttätig oder verstockt sein, ihr womöglich den Eintritt verweigern?

Achte auf den Verkehr, ermahnte sie sich. Die Autobahn Richtung Bremerhaven an der Mülldeponie vorbei, dann Richtung Bremen-Nord. Dort, hinter den Bäumen, das Schulzentrum Bördestraße, da war sie zur Schule gegangen, hatte Abi gemacht. Warum hatte sie danach nicht Meeresbiologie studiert?

Verpass den Abzweig nicht. Am Bahnhof Vegesack vorbei. Sonderbar, dass man das Einkaufszentrum Haven Höövt abgerissen hatte. Wie oft waren sie und Thea in ihren Freistunden mit dem Fahrrad an der Weser dorthin gefahren, hatten einen Kaffee im Stehcafé getrunken, waren ein bisschen shoppen gegangen. Woran dachte sie nur schon wieder, ausgerechnet jetzt.

Irgendwie graute ihr vor der Begegnung mit Arnold von Brescia. Nicht einmal die Parkplatzsuche verzögerte das Treffen, direkt vorm Hochhaus war was frei. Vielleicht war Lukas Kramer ja gar nicht zu Hause, wünschte sich Lone insgeheim, während sie das Namensschild suchte. Ganz im zwölften Stock wohnte er. Sollte sie klingeln und sich ankündigen? Eine Frau mit drei kleinen Kindern trat aus der Eingangstür und nahm ihr die Entscheidung ab. Fahrstuhl? Nee, laufen. Treppensteigen ist gesund. Dritter bis vierter Stock … achter … neunter. Überall das gleiche Bild: Schuhe vor der Wohnungseingangstür. Puh, endlich der zwölfte Stock. Erst einmal Atem schöpfen. Klingeln. Hoffentlich ist er nicht zu Hause.

Die Wohnungstür wurde geöffnet, vor ihr stand ein hagerer junger Mann in grüner Cordhose und kariertem Hemd.

»Guten Tag, Herr Kramer. Ich bin Lone Peterson von der Kripo Bremen.«

»Kommen Sie bitte herein. Ich habe Sie schon erwartet«, grüßte er freundlich.

»Wie das?«, fragte sie irritiert und warf einen Blick in den Wohnraum. Mehr als karg, urteilte sie. Eine Matratze auf dem Boden, ein Schrank, ein Tisch mit Computer, sonst nur weiße kahle Wände, nicht ein einziges Bild. Ein Ästhet schien dieser Arnold von Brescia nicht zu sein.

»Setzen wir uns in die Küche. Sie haben vielleicht gesehen, dass ich in dem Raum daneben nur einen Stuhl habe. Die Küche ist nun auch nicht viel komfortabler. Ein Tischchen und zwei Stühle. Na ja, es wird reichen. Nehmen Sie bitte Platz. Mögen Sie einen Tee? Ich habe schwarzen Tee und Pfefferminztee.«

»Einen schwarzen Tee, bitte«, antwortete sie und merkte, dass sie einen Kloß im Hals hatte.

»Ich habe nur Teebeutel. Aber es wird Ihnen recht sein?«

»Sicher. Doch verraten Sie mir, wieso haben Sie mich erwartet?«

»Das war nicht allzu schwer zu erraten nach dem Auftritt am Grab von Jens van Vaal gestern«, erwiderte er, stellte zwei weiße Becher auf den Tisch und setzte sich dazu. »Dabei haben Sie das Beste verpasst, weil sie alle in das Grab guckten. Ich habe die Faust geballt und den Fluch in den Himmel geschleudert.«

»Hm. Einen Moment bitte. Ich muss unser Gespräch aufnehmen.«

»Das ist mir mehr als recht. Wenn Sie es nicht gesagt hätten, so hätte ich Sie darum gebeten. Es ist mein Vermächtnis.«

»Ihr Vermächtnis? Wie meinen Sie das?«

»Das werden Sie noch erleben.«

»Das klingt bedrohlich.«

»Frau Kommissarin, für Sie nicht.«

Lone seufzte innerlich. Wenn nur Jörg hätte mitkommen können.

Wie das Verhör eröffnen? Mit Jens van Vaal anzufangen, schien unklug zu sein.

»Herr Kramer, ich habe erfahren, dass Sie den Beinamen Arnold von Brescia haben. Mögen Sie mir erläutern, wieso.«

»Zunächst einmal habe ich über Arnold von Brescia meine Examensarbeit geschrieben. Übrigens, Arnold von Brescia ist mehr als unbekannt. Sagt der Name Ihnen was?«

»Ich gestehe, ich habe gegoogelt.«

»Arnold von Brescia ist mein Vorbild. Er war ein Märtyrer. Ein Leben auf der Flucht, verfolgt von den Verurteilungen des Papstes – und zum Schluss hingerichtet. Und warum? Er stand auf der Seite der Armen, die vom Klerus schamlos ausgenutzt und um ihr weniges Geld gebracht wurden. Wenn beispielsweise ein Altar eingeweiht wurde, so wurde ein Ablass ausgeschrieben zur Sündenvergebung. Die gab es nicht gratis, nicht einmal auf dem Totenbett. Selbst da musste für die Absolution gezahlt werden. Priester, Bischöfe, Kardinäle, der Papst selbst waren geldsüchtig. Wer in Rom etwas erreichen wollte, der musste goldene Schlüssel haben. Arnold von Brescia hingegen vertrat eine Lehre von unten, aus der Sicht der Armen, der Commune, der Menschen, die gegen den Reichtum und Protz und die Zügellosigkeit der hohen Geistlichkeit ankämpften. Damit kam er selbstverständlich mit dem Papst in Konflikt. Zweimal wurde er vom Papst als Ketzer verurteilt – und ließ sich nicht beirren.«

»Als Ketzer wurde man da nicht verbrannt?«

»Das war später, erst Anfang des 13. Jahrhunderts kamen Ketzergesetze auf.«

»Aha«, murmelte Lone und nahm den Teebeutel heraus, blickte sich in der Küche suchend um.

Lukas stand auf und stellte einen Unterteller auf das Tischchen. Es wackelte ein wenig.

»Sehen Sie, Frau Peterson, Luther war nicht der Anfang der Kritik am Ablasshandel, Luther war der Endpunkt. Diese Kritik gab es bereits 400 Jahre früher.«

»Ich sehe jetzt aber nicht den Zusammenhang zwischen Arnold von Brescia und Ihnen.«

»Schauen Sie sich einmal in dieser Wohnung um. Es gibt hier nur das Allernötigste. Ich lebe wie Arnold in großer Armut. Der springende Punkt ist meine Kritik am philosophischen Getriebe. Philosophie ist die Wissenschaft für den Menschen. Jeder Mensch, so meine ich, ist Philosoph aus Zwang. Die Frage nach dem Leben, nach dem Sinn, nach Sterben und Tod sind Menschheitsfragen, jede und jeden betreffen sie. Es ist Aufgabe der Philosophie, immer wieder um Antworten zu ringen, die die Menschen erreichen. Die Philosophen haben sich jedoch von den Menschen entfernt. Die Vorträge, die Kongresse finden statt für eine winzige Elite, und dies mit handverlesenen Referenten und Teilnehmern. Geld, Karriere, Ruhm, darum geht es, die Philosophie ist dafür nur das Medium.«

Das habe ich schon mal von Norris gehört, erinnerte sich Lone.

»Was haben Sie dagegen unternommen?«

»Ich habe auf dem Campus Reden gehalten, ziemlich lächerlich, ich gebe es zu. Ich habe mich lächerlich gemacht.«

»Das tut mir leid.«

»Trotzdem, ich habe recht. Wissen Sie, was Philosophie ist?«

»So genau nicht.«

»Philosophie ist die gelebte Suche nach Wahrheit.«

»Auf das Gelebt kommt es an?«

»Die Wahrheit muss gelebt werden, sonst ist sie Schall und Rauch.«

»Bis zum Martyrium?«

»Damals bis zum Martyrium. Heute sieht das anders aus.«

»Und wie?«

»Lenken wir von der Wahrheit nicht ab. Nehmen wir ein Beispiel. Die Politiker. Es macht sie unglaubwürdig, wenn sie häufig eigennützig ihre Diäten erhöhen, dazu noch Vergünstigungen genießen, von Steuergeldern mehr im Jahr für Visagisten ausgeben als eine Verkäuferin in einer Parfümerie im ganzen Jahr verdient.«

»Wie kommen Sie ausgerechnet auf dieses Beispiel?«

»Man hört und sieht so manches.«

»Denken Sie an eine bestimmte Person?«

»Jens van Vaal. Auf den wollen Sie hinaus. Sie wollen herausbekommen, ob ich ihn umgebracht habe.«

»Zunächst möchte ich von Ihnen erfahren, was Sie ihm vorwerfen.«

»Gedankendiebstahl. Jens van Vaal hat mich mit meiner Examensarbeit durchfallen lassen. Sein Argument: Es gäbe zu wenig Quellen über Arnold von Brescia und meine Ausführungen seien spekulativ und wissenschaftlich nicht belegbar. Das ist das eine. Das andere aber ist, dass Jens van Vaal meine Arbeit gekürzt in einer philosophischen Fachzeitschrift veröffentlicht hat. Da schweigen Sie, darauf sagen Sie nichts.«

»Doch, ich wüsste gerne, ob Sie das Buch *Farm der Tiere* Jens van Vaal anonym zugesandt haben.«

»Sie sagen es, das war ich. Aber ich bin nicht sein Mörder. Ich habe nicht den Mut dazu. Ich hatte gehofft, wenn ich Jens van Vaal an seinem Grab verfluche, würde ich mich danach erleichtert fühlen. Es ist nicht gelungen. Ich fühle mich genauso belastet und enttäuscht wie zuvor.« Resigniert sah er zu Boden. »Ein Mord macht die Welt nicht besser.«

»Sie glauben jedoch, dass gelebte Philosophie die Welt besser machen würde?«

»Ich weiß es nicht. Die Menschen sind verroht und rücksichtslos. Neulich bin ich durch eine Straße mit Einfamilienhäusern gegangen, also guter Mittelstand, alles irgendwie Nachbarn. Da lag ein Mann auf dem Fußweg vor seiner Hecke. Ich habe es von Weitem gesehen. Die Leute sind mit ihren Autos an ihm vorbeigefahren. Haben ihn liegen lassen in seinem Blut.«

»Das ist nichts Neues. Jesus erzählt diese Geschichte vom barmherzigen Samariter und dem Mann, der unter die Räuber gefallen ist. Da gehen gerade die Hohen achtlos an dem verletzten Mann vorbei.«

»Frau Kommissarin, genau darum geht es. 2.000 Jahre Christentum und 3.000 Jahre Philosophie haben die Menschen kein bisschen besser gemacht. So wird es immer und immer weitergehen.«

»Wenn Sie trotzdem versuchen, Ihr Recht zu bekommen.«

»Daran glauben Sie selbst nicht. Die Welt ist schlecht. Und ich bin allein in dieser Welt. Sagen Sie, sind Sie einsam?«

»Weiß ich nicht. Spielt hier auch keine Rolle.«

»Für mich schon. Es tut mir leid für Sie.«

»Was tut Ihnen leid?«

»Ach nichts. Ich wäre Ihnen dankbar, wenn Sie jetzt gehen würden. Ich bin nicht der Mörder von Jens van Vaal. Ich schwöre es.«

»Ich muss Sie dennoch fragen. Was haben Sie getan am Abend, an dem Jens van Vaal getötet wurde?«

»Nichts. Ich war krank und lag im Bett. Fieber. Das kann niemand bezeugen. Ich habe folglich kein Alibi. Allerdings beneide ich den Mörder. Vielleicht geht es ihm jetzt besser. Erkundigen Sie sich bei ihm danach, falls Sie ihn fassen sollten.«

»Dann beenden wir das heute«, entschied Lone und stand auf. Im engen Flur drehte sie sich beim Hinausgehen nach Lukas Kramer um. »Erlauben Sie mir noch eine Frage. Fühlen Sie sich unwohl? Brauchen Sie einen Arzt? Kann ich Ihnen helfen?«

»Frau Kommissarin, ich bin so depressiv wie der graue Dezembertag da draußen. Können Sie etwas gegen seine Trübheit tun?«

Was für ein unglücklicher junger Mann, sann Lone, als sie jetzt den Fahrstuhl nahm. Jens van Vaal hatte ihm übel mitgespielt, und er kam darüber nicht weg. Sein Mörder war er nicht. Das wirkte glaubwürdig, obgleich auch Lügen glaubwürdig klingen können. Einsam ist er, dachte sie und holte den Autoschlüssel aus der Tasche.

Ein dröhnender Aufprall! Blut und Gedärme spritzten umher. Vor ihren Füßen lag Arnold von Brescia.

Was hat Lone alles hinter sich, sorgte sich Jörg, als er nach längerem Suchen endlich einen Parkplatz in der Bremer Neustadt gefunden hatte. Das unheimliche Interview mit Arnold von Brescia, der Selbstmord des jungen Mannes direkt vor ihren Füßen. Um ein Haar hätte er Lone getroffen und mit in den Tod gerissen. Sie aber war im letzten Augenblick zur Seite gesprungen, hatte sofort die Polizei angerufen. Danach Absperrung der Unfallstelle, besser Todesstelle, Menschenauflauf, Arzt, Leichenwagen, Befragung, die Ermittlungen am Unfallort, sie als Zeugin, sie selbst beim Arzt. Wollte sie einen Polizeiseelsorger? Im Gespräch mit Jörg hatte sie gestammelt: »Nicht in meine Wohnung … Ruf Lea an … Meine Socke.«

Jörg hatte verstanden.

»Nun lernst du mein Zuhause endlich kennen«, sagte er, während er die Haustür aufschloss.

»Schönes Altbremer Haus hast du«, antwortete sie, jedoch so starr und tonlos, dass er schluckte bei dem Gedanken: Sie ist wie ein Geist. Wie soll das weitergehen?

»Komm doch bitte rein, bleib nicht in der Tür stehen.«

»Ja«, gehorchte Lone und trat in den engen Flur mit den überfüllten Schuhregalen.

Mechanisch zog sie die Schuhe aus und starrte sie an: »Blut!«

»Ich nehme sie dir ab, du bekommst Hausschuhe von meiner Frau Margit. Das weißt du ja, dass sie Margit heißt.«

»Blut! Blut, überall Blut«, klagte Lone und schaute an sich herunter.

»Frau Peterson, wie schön, dass ich Sie kennenlerne«, grüßte Margit, während sie die steile Holztreppe hinunterkam.

»Blut! Überall Blut.«

»Jörg hat mir schon Bescheid gegeben. Kommen Sie mit mir nach oben. Ich habe frische Kleidung für Sie bereitgelegt. Wenn Sie mögen, können Sie auch ein heißes Bad nehmen oder duschen.«

»Ich würde gerne duschen. Ich glaube, ich ertrinke in der Badewanne. Aber bitte bleiben Sie in der Nähe. Ich habe Angst, ich falle um.«

»Dann lassen wir die Tür offen.«

»All das Blut!«, jammerte Lone oben und drehte den Wasserhahn auf.

»Ist es warm genug?«

»Ja.«

»Seife und Haarshampoo sehen Sie?«

»Ja.«

»Da liegt ein großes Badehandtuch für Sie bereit. Meinen Kamm können Sie gerne benutzen. Eine neue Zahnbürste finden Sie auf der Ablage. Und die Kleidung hängt über dem Stuhl.«

»Danke.«

Blut und Spritzer vom Gedärm. Schrecklich. Alles musste weg!

»Hübsch schauen Sie aus«, lobte Margit, als Lone aus dem Badezimmer kam. »Sie können gerne Margit zu mir sagen. Ich würde mich freuen.«

»Ich heiße Lone.«

»Ein schöner Name. Klingt skandinavisch.«

»Ist ein dänischer Name.«

»Dänemark. Als ich noch ein Kind war, haben wir einmal Urlaub in Dänemark gemacht. In Grenen bei Skagen. Kennen Sie das?«

»Ich war nur in Aarhus, mein Freund hatte dort Verwandte.«

Das war bestimmt Tom, dieser schreckliche Motorradunfall. Schnell über was anderes reden.

»Da oben im Norden von Dänemark, da gibt es Wanderdünen. Stellen Sie sich das vor. Die Dünen bewegen sich und verschütten mit der Zeit ganze Dörfer und Kirchen. Gruselig, nicht? Ich habe mich als Kind furchtbar geängstigt. Aber natürlich war das Unsinn. Selbstverständlich ist keine Wanderdüne zu unserem Sommerhaus gekommen.«

»Mama, Abendbrot ist fertig«, erklang es durch das Treppenhaus.

»Benno, unser Größter. Er hat heute für Sie den Abendbrottisch gedeckt.« Ihre Stimme wurde lauter: »Wir kommen!«

»Guten Tag, Frau Peterson. Sie können heute Nacht in meinem Zimmer schlafen. Ich gehe ins Wohnzimmer auf die Coach.«

»Aber wir haben doch abgemacht, Frau Peterson kann in meinem Zimmer schlafen«, beschwerte sich Lisa, die gerade die Kellertreppe mit zwei Wasserflaschen hochkam.

»Nicht so überstürzt«, mahnte Margit. »Gehen wir erst einmal zur Essecke, dahinten vor der Gartentür.«

Essen?, ging es Lone skeptisch durch den Sinn. Jetzt? Niemals? Ihr war schlecht.

»Wenn du nicht magst. Du musst dich nicht genötigt fühlen. Vielleicht nur eine Tasse Tee?«, schlug Jörg vor.

»Man muss aber was essen«, ließ sich Ole mit seiner Kinderstimme vernehmen. »Du musst was essen, damit du groß und stark wirst.«

»Es gibt selbst gemachten Kartoffelsalat, der geht immer. Der ist der Renner bei uns«, forderte Benno sie auf.

Kartoffelsalat? Das ist wie Blut und Gedärme-Matsch. »Entschuldigt, ich muss einmal rausgehen.«

»Das kleine WC ist im Flur gleich links. Ich zeig es Ihnen«, bot Lisa an und stand auf.

»Wenn du möchtest, gerne.«

Nimm dich zusammen, ermahnte sich Lone, während sie in den Spiegel sah und ihr kreideweißes Gesicht betrachtete. Die sind nett zu dir und meinen es nur gut.

»Ein bisschen Käse und Baguette könnte ich schon vertragen.« Sie hoffte es inständig.

»Papa hat erzählt, dass Sie eine Katze haben«, erzählte Benno unbekümmert.

»Socke heißt meine Katze.«

»Wir möchten einen Hund haben. Aber Papa sagt immer Nein.«

»Na hör mal, du weißt genau, warum wir keinen Hund haben können.«

»Immer die alte Leier«, beschwerte Benno sich. »Kein Geld und niemand hat Zeit, mit einem Hund Gassi zu gehen.«

»Da hat man es mit einer Katze leichter, die geht selbst Gassi«, schmunzelte Lone, wurde aber sofort wieder ernst und traurig. Wenn sie gesund ist, wenn …

»Es gibt gewiss auch pflegeleichte Hunde. Kennen Sie welche?«, insistierte Benno weiter.

»Benno!«, ermahnte Jörg seinen Sohn. Biss sich aber auf die Lippen. Das Thema schien Lone abzulenken.

»Kinderfreundliche Hunde sind Collies, Labradore, Golden Retriever.«

»Hast du gehört, Papa?«

»Moment mal, einen Golden Retriever hat Chrissi Martens, fällt mir gerade ein.«

»Chrissi Martens. Den Namen habe ich schon mal gehört. Der ist Zeuge in eurem Mordfall. Wozu braucht der denn einen kinderfreundlichen Hund?«, fragte Margit. »Hat der Kinder?«

»Unseres Wissens nicht«, antwortete Jörg.

»Wie machen wir es nun mit dem Schlafen?«, fragte Benno. »Sie können wirklich gerne mein Zimmer haben. Es wäre mir eine Ehre.«

»Das ist lieb, Benno. Wenn ich darf, schlafe ich auf der Coach«, wünschte Lone und verschwieg den eigentlichen Grund, sie fürchtete sich, allein in einem Zimmer wie eingeschlossen zu sein. Die Nacht würde auch so grauenhaft genug.

Lone träumte, sie weinte ihr Kopfkissen nass. Eine Mädchenhand legte sich sanft auf ihren Arm. Tränenüberströmt wachte sie auf. Da war niemand. Nur das fremde Wohnzimmer mit den behaglichen Möbeln, beleuchtet von einer Stehlampe in der Ecke.

»Ich habe Sie gehört. Oder wollen wir du zueinander sagen?«, fragte Margit, die leise in den Raum kam.

»Ja, du, Margit.«

»Kann ich etwas für dich tun?«

»Mein Kopfkissen ist ganz nass.«

»Ich bring dir ein neues. Wenn du magst, bleibe ich eine Weile bei dir sitzen.«

»Es geht schon. Danke.«

Jörg horchte, wie die Haustür zuschlug. Jetzt waren sie alle aus dem Haus gegangen, Lisa und Benno zur Schule, Ole in den Kindergarten gleich zwei Häuser weiter und nun auch Margit mit den Zwillingen zum Einkaufen.

»Kann ich dir beim Abdecken vom Frühstückstisch behilflich sein?«

»Lass man, Lone, die Lebensmittel sind schon im Kühlschrank. Wir können noch zusammen einen Kaffee trinken.«

»Wir müssen zum Dienst.«

»Ich habe eben gerade angerufen. Wir haben heute frei.«

»Zum Reden? Ja? Gibt es Probleme?«

»Es ist gestern viel passiert. Ich dachte, da brauchst du etwas Luft.«

»Ja, vielleicht etwas Luft, wie du es ausdrückst«, murmelte sie, trat an die Terrassentür und schaute in den winterlichen, regennassen Garten. »Der Schnee ist schon wieder weg. Kein weißes Tüchlein auf dem Grab von Jens van Vaal. Ob Arnold von Brescia ihn wirksam verflucht hat und er nun in der Hölle ist? Und Arnold von Brescia? Wo ist der? Ist der unschuldig und im Himmel? Und ich habe ihn getötet?«

»Lone, was redest du da? Sag, was spukt in deinem Kopf herum? Setz dich zu mir und erzähl mir.«

Zögernd folgte sie ihm, nahm auf ihrem Stuhl Platz, aber brachte kein Wort heraus.

Lass sie schweigen, überlegte Jörg, schenkte sich noch eine Tasse Kaffee ein und wartete.

»Schuldig«, stieß es aus ihr hervor. »Ich fühle mich schuldig. Ich fühle mich ständig schuldig. Ich fühle mich schuldig am Tod von Tom. Dieses Gefühl werde ich nicht los, es verfolgt mich immerzu. Wir wollten ein Wochenende am Jadebusen verbringen, hatten uns ein Zimmer in einem altmodischen Hotel in Wilhelmshaven genommen und hatten vor, am nächsten Tag auf dem Deich bis Dangast zu wandern. Es war spät geworden, als wir in Wilhelmshaven ankamen. Ich hatte den ganzen Tag fast nichts gegessen und hatte Hunger, Tom nicht so sehr. Aber eine Pizza wäre nicht schlecht gewesen. Ich googelte dann, wo abends noch was aufhatte. Die Zeit war zu knapp, um noch zu Fuß zu der Pizzeria zu gehen, und so fuhr Tom mit dem Motorrad. ›Bis gleich. Tschüss‹, rief er noch in der Zimmertür. Das war das Letzte, was ich von ihm gehört habe. Ich wartete zuerst auf die Pizza. Ich hatte wirklich schrecklichen Hunger. Als Tom nicht zurückkam, wurde ich unruhig, bis ich es im Hotel nicht mehr aushielt und den Weg zur Pizzeria ging. An der Kreuzung, gar nicht weit vom Hotel – ein Menschenauflauf, Schaulustige, die laut redend um ein Motorrad und einen Porsche herumstanden. Blut auf dem Kopfsteinpflaster. Eine Frau von den Leuten am Straßenrand fuhr mich zum Klinikum Wilhelmshaven. Von Panik getrieben, stürzte ich zur Unfallchirurgie, der Arzt kam mir schon auf dem Gang entgegen. Tot. Tom war tot. Tom ist tot.«

Entsetzt und fassungslos sieht sie aus, als wäre dies gestern erst geschehen.

»Aber das Gericht hat später die Schuld eindeutig dem Porschefahrer zugeschrieben. Der ist mit hundert Sachen, wie man so sagt, bei Rot über die Kreuzung gerast. Der ist schuld«, versuchte Jörg sie von ihrem Gedankenkarussell und den falschen Schuldzuweisungen abzulenken.

»Schuld, selbstverständlich ist der Porschefahrer schuld. Aber die eigentliche, die in Wahrheit Schuldige bin ich. Wenn ich mich mit den Erdnüssen begnügt hätte, die es in der Minibar gab, das hätte vollkommen ausgereicht. Am nächsten Morgen hätte es Frühstück gegeben – also warum musste es noch spätabends diese verfluchte Pizza sein?«, klagte sie und sah Jörg fragend an. »Ich kann seitdem keine Pizza mehr essen. Mir wird schlecht, wenn ich nur an Pizza denke. Verstehst du mich, Jörg?«

»Ja, es geht einem irgendwie immer so. Wenn ich jemanden bitte, etwas für mich zu tun, für mich irgendwo hinzufahren, dann hoffe ich, dass alles gut geht und der andere nicht verunglückt. Ich meine, man denkt das nicht immerzu und macht seine Sachen. Aber ich bin erleichtert, wenn Margit zum Beispiel anruft oder eine Nachricht schickt. Schuld ist etwas anderes, wie du genau weißt.«

»Ja und nein. Nun dieser junge Mann, dieser Arnold von Brescia oder Lukas Kramer, ich hätte schalten müssen, als er mir gestand, die Aufzeichnungen seien sein Vermächtnis. Ein Vermächtnis hinterlässt ein Toter den Lebenden. Also sah sich Lukas Kramer tot.«

»Er plante seinen Tod«, warf Jörg ein.

»Richtig. Ich hätte ihn darauf ansprechen müssen. Ich hätte darauf insistieren müssen, was er darunter versteht und was er beabsichtigt. Vielleicht hätte ich seinen Selbstmord verhindern können.«

»Hättest du nicht. Lone, wirklich nicht. Diese Tonbandaufnahmen sind in der Zwischenzeit nicht nur von unserer Abteilung mehrfach gehört und ausgewertet worden, sondern auch von Psychologen. Übereinstimmend sind sie der Ansicht, dass Lukas Kramer hochgradig depressiv war und, wie ich bereits sagte, seinen Selbstmord geradezu initiiert hat. Möglicherweise hatte der Auftritt am Grab den Zweck, die Polizei auf sich aufmerksam zu machen. Oder nicht nur diesen Zweck, wahrscheinlich hat er Jens van Vaal wirklich in die Hölle gewünscht. Du hattest das Pech, mit Lukas Kramer dieses letzte Gespräch geführt zu haben.«

»Lukas Kramer hat Jens van Vaal gehasst. Er hat ihn verflucht. Van Vaal hat ihm übel mitgespielt. Möglicherweise, wahrscheinlich hätte er keinen Selbstmord begangen, hätte Jens van Vaal nicht seine Arbeit gestohlen und, leicht verändert, unter dem eigenen Namen veröffentlicht. Wohin man sieht, hinterlässt van Vaal verstörte, zerstörte Menschen.«

»Die lustige Witwe ausgenommen.«

»Man kann sich vorstellen, wie viel Leid hinter ihrer Fröhlichkeit steckt.«

»Nun ja«, sagte er und war erleichtert, dass nicht mehr von ihrer Schuld die Rede war.

»Hör mal, Jörg«, setzte Lone an und stellte sich wieder vor die Terrassentür zum Garten. »Manchmal meine ich, es wäre besser, also gerechter, wenn wir die Mörderin oder den Mörder von Jens van Vaal nicht fassen.«

»Lone, so etwas darfst du nicht einmal ansatzweise denken. Unsere Aufgabe ist es, Verbrechen aufzuklären. Punkt aus. Wie das Gericht den Fall beurteilt, ob mildernde Umstände zur Geltung kommen, das ist nicht unsere Sache.«

»Das weiß ich doch.«

»Eben, und weil du es weißt und trotzdem solchen Gedanken nachgehst, wäre es vielleicht besser, wenn du erst einmal deinen Schock, dein Trauma überwindest, dich in psychologische Behandlung begibst und den Fall abgibst.«

»Was soll das heißen? Bekomme ich ein Disziplinarverfahren?«

»Nein, bekommst du nicht. Trotzdem stößt du auf Kritik. Ich bin mit meinen leidigen Zahnschmerzen auch daran schuld, dass du allein zu diesem als aggressiv einzustufenden Mann gegangen bist. Dass er gegen sich selbst zerstörerisch ist, konnte man allerdings nicht ahnen. Wirklich etwas vorwerfen kann man dir nichts, weil du erkannt hast, dass der Mann krank war und du ihm Hilfe angeboten hast.«

»Jörg, sprich deutlich. Muss ich den Fall abgeben? Ja oder Nein?«

»Du musst nicht. Aber es würde für richtig erachtet.«

»Du? Was denkst du?«

»Wir sind Kollegen und fast so etwas wie Freunde. Wie ich dich bisher kennengelernt habe, würde es dich schier verrückt machen, nicht weiter zu ermitteln.«

»Also stehst du zu mir?«

»Das tue ich wohl.«

»Da bin ich gespannt«, schmunzelte Jörg, als er am nächsten Morgen im Polizeipräsidium den Hörer auflegte.

»Wer war es denn?«, fragte Lone.

»Erika Kosanke.«

»Frau ›Mein Mann hat gesagt‹?«

Verwundert blickte Jörg zu ihr herüber. Die Bemerkung sollte spaßig klingen, passte nun aber überhaupt nicht zu Lone. Sie verdeckt ihren Schmerz und ihre Erschöpfung. Na, mal sehen, wie es geht.

»Kommen Sie bitte herein«, reagierte Jörg auf das Klopfen an der Tür.

»Ach herrje, da bin ich wieder bei Ihnen bei der Polizei!«

»Guten Morgen, Frau Kosanke. Nehmen Sie bitte erst einmal Platz«, forderte Jörg die konfus wirkende Haushälterin auf.

»Was haben Sie uns zu erzählen?«, fragte er wohlwollend.

»Erzählen ist gut. Das ist hoffentlich kein Verhör. Wissen Sie, mir ist nur was aufgefallen. Das kann ich nicht beschwören. Mein Mann hat zu mir gesagt: ›Geh zur Polizei, aber leiste niemals einen Eid.‹ Wissen Sie, niemals darf man einen Eid leisten oder einen Wechsel unterschreiben. Verstehen Sie, was ich meine?«

»Sie wollen uns lediglich eine Beobachtung mitteilen, wollen daraus aber keine Schlüsse ziehen und schon gar keinen Eid ablegen.«

»So kann man es wohl ausdrücken, Herr Oberkommissar«, antwortete sie, während sie in ihrer Handtasche kramte, ein gebügeltes Taschentuch hervorholte und sich die Nase putzte.

Lone sagt ja gar nichts, dachte er und schaute besorgt zu ihr herüber. Ob die Verhörsituation gerade zu viel für sie ist?

»Was wollen Sie uns denn erzählen?«, wiederholte Jörg seine Frage.

»Ach, das kann ich gar nicht so sagen. Das ist schwierig. Und ich will nichts Falsches sagen. Ich verstehe von diesen Dingen ja überhaupt nichts. Ich bin nach der neunten Klasse von der Schule abgegangen. Ich musste arbeiten gehen. Wir waren sieben Kinder, sechs Jungen und ich war das einzige Mädchen. Meine Brüder, die hatten Probleme mit der Polizei. Sie verstehen schon. So kleine Diebstähle. Immer, wenn die Polizei bei uns geklingelt hat, habe ich vor Angst gezittert. Dabei war mein Vater ein ordentlicher Mann. Er war Postler und hatte nur ein Bein. Er war streng. Meine Mutter war ständig krank, hatte immerzu Migräne und ich musste den Haushalt machen. Eine Lehre durfte ich nicht anfangen, da hätte ich zu wenig verdient. Ich war dann Aushilfe und dann Bedienung in der Gastwirtschaft neben unserer Wohnung. Das Trinkgeld durfte ich nicht behalten, musste alles abgeben. Da habe ich meinen Mann kennengelernt. Der war mal reingekommen und hat ein Bier bestellt. Er war ja Bootslackierer und ihm war an dem Tag von dem Lack nicht gut, also ziemlich übel. Das wollte er mit einem Bier runterkippen. Ja, so war es. Ich war erleichtert, dass ich von Zuhause wegkam und nichts mehr mit der Polizei zu tun hatte. Und nun sitze ich hier und bin im Polizeipräsidium – und das sogar freiwillig!«, klagte sie, schnäuzte sich erneut die Nase und sah entgeistert von Jörg zu Lone.

»Wenn es Ihnen so viel ausmacht, hierher zu kommen, dann ist es umso lobenswerter, dass Sie sich überwunden haben.«

»Hab ich eigentlich nicht. Aber mein Mann hat gesagt, es ist vielleicht wichtig.«

»Das könnte ja sein. Wir sind über alle Hinweise froh«, erwiderte Jörg und sah Frau Kosanke freundlich aufmunternd an.

»Ja, also gut. Aber ich sagte schon, ich kann es nicht beschwören. Ich bin schon einige Jahre bei den van Vaals.

Frau Dr. van Vaal hat ein großes Arbeitszimmer und da verbringt sie sehr viel Zeit. Da stehen die Bücherregale voll von Büchern. Also auf Latein und Griechisch und Hebräisch.«

Das ist kein Wunder, dachte Jörg, sie ist schließlich Altphilologin.

»Frau Dr. van Vaal liest ständig, und sie schreibt auch Texte. Eigentlich arbeitet sie fast jeden Tag wissenschaftlich. Das müsste sie gar nicht. Sie müsste sich eigentlich nur um ihre Firma kümmern. Tut sie aber nicht. Ich weiß ja nicht, was sie schreibt – oder eigentlich weiß ich es doch. Ich meine, ich vermute es. Also nicht, dass ich neugierig wäre. Aber einmal ist sie rausgegangen, sie musste wohl auf Toilette, und es hat länger gedauert. Ich wollte nicht spionieren. Aber ich habe mich ständig gefragt, was schreibt diese Frau eigentlich den ganzen Tag? Ach Frau Kommissarin, Herr Oberkommissar, es ist so peinlich. Na, ich habe mich heimlich in ihr Arbeitszimmer geschlichen, und der PC war an, und da habe ich gesehen, Sie glauben es nicht, das Deckblatt von seiner Arbeit, mit der er Professor geworden ist. Habilitation heißt das, glaube ich. Also sein Name, Adresse und so weiter stand darauf und der Titel und das Datum und alles. Sie können sich nicht vorstellen, wie schnell ich aus dem Zimmer war. Ganz leise habe ich mich die Treppe runtergeschlichen und bin in die Küche. Dort habe ich den Staubsauger angemacht. Nun ist es raus.«

»Langsam, Frau Kosanke«, bat Jörg mit ruhiger Stimme. »Sie haben also die Vermutung, wenn ich Sie richtig verstanden habe, dass Frau Dr. van Vaal die Habilitationsschrift für Herrn van Vaal geschrieben hat?«

»Ja, ja, ich vermute es. Ich meine, eigentlich bin ich mir sicher. Ich habe immer mal wieder gesehen, dass sie Texte schreibt. Aber wofür denn? Sie veröffentlicht niemals etwas. Sie ist ja nicht berufstätig, ich meine, sie ist nicht an der Uni oder so. Ich meine, warum macht sie denn das?«

»Aus Liebe?«, warf Lone plötzlich ein.

»Ach Frau Kommissarin. Liebe? Ich weiß nicht, ob Frau Dr. van Vaal ihren Mann liebt. Ich glaube, sie will ihn nicht blamieren. Er ist, er war ja so ein Kindskopf. Und sie wollte ihrem Ruf auch nicht schaden. Das ist in diesen Kreisen so. Nach außen hui, nach innen pfui. Entschuldigen Sie, das habe ich natürlich nicht gesagt.«

»Das ist wirklich ein sehr wichtiger Hinweis«, bemerkte Jörg.

»Ja, nur was wird nun aus mir? Wenn Frau Dr. van Vaal erfährt, dass ich heimlich ihre Sachen lese und herumspioniere, dann schmeißt sie mich raus!«

»Beruhigen Sie sich, Frau Kosanke. Frau Peterson und ich beraten uns erst, was zu tun ist. Wir werden Ihre Information auswerten, aber nicht sogleich zu Frau Dr. van Vaal stürmen und ihr verraten, was Sie uns mitgeteilt haben. Sie können ganz ruhig Ihren Dienst tun. Wenn Sie sich nichts anmerken lassen, dann wird Frau Dr. van Vaal keinen Verdacht schöpfen.«

»Das hat mein Mann auch gesagt, dass Sie mich nicht gleich verpetzen.«

»So ist es«, bekräftigte Jörg.

»Kann ich jetzt gehen?«

»Wenn Sie uns gesagt haben, was Sie zu sagen haben, dann ja.«

»Nee, mehr hab ich nicht«, erklärte sie entschieden.

»Dann noch einen schönen Tag. Auf Wiedersehen.«

»Hoffentlich nicht«, wünschte Frau Kosanke und ging.

»Na, was sagst du, Lone?«

»Es klingt plausibel. Wenn wir die Begleitumstände und Schnörkel einmal weglassen, so hat Frau Kosanke ausgesagt, dass Frau Dr. van Vaal für ihren Mann die Habilitationsschrift verfasst hat. Abgesehen davon, dass dies Betrug ist und ihn seinen Posten gekostet hätte, wenn es bekannt geworden wäre, passt es ins Bild seiner Persönlichkeit.«

»Du meinst, er war ein Blender, ein Taugenichts.«

»Ja, das sagt Norris über ihn. Lea, meine Zimmernachbarin, übrigens auch. Sie hat mal ein paar Vorlesungen bei ihm gehört und an einem Seminar teilgenommen. Ihr war aufgefallen, dass van Vaal auf Nachfragen schlecht antworten konnte. Und Lukas Kramer hat er die Arbeit über Arnold von Brescia gestohlen und sie unter eigenem Namen veröffentlicht.«

»Fragt sich dann, was mit der Doktorarbeit ist? Mit der hat er nun in leicht veränderter Form in letzter Zeit reichlich Furore gemacht.«

»Wir sollten seinen Doktorvater aufsuchen«, entschied Lone.

»Dieser arrogante Widerling von Prof«, unterbrach Jörg wütend sein mürrisches Schweigen. »Wollte mich einfach nicht empfangen!«

»Pass lieber auf den Verkehr auf. Da vorne bei der Horner Mühle hat es einen Unfall gegeben.«

»Ich pass schon auf. Was bildet dieser eingebildete Pinsel sich ein. Nur weil er Professor für Philosophie ist.«

»War. Er ist emeritierter Professor.«

»Lone, das ist vollkommen egal. Der Kerl hat mich einfach abgewimmelt und mir kühl gesagt, er werde sich zu Jens van Vaal und seiner Doktorarbeit nicht äußern. Und dann hat er aufgelegt. Ich habe ihn noch mal angerufen und ihm gütlich mitgeteilt, dass wir ihn in den Zeugenstand berufen werden, wenn er zu einem Gespräch nicht bereit sei. ›Tun Sie das‹, hat geantwortet und wieder aufgelegt. Ist das zu fassen? Aber als Zeuge nützt er uns nichts, wenn er die Aussage verweigert. Wir können nur seine Personalien aufnehmen. Die einzige Information, die wir erhalten, ist, dass er sich zu Jens van Vaal und seiner Doktorarbeit nicht äußern will.«

»Und nun fahren wir nach Lilienthal und reden mit ihm.«

»Wie hast du das fertiggebracht? Wie hast du diesen überheblichen Typen rumgekriegt?«

»Ich habe ihn freundlich angerufen und nichts von Jens van Vaal gesagt, sondern habe ihn gelobt. Ich sei eine begeisterte Leserin seines gerade erschienenen Buches.«

»Wie ist denn der Titel?«

»*Die Philosophie des Aufbruchs* in der arabischen Gegenwartsliteratur.«

»Aha.«

»Sehr interessant. Ich habe das Buch wirklich gelesen. Durchaus kritische Texte, insbesondere was die Stellung der Frau anbelangt. Zum Beispiel werden Gedichte von Najet Adouani besprochen. Das ist eine tunesische Dichterin, die ins Exil auswandern musste.«

»Gut, gut, sehr fleißig.«

»Es ist einmal eine andere Welt. Es lenkt mich ab.«

»Und das wars? So einfach hast du das heutige Interview zustande gebracht?«

»Nicht ganz, ich habe ihn um ein Autogramm gebeten«, schmunzelte Lone. »Das kann er mir nur persönlich geben.«

»Von Jens van Vaal war also gar nicht die Rede. Da wird er entsetzt sein, wenn ich mitkomme. Die Chemie stimmt nicht.«

»Wird er nicht. Er weiß, dass wir zu zweit bei ihm erscheinen. Er wollte natürlich nur mich allein empfangen, aber ich habe ihm klargemacht, dass dies unmöglich sei. Er habe sicher von dem schrecklichen Selbstmord in der Zeitung gelesen und ausgerechnet ich sei es gewesen, die zuletzt mit dem jungen Selbstmörder gesprochen hat. Deswegen seien Alleingänge für mich zurzeit nicht geboten. Da hat er nachgegeben.«

»Wir werden ja sehen.«

»Weißt du, die Menschen möchten wahrgenommen werden, selbst Philosophieprofessoren. Wenn man zeigt, dass man ihre Leistung anerkennt, werden sie meist entgegenkommender. Ein bisschen umschmeichelt zu werden, tut den meisten gut.«

»Na, dann sag mir mal was Nettes.«

»Du hast mir sehr geholfen. Auch bei unseren Vorgesetzten. Du bist ein zuverlässiger Kollege und Freund.«

»Hören wir auf mit dem Schmarrn.«

»Gerne«, sagte Lone und betrachtete die graue modrige Weidelandschaft bei Borgfeld, durch die die Wümme gemächlich floss.

Sie fuhren über die Brücke und bogen dann in die schmale, holprige Straße mit Kopfsteinpflaster ab. Edel, ging es ihr durch den Sinn, repräsentativ das reetgedeckte Anwesen auf dem Deich. Und vornehm. Kein Wunder, dass dieser Professor zum Freundeskreis von Dr. Irene van Vaal gehört.

»Ganz schön teuer«, murmelte Jörg, während sie vor der imposanten Haustür standen.

Eine Haushälterin öffnete die Tür und ließ Lone und Jörg in die Diele eintreten.

»Wenn Sie mir bitte Ihre Garderobe geben mögen. Professor Schubert erwartet Sie schon.«

»Ah, da ist die lesende Kommissarin«, empfing sie der Hausherr, während er durch die weiße Flügeltür trat, die den Blick in einen großzügigen Wohnraum freigab.

Hinter ihm erschien eine schöne, äußerst gepflegte Dame.

»Darf ich bekanntmachen, Frau Kommissarin Peterson, Herr Oberkommissar Schmitz, meine Frau Arezo Farhadi.«

»Nicht so förmlich«, winkte Frau Farhadi mit einem Lächeln ab. »Gehen wir ins Wohnzimmer. Im Kamin brennt schon ein behagliches Feuer. Und genießen Sie einmal den Ausblick auf die Wümme. Ich mag die Weiden am Wasser und das Schilf, besonders in dieser Jahreszeit, wenn es grau und dunkel ist. Dieses diesig feuchte Wetter haben wir in Teheran nicht, obgleich es auch dort im Winter kalt ist.«

»Der Ausblick ist sehr schön«, lobte Lone. »Sie kommen, wenn ich fragen darf, aus dem Iran?«

»Ja, ich lebe allerdings schon lange in Deutschland. Kurz nach der Machtübernahme von Khomeini bin ich emigriert.

Mir haben Sie übrigens weitgehend das heutige Gespräch zu verdanken. Wir iranischen Frauen sind für Gerechtigkeit. Wir wollen, dass Verbrechen aufgeklärt werden, was leider im Iran häufig nicht der Fall ist. Sie verstehen schon.«

»Iranische Frauen sind mutig«, bemerkte Professor Schubert. »Setzen wir uns doch«, forderte er Lone und Jörg auf.

»Ich lasse euch jetzt allein«, verkündete Frau Farhadi und schloss hinter sich die Wohnzimmertür.

»Herr Schmitz«, begann Professor Schubert und zündete sich ein Zigarillo an. »Rauchen Sie?«, fragte er und wies auf das silberne Etui.

»Nein. Früher habe ich mal geraucht. Aber ich habe es mir ganz abgewöhnt«, antwortete Jörg.

»Lobenswert. Jens van Vaal war auch Nichtraucher, nebenbei gesagt. Aber das ist für Sie wahrscheinlich uninteressant.«

»Jede Information, jedes Detail ist uns zunächst wichtig. Auch deswegen ist es außerordentlich freundlich, dass wir heute zu Ihnen kommen dürfen. Ich habe selbstverständlich auch Ihr Buch dabei«, antwortete Lone.

»Was also wollen Sie wissen?«

»Beginnen wir mit einer konkreten Frage. Warum kam Jens van Vaal, der damals noch Jens Meier hieß, zu Ihnen mit seiner Doktorarbeit?«, fragte Jörg.

»Die Antwort ist ganz simpel. Herr Meier hatte seine Dissertation in Berlin geschrieben bei Professor Sommerfeld. Herr Sommerfeld ist tödlich verunglückt. Jens Meier brauchte einen neuen Doktorvater, und durch Vermittlung von Frau Dr. van Vaal ist er zu mir gekommen.«

»Das ist ein normaler formaler Vorgang, dass im Falle des Todes des Doktorvaters die Universität gewechselt werden kann, wenn auch keineswegs muss«, bemerkte Jörg.

»Nun, die Umstände spielen eine gewisse Rolle. Herr Meier – ich sage lieber Herr van Vaal, das passt besser zu seiner heutigen gesellschaftlichen Stellung – war mit zwei anderen Doktoranden zum Kolloquium von Professor Sommerfeld in dessen Villa am Wannsee geladen. Sie klingelten, aber niemand machte auf. Die Ehefrau war verreist. Sie gingen nach einer Weile um das Haus und fanden die Terrassentür offen. Nach einigem Hin und Her und Zögern entschlossen sie sich, ins Haus hineinzugehen, suchten den Professor im Wohnzimmer, im Arbeitszimmer, riefen, während sie mehr und mehr ein unheimliches Gefühl beschlich. Einer der jungen Männer, es war nicht Jens Meier, schaute in das Badezimmer hinein. Da lag Sommerfeld in der Badewanne tot auf einer Studentin. Sie war ebenfalls tot. Er hatte während des Geschlechtsverkehrs einen Schlaganfall bekommen. Die junge Frau war mit dem Kopf auf den Badewannenrand gestoßen, hatte sich von dem schweren Mann nicht befreien können und war ertrunken. Das Entsetzen war groß. Jens Meier sagte immer wieder: ›Es war ein Schock.‹«

»Wissen Sie, wer die anderen Doktoranden waren?«

»Es waren ein Mann und eine Frau, soweit ich mich erinnere. Warten Sie mal. Wir haben uns später noch einmal über den Fall unterhalten. Er war nun sehr prekär. Jens van Vaal hat ihn, ja daran erinnere ich mich noch, Findling genannt. Der Findling habe Professor Sommerfeld in der Badewanne gefunden.«

»Sie kennen nicht den richtigen Namen?«

»Nein, bedauerlicherweise nicht. Obgleich mir nicht klar ist, was das mit diesem Fall zu tun hat. Das Ganze ist zwanzig Jahre her.«

»Wir hören den Ausdruck ›Findling‹ jetzt zum zweiten Mal. Frau Dr. van Vaal erwähnte diese Person ebenfalls«, erläuterte Lone.

»Ich verstehe. Ich habe Jens van Vaal tatsächlich darauf angesprochen, als wir gesellschaftlich miteinander verkehrten. Mir erschien der Name rätselhaft und geheimnisvoll. Er erwiderte, er könne sich selbst nicht mehr an den Namen erinnern.«

»Eine Frage liegt mir doch am Herzen«, wandte sich Lone an Professor Schubert. »Entschuldigen Sie, aber wir hatten den Eindruck, dass Sie nur ungern über die Promotion Jens van Vaals sprechen möchten.«

»Nun ja«, begann Professor Schubert und lehnte sich in seinem Sessel zurück. »Es ist unangenehm, darüber zu sprechen. Sie behalten es für sich.«

»Wir bringen es nicht an die Öffentlichkeit«, erklärte Lone.

»Wie allgemein bekannt ist, war die Doktorarbeit überdurchschnittlich gut, atemberaubend zu lesen, dabei wissenschaftlich fundiert, genial. Bisweilen gibt es das, geniale Arbeiten, und man fühlt sich an das Ende des 18. und an das 19. Jahrhundert erinnert, wo neben aller Mittelmäßigkeit ein genialer Kopf glänzte. Diesen Eindruck erweckte die Dissertation. Doch dann, ich sage Ihnen, dann«, sprach Professor Schubert, beugte sich vor und sah verschwörerisch von Lone zu Jörg, »dann folgte beim Rigorosum die Katastrophe. Es war die schlechteste Prüfung in meiner gesamten Dienstzeit. Stellenweise hatte ich den Eindruck, Jens van Vaal wusste gar nicht, was er geschrieben hatte.«

Nervös zündete sich Professor Schubert ein neues Zigarillo an, seine Fahrigkeit entging Lone nicht.

»Ist in Erwägung zu ziehen, dass die Prüfungskommission Jens Meier hätte durchfallen lassen sollen«, erkundigte sie sich vorsichtig.

»Dieses Ergebnis ist selbstredend erwogen worden. Doch bedingt durch die gesellschaftliche Stellung Jens Meiers, er hatte sich mit Dr. Irene van Vaal verlobt, und vor allem aufgrund der Qualität der schriftlichen Arbeit haben wir ihn mit Ach und Krach bestehen lassen.«

Das also wollte er nicht zugeben, stellte Lone fest. Eine ungerechte Note wegen Vitamin B.

»Halten Sie es für möglich«, begann sie zögernd, »dass Jens Meier die Doktorarbeit nicht selbst geschrieben hat, sondern ein Ghostwriter?«

»Ausgeschlossen ist das nicht. Aber er hatte in seiner Berliner Zeit gewiss nicht das Geld für einen Ghostwriter. Darum tippe ich auf ein Blackout. Das kommt durchaus vor in Prüfungen. Dass plötzlich alles weg ist. Ja, das wird es gewesen sein. Alles andere wäre Betrug. Und Sie wissen, Tote soll man ruhen lassen.«

»Gewiss. Wir sind nur am Rande wegen Jens van Vaal hier, sondern primär wegen des Autogramms«, lächelte Lone gewinnend und nahm das Buch aus ihrer Handtasche.

»Einen Moment, ich hole meinen Signierfüller aus dem Arbeitszimmer. Ich bin gleich wieder da.«

»Wir müssen nach Berlin«, raunte Jörg Lone tonlos zu.

Berlin – ein weihnachtliches Lichtermeer!

Das hatte sie nicht erwartet, als sie mit Jörg in Bremen den Zug bestiegen hatte, in Berlin empfing sie eine festliche, erwartungsvolle Stimmung bereits im Hauptbahnhof. Der hohe spitz zulaufende Weihnachtsbaum vor dem Bahnhofseingang war einfach gigantisch. Sie schnupperte, auf dem Weihnachtsmarkt duftete es nach gebrannten Mandeln, Glühwein, Currywurst, über Holzkohle gegrillten Steaks. Sie merkte, dass sie Hunger hatte, aber dafür war keine Zeit. Leider auch nicht zum Verweilen an den Buden mit selbst gestrickten Handschuhen, Schals und Mützen, Engeln, Taschen und Kerzen. Schnell über die Fußgängerbrücke, am Bundestag, am Reichstagsgebäude vorbei zum Brandenburger Tor und *Unter den Linden* zur Humboldt-Universität.

»Jörg, ras nicht so. Bleib einen Augenblick stehen und sieh dir das einmal an. Alle Bäume sind mit Lichterketten geschmückt. Schau mal die bunten, goldenen Weihnachtsbäume vorm Adlon. Das hat schon was.«

»Ja ja, bloß, wir haben einen Termin«, entgegnete er und sah gehetzt auf seine Armbanduhr. »Und der Zug hatte Verspätung.«

»Weiß ich doch.«

»Ich finde die Straße *Unter den Linden* zur Weihnachtszeit viel schöner als im Sommer. Da wimmelt es bloß vor Touristen, es ist heiß und stickig. Man soll es großartig finden, dabei ist es vor allem anstrengend.«

»Komm, hör auf. Du warst im letzten Sommer allein in Berlin«, antwortete er unwirsch, was ihm im nächsten Augenblick leidtat.

»Na, die Baustelle hier gab es im Sommer auch schon. Hat sich nichts verändert.«

»Ich hoffe, dass sich bei unserem Fall nun etwas verändert.«

»Mal sehen. Noch am Haus der Wissenschaften vorbei – und da sind wir bei der Humboldt Universität.«

Kolossal und ein banges Gefühl einflößend lag der hohe schmiedeeiserne, den Innenhof umfassende Zaun vor ihnen, in der Mitte die übergroße weiße Statue von Hermann von Helmholtz. Sehr ehrwürdig, gediegen, Wissenschaft als Repräsentation. Andererseits sind nüchterne Bauten besser, näher am Leben. Zum Beispiel der Boulevard der Uni Bremen? Der ist nichts weiter als ein überdachter Gang zwischen den Geisteswissenschaften 2 und der Unibibliothek. Der soll nun unter Denkmalschutz gestellt werden.

Was denke ich da? Wohin gleite ich ab? Du bist hier, um einen Mord aufzuklären. Aber irgendwie hat dieser Mord etwas mit Sensibilität, Verletzungen, Geheimnissen zu tun.

Jörg blieb im Vestibül der Universität stehen und schaute sich nach dem Informationsstand um.

Lone stieß ihn im repräsentativen Treppenhaus mit dem Ellenbogen an. »Lies mal, was da in goldenen Lettern auf goldglänzendem Marmor steht: ›*Die Philosophen haben die Welt nur verschieden interpretiert, es kommt aber darauf an, sie zu verändern. Karl Marx*‹.

Was meinst du, kommt diese Inschrift noch aus DDR-Zeiten und man hat sie nach der Wende nicht verändert? Für Arnold von Brescia war Philosophie die gelebte Suche nach Wahrheit. Finde ich ehrlicher. Denn man muss die Welt erst verstehen, also interpretieren, bevor man weiß, wie man sie verändern will.«

»Lone, du lenkst ständig ab. Willst du wirklich den Fall aufklären?«

»Ich habe eine Scheu davor. Ich habe das Gefühl, das ein neues Unrecht geschieht. Aber das ist sicherlich falsch und Unsinn. Fragen wir bei der Information, wo wir Frau Krause finden.«

»Krause?«, fragte der Pförtner wenig später. »Und wieso in diesem Gebäude? Die Philosophie ist in viele verschiedene Gebäude aufgeteilt. Krause, wer soll das sein? Eine Professorin?«

»Eine Sekretärin. Sie sagte mir am Telefon, sie arbeite im Gebäude Unter den Linden«, erklärte Jörg.

»Na, da gehen Sie mal in den zweiten Stock. Hier gleich den Gang links runter und dann den Fahrstuhl oder die Treppe.«

»Vielen Dank.«

»Wir laufen«, entschied Lone. »Schauen wir einmal in den ersten Stock hinein. Das ist nun eindrucksvoll. An allen Wänden Bilder bedeutender Persönlichkeiten. Und Catering.«

»Lone, Lone, komm jetzt mit rauf. Wir haben einen Termin.«

»Noch sind wir rechtzeitig.«

»Die Philosophie? Nach links und dann wieder nach rechts. Ist ein langer weiß getünchter Gang.«

»Das Sekretariat?«

»Gleich am Anfang rechts. Befindet sich in einem offenen Raum. Sie können so hineingehen.«

»Da steht sie ja schon im Flurgang und erwartet uns. Sieht sympathisch aus mit ihrem braunen Lockenkopf. Mag wohl Mitte vierzig sein«, schätzte Lone.

»Frau Kommissarin Peterson, Herr Oberkommissar Schmitz?«

»Ja. Guten Tag. Es ist sehr entgegenkommend, dass wir Sie aufsuchen dürfen«, antwortete Jörg.

»Gerne. Kommen Sie bitte mit«, forderte Frau Krause die Kommissare auf und führte sie in einen hohen, kahlen, weiß gestrichenen Raum. »Nehmen Sie bitte Platz«, sagte Frau Krause und wies auf zwei Stühle vor ihrem Arbeitsplatz.

»Ich fürchte allerdings, Sie sind ganz umsonst nach Berlin gekommen. Sie sagten am Telefon, Sie bräuchten Auskünfte über Jens van Vaal beziehungsweise Jens Meier. Ich muss Ihnen jedoch leider mitteilen, obwohl ich mir den Kopf zerbrochen habe, ich kann mich an Jens Meier überhaupt nicht erinnern. Er soll vor zwanzig Jahren Doktorand bei Professor Sommerfeld gewesen sein. Aber schauen Sie, zwanzig Jahre. Wie viele Studenten und Doktoranden waren hier aus irgendeinem Grund im Sekretariat. Ich habe auch nichts Schriftliches finden können. Dazu muss ich erläutern, dass Frau Sommerfeld nach dem für sie verletzenden Tod ihres Gatten im Garten ihrer Villa am Wannsee ein Feuer entfachte und alles, aber auch alles, was nach Universität aussah, dort den Flammen übergeben hat. Auch PCs. Also, Tabula rasa, leider auch in meiner Erinnerung. Das hätte ich Ihnen auch am Telefon mitteilen können.«

»Es muss sich ja nicht um etwas Konkretes von damals handeln. Vielleicht ist Ihnen ja doch etwas zu der bekannten Persönlichkeit Jens van Vaal aufgefallen?«

»Ja, Frau Kommissarin, allerdings. Auch wenn ich mich an die Person Jens Meier nicht erinnern kann, so sagten Sie ja, dass ein Jens van Vaal ermordet worden sei, von dem ich zunächst nicht wusste, dass er mit Jens Meier identisch ist. Äh …«, zauderte sie, besah ihre Hände, drehte an ihrem Ehering.

Warum druckst sie so herum?, wunderte sich Lone.

»Also …«, begann Frau Krause und sah Lone direkt an, »… das Buch von Jens van Vaal *Mut zur Zukunft* ist in aller Munde, ist ja Spiegel-Bestseller, und selbstverständlich habe auch ich es gelesen. Ich lese gern und viel. Das nur am Rande. Ja …«, bestätigte sie und machte eine Pause, schluckte. »Das Buch las sich für mich wie ein Déjà-vu. Sie können sich das nicht vorstellen. Ich kannte es Seite für Seite. Ich meine, ich kannte nicht den geschriebenen Text, aber den Aufbau, alle Gedanken, alle Beispiele. Ich war wie aus der Bahn gerissen. Ich dachte, ich wäre im falschen Traum. Das konnte nicht sein.«

Erregt stand sie auf, ging einmal im Raum auf und ab.

»Kurz und gut«, erklärte sie weiter, während sie sich wieder setzte. »Ich kannte das Buch, also den Inhalt, weil ein anderer Doktorand damals häufig zu mir ins Sekretariat kam und mir begeistert von seiner Doktorarbeit erzählte. Ich weiß es noch so genau, da seine Begeisterung regelrecht ansteckend war.«

»Können Sie sich noch an den Namen des Doktoranden erinnern?«, fragte Lone atemlos.

»Das kann ich. Chrissi Martens hieß er.«

Puh. Ein Schauer fuhr Lone durch den Leib. Das ist nicht wahr! Bloß jetzt nicht Jörg einen vielsagenden Blick zuwerfen. Bloß nicht verraten, dass das der Hinweis ist, der möglicherweise zur Klärung des Falles führt.

»Wie ich schon erwähnte, Chrissi, ich meine Herr Martens, war häufig hier. So habe ich mich zutiefst gewundert, seine Arbeit nun nach zwanzig Jahren in einem Buch von einem Jens van Vaal zu lesen. Ich meine seine Dissertation, seine geschriebene Dissertation kenne ich nicht, aber eben mündlich. Das verstehe ich nicht. Wie kommt dieser Jens van Vaal an die Arbeit von Chrissi Martens?«

»Darauf wissen wir leider auch keine Antwort, wie Sie sich denken können«, erwiderte Lone.

»Eine Frage habe ich noch, Sie sagten, Herr Martens war häufig hier im Sekretariat. Was geschah dann? Wann hörte das auf?«

»Richtig. Dann war er plötzlich weg und ist nicht wieder gekommen. Das war nach dem tragischen beziehungsweise unerfreulichen Tod – ich meine, falls ein Tod überhaupt erfreulich sein kann – von Professor Sommerfeld. Ich weiß nicht, was da in ihm vorgegangen ist, jedenfalls war er plötzlich weg. Spurlos verschwunden. Ja, das ist alles, was ich Ihnen dazu sagen kann«, endete sie und schaute geistesabwesend in die Ferne.

»Wir danken Ihnen für Ihre Offenheit, Frau Krause.«

»Frau Kommissarin, wenn ich Ihnen damit helfen konnte …«

»Man wird sehen«, antwortete Jörg unbestimmt.

»Dann fahren Sie jetzt wieder zurück nach Bremen?«

»Mit dem nächsten Zug.«

»Natürlich«, sagte Frau Krause und stand auf, woraufhin auch Lone und Jörg sich erhoben.

Peinliches Schweigen.

»Dort an der Wand haben Sie ein schönes Bild«, bemerkte Lone, »darf ich es mir einmal anschauen?«

»Sicher. Das ist der einzige Farbtupfer in diesem Raum. Blaue Segelboote in einem kleinen Hafen mit einem schwarzroten Leuchtturm im Hintergrund. Die Segelboote sind mit einer Plane zugedeckt. Der Himmel ist graublau verhangen. So ist es doch kein Sommerbild, sondern es hat was Bedrückendes, Tristes an sich. Wie ein Zeichen von Vergänglichkeit.«

Frau Krause räusperte sich.

»Hängt das Bild schon lange hier?«, fragte Lone.

»Seitdem ich hier Sekretärin bin, also seit 2000. Ich nehme es einmal ab. Ich glaube, es steht eine Jahreszahl auf der Rückseite.«

»1966«, las Lone. »Dann kannten Jens Meier und Chrissi Martens dieses Bild auch schon.«

Schweigen.

»Entschuldigen Sie, wir müssen jetzt gehen, sonst verpassen wir noch den nächsten Zug«, erklärte Jörg, dem die Situation merklich unangenehm war.

Schon am Fahrstuhl wartend, kam Frau Krause ihnen nach. »Äh, entschuldigen Sie. Äh … Dürfte ich eine Bitte äußern?«, druckste sie.

»Gerne.«

»Frau Peterson. Ich sage bewusst nicht, Frau Kommissarin Peterson. Könnten wir uns beide heute Nachmittag einmal auf einen Kaffee treffen? Ich meine … äh … Es wäre mir lieb.«

Was darauf antworten? Von Alleingängen hatte Lone genug. Fragend schaute sie Jörg an. Der nickte.

»Das würde gehen«, antwortete Lone zögernd.

»Ich schlage vor, wenn es Ihnen recht ist, im Einstein. Ich mache dann etwas früher Schluss. Vielleicht um vierzehn Uhr dreißig?«

Es war angenehm, nicht zum Hauptbahnhof zu hetzen, sondern auf dem Weg zum Café Einstein durch das weihnachtliche Berlin zu schlendern. Lone blieb im Eingang stehen, sog die Caféhaus Atmosphäre ein, betrachtete die Messinglampen mit den runden weißen Kugeln, das dunkle Holz des Büfetts, die Marmortischchen, die mit Leder bezogenen Stühle und Bänke, die Zeitungen an den Garderobenständern. Ansprechend waren diese Caféhäuser. Dabei fiel ihr ihre Urgroßtante ein, die in die USA emigriert war und auf die Frage, was sie denn am meisten an Deutschland vermisse, prompt antwortete: »Die Berliner Caféhäuser.«

Lone ließ ihren Blick schweifen nach einem stillen Plätzchen, wo sie sich ungestört mit Frau Krause unterhalten konnte. Wobei es wahrscheinlich darauf hinauslief, dass Frau Krause erzählen oder ihr Herz ausschütten und sie selbst bloß zuhören würde.

»Was darf es denn sein?«, wurde sie von einem smarten Kellner aus ihren Gedanken gerissen. »Eine Tomatensuppe, Café crème und ein Wasser mit Kohlensäure, bitte.«

Das war es wohl, Frau Krause wollte ihr Herz ausschütten. Was dachte sie sich dabei? Selbst wenn ihre Erzählungen nicht vor Gericht justiziabel waren, so wäre es vollkommen unmöglich für eine Kommissarin, als Privatperson etwas zu hören, was sie zur Aufklärung des Falls nicht verwenden würde. Es war schon richtig gewesen, dass sie und Jörg keinerlei Regung gezeigt hatten, als Frau Krause den Namen Chrissi Martens genannt und ihn als Urheber des Buches von Jens van Vaal bezeichnet hatte. Aber war es nicht gemein und menschlich unzulässig, dass sie das Vertrauen der ahnungslosen Frau ausnutzte? Frau Krause wusste ja nicht, dass Chrissi Martens in den Fall involviert war und dass er jetzt durch ihre Aussagen vom Zeugen zum Verdächtigen avanciert war. Merkwürdige Formulierung, als wäre dies eine Beförderung. Es war irgendwie tragisch, sie hatte ihn belastet in purer Unkenntnis und Unschuld. Diese Überlegungen führen zu nichts, wies Lone die Schuldgefühle zurück. Mord ist Mord.

»Hat Ihnen die Suppe gemundet?«

»Danke. Sie war ausgezeichnet.«

»Darf ich Ihnen noch etwas bringen?«

»Im Augenblick nicht. Ich erwarte jemanden. Ah, da ist sie ja.« Lone stand auf, sodass Frau Krause sie leichter finden konnte.

»Frau Peterson, ich bin Ihnen so dankbar, dass Sie sich Zeit für mich nehmen.« Sie legte ihre Sachen ab. »Für mich einen Latte macchiato«, wandte sie sich an den Kellner.

»Wo soll ich anfangen? In meinem Kopf schwirrt alles herum und durcheinander. Frau Peterson, was ich Ihnen erzählen möchte, habe ich noch niemals jemandem anvertraut. Auch meinem Mann nicht. Aber nun kommen Sie ganz aus Bremen und erinnern mich an Chrissi Martens. Genau genommen haben Sie mich gar nicht erinnert, denn Sie haben ja gar nichts von ihm gesagt. Höchstwahrscheinlich haben Sie seinen Namen zum ersten Mal gehört. Aber nun der Reihe nach«, begann sie und legte ihre Hände flach auf den kühlen Marmortisch.

Sie atmete tief durch. »Ich bin nicht unglücklich. Ich bin seit achtzehn Jahren verheiratet. Die Ehe war nicht immer problemlos, aber wir haben gemeinsam die Krisen überwunden. Wir haben eine siebzehnjährige Tochter Sonja, mit der ich mich gut verstehe. Wir haben eine schöne Jugendstilwohnung in Spandau, fahren jedes Jahr in den Urlaub. Das sind keine misslichen Verhältnisse, verstehen Sie? Wir haben uns arrangiert. Es ist ein angenehmes und letztlich privilegiertes Leben.«

»Ich kann gut nachvollziehen, was Sie meinen. Es ist eigentlich alles in Ordnung, und dennoch fühlt man, dass etwas fehlt. Aber vielleicht geht das uns allen so. Heinrich Böll hat es einmal so ausgedrückt, dass wir uns auf dieser Erde nicht ganz zu Hause fühlen.«

Was sage ich da? Sie soll von sich erzählen und sich nicht in Allgemeinplätze flüchten.

»Das mag sein, dass wir alle ein Defizit empfinden. Ich meine aber etwas anderes, nichts Grundsätzliches. Über Grundsätzliches könnte ich mit Klaus sprechen.«

»Es war nur so ein Gedanke«, lenkte Lone ein.

»Vielleicht macht es die Sache leichter, dass es uns allen so ergeht. Trotzdem, bis vor Kurzem habe ich ohne seelische Tiefen ganz zufrieden vor mich hingelebt. Dann habe ich dieses

Buch *Mut zur Zukunft* von diesem Jens van Vaal gelesen, ich sagte es bereits. Und da kam alles bei mir ins Trudeln. Es war mir, als würde Chrissi vor mir stehen, als käme er zu mir ins Sekretariat. Er war immer gut gelaunt. Es war mir, als ginge die Sonne auf. Auf mich wirkte es jedenfalls so, auch wenn es übertrieben klingen mag. Ich habe mich immer gefreut, wenn er bei mir im Sekretariat auftauchte. Ich habe ihn in Gedanken bisweilen meinen langen Lulatsch genannt, er ist ja sehr groß und war sehr schlank. Ich meine, er war nicht charmant, das wäre der falsche Ausdruck. Jedoch liebenswürdig. Chrissi wusste, glaube ich, gar nicht, wie liebenswürdig er war mit seinem sympathischen Gesicht und dem blonden Zopf.«

Dieser griesgrämig aussehende Mann?, ging es Lone durch den Sinn.

»Damals hoffte ich, dass aus uns beiden was würde. Es war offensichtlich, dass er mich mochte, sehr mochte. Ich hoffte, dass er mich mal fragen würde, ob wir zusammen ausgehen wollten. Dann dachte ich, vielleicht wolle er erst seine Doktorarbeit zu Ende schreiben. Ich habe eigentlich immer gewartet.«

»Warum haben Sie ihn nicht angesprochen, selbst vorgeschlagen, mal einen Kaffee zusammen zu trinken, sich außerhalb des Sekretariats zu treffen?«

»Das frage ich mich heute auch. Das habe ich mich tausendmal gefragt, als er plötzlich verschwunden war. Warum habe ich nicht? Hätte, hätte und habe nicht. Ich erkläre mir das so, dass es nach wie vor trotz aller Emanzipation üblich ist, dass der Mann die Initiative ergreift, dass von ihm der erste Schritt ausgehen muss. Sonst hat die Frau verloren. Nein, das nun gerade nicht, jedenfalls nicht bei Chrissi. Der war bestimmt nicht so.«

»Und Sie meinen, dass er erst einmal so etwas wie eine gesicherte Existenz aufbauen wollte, bevor er sich Ihnen erklärt?«

»Nein, so wieder nicht. Er war schüchtern. Das auch nicht, eher zurückhaltend Menschen überhaupt gegenüber. Abwartend. Vielleicht auf Böses gefasst trotz seiner Liebenswürdigkeit. Irgendwo in seinem Inneren. Verstehen Sie?«

»Nicht ganz.«

»Anders ausgedrückt. Ich vermute, seine Zurückhaltung kam von einem Trauma.«

»Trauma?«

»Chrissi Martens ist ein Findelkind.«

Himmel! Der Findling! Fast wäre ihr die Tasse aus der Hand gefallen.

»Er erzählte mir, er sähe deutlich ein Wohnzimmer. Er wisse jedoch nicht, was darin geschehen sei. Und er sähe sich laufen und laufen und laufen. Da war er noch ganz klein. Chrissi kommt aus Bremen und wurde an einem heißen Sommertag weinend auf einer Bank bei der Sielwallfähre von den Martens gefunden. Die Martens haben der Polizei Bescheid gesagt. Das Erstaunliche ist, dass niemand eine Vermisstenanzeige aufgegeben hat, dass niemand den Jungen gesucht hat. Chrissi kannte nur seinen Vornamen, wobei der wahrscheinlich ein Spitzname ist von Christian oder Christoph. Sein Geburtsdatum wurde amtlich festgelegt, er war ungefähr zwei Jahre alt. Vom Jugendamt erhielten die Martens die Genehmigung, den Jungen großzuziehen, solange bis sich die leiblichen Eltern melden würden. Was nicht der Fall war. Später haben sie ihn adoptiert. Sie selbst waren kinderlos und haben Chrissi wie ihren eigenen Sohn betrachtet. Chrissi hatte eine schöne Kindheit und Jugend bei den Martens. Trotzdem, es bleibt dieses Erlebnis in dem Wohnzimmer, wo etwas Schreckliches passiert sein muss. Daher das Trauma und die Zurückhaltung.«

»Das ist verständlich«, pflichtete Lone ihr bei, während es in ihrem Kopf schon ratterte. Was sagte Chrissi Martens auf dem Friedhof? Sein Vater habe durch einen Schock einen tödlichen Herzinfarkt erlitten?

»Können Sie sich vorstellen, dass das plötzliche Verschwinden von Chrissi Martens auf einen Schock, ein schlimmes Erlebnis zurückzuführen sein könnte?«

»Ich weiß es nicht. Bisweilen habe ich gedacht, er sei tot. Er sei gestorben, vielleicht durch einen Autounfall. Wenn dem nicht so ist, was sagt er dazu, dass dieser Jens van Vaal mit seiner Doktorarbeit Furore macht? Wie muss sich Chrissi fühlen? Er muss eine furchtbare Wut auf diesen van Vaal haben. Was ist da überhaupt passiert? Wie kam dieser Typ an Chrissis Doktorarbeit? Ich zermartere mir mein Gehirn. Ich muss täglich an Chrissi denken und kann mit niemandem darüber reden. Wenn ich mit meinem Mann, wenn ich mit Klaus über meine Erinnerungen, über meine Besorgnisse, ja über meine Liebe sprechen würde, es wäre, als bräche ein Vulkan aus. Das hält unsere Ehe nicht aus. Das möchte ich wiederum nicht. Es ist nur so, es gibt im Leben Entscheidungen, die unwiderruflich sind. Man kann nach links oder nach rechts gehen. Bei mir ist es so, dass ich den Weg, den ich gerne gegangen wäre, nicht gegangen bin. Das ist es, was ich Ihnen sagen, was ich Ihnen anvertrauen wollte. So, jetzt brauche ich ein Stück Kuchen. Sie auch?«

»Suchen wir uns eines aus.«

»Manchmal gönne ich mir nach Dienstschluss ein Stück Kuchen mit Sahne. Machen Sie das auch manchmal?«

»Doch. Bisweilen gehe ich in Bremen ins Café. Aber hier in Berlin schmeckt er mir besonders gut«, pflichtete Lone ihr bei, nahm einen großen Happen auf die Gabel und zauderte: »Wenn Sie mir noch etwas verraten mögen, wie war Ihr Name vor Ihrer Eheschließung?«

»Junge, Sabine Junge. Warum wollen Sie das wissen?«

»Nur so. Ich denke an die vergangenen Zeiten. Dann haben Jens Meier und Chrissi Martens Sie unter diesem Namen kennengelernt.«

»Ja, was tut das zur Sache?«

»Eigentlich nichts«, erwiderte Lone und zuckte die Achseln. Mit einem gewinnenden Lächeln fügte sie hinzu: »Der Name passt zu Ihnen.« Für sich dachte sie wiederum: Vielleicht können wir das noch gebrauchen.

»Finde ich auch. Ich habe meinen Nachnamen Junge immer gemocht«, gab Frau Krause zu, kramte in ihrer Handtasche und holte ihr Handy hervor. »Es wird Zeit, ich habe heute noch viel zu tun. Nicht für den Job. Ich will die Wohnung vor Weihnachten gründlich putzen.«

Das sollte ich auch machen, fiel Lone ein.

»Und Sie? Gönnen Sie sich noch einen Weihnachtsbummel durch Berlin?«

»Wäre schön. Aber ich muss zurück nach Bremen. Ich habe morgen ganz früh einen Termin beim Tierarzt. Meine Katze ist nun schon länger krank, trinkt und frisst nicht, und bisweilen spuckt sie. Der Tierarzt hat ein Abszess festgestellt, das mit einem Antibiotikum behandelt wurde. Das Abszess ist weg, trotzdem wird meine Socke nicht gesund.«

»Das tut mir leid. Dann wünsche ich alles Gute für Ihre Katze.«

»Du strahlst ja so«, stellte Jörg am nächsten Morgen fest und rückte seinen Schreibtischstuhl zu Lone.

»Ich habe allen Grund zum Strahlen. Es steht endlich fest, was meine Socke hat. Sie hat irgendwas verschluckt, das in ihrem Darm festsitzt.«

»Darauf hätte Dr. Schulz schon früher kommen können.«

»Sei nicht so streng. Wir hätten ebenfalls früher Chrissi Martens verdächtigen können. Er wohnt in der Nähe des Tatortes, er war kurz nach dem Mord zur Stelle. Bisweilen kehren Mörder gerne zu ihrem Opfer zurück, und er ist größer als Jens van Vaal.«

»Na ja, so viel war das nun wieder auch nicht. Aber zurück zu Socke – nun erzähl mal, wie hat Dr. Schulz festgestellt, dass da etwas im Darm sitzt?«

»Dr. Schulz hat das gar nicht festgestellt. Er hatte es vermutet und eine Röntgenaufnahme gemacht, die jedoch kein klares Bild ergab. Beim Abtasten hat er auch nichts gespürt.«

»Ja, und nun?«

»Dr. Schulz hat sich beim Tennis eine schwere Knieverletzung zugezogen. Ist gleich operiert worden. Es dauert Wochen, bis er wieder laufen und stehen kann.«

Was redet sie um den heißen Brei?

»Dr. Schulz hat jetzt für die Zeit, wo er nicht arbeiten kann und darf, eine Vertretung. Ein junger Facharzt für Tiermedizin. Hauke Häberle heißt er.«

»Das klingt schwäbisch. Eine merkwürdige Kombi, ein typisch norddeutscher Vorname und ein schwäbischer Nachname«, bemerkte Jörg und meinte kurz bei der Erwähnung vom Namen des Tierarztes in Lones Gesicht einen verträumten Ausdruck zu sehen. Garantiert weiß sie was darüber. Mal sehen, ob sie mit der Sprache rausrückt.

»Wie du schon sagst, seine Eltern kommen aus Schwaben und haben ihre Hochzeitsreise nach Sankt Peter-Ording gemacht. Und da gibt es den *Hauke-Haien-Koog*, der nach der Erzählung vom *Schimmelreiter* benannt ist. Da war auch ein kleiner netter Junge am Strand, der hieß Hauke.«

Oho, das sind allerhand persönliche Infos für den Anfang, dachte Jörg verschmitzt, äußerte sich jedoch nicht.

»Was hat der Häberle mit Socke gemacht?«

»Wie gesagt, geröntgt hatte Dr. Schulz sie auch, jedoch nichts feststellen können. Herr Dr. Häberle hat ihr ein Kontrastmittel gegeben, und da konnte man deutlich sehen, dass von einer Stelle im Darm nur ein dünnes Rinnsal weiter floss. Da muss etwas stecken, was man auf dem Röntgenbild nicht erkennen kann.«

»Dann wird sie vermutlich operiert?«

»Ja, morgen. Gleich um acht Uhr.«

»Machst du dir Sorgen deswegen?«

»Nicht so sehr. Herr Dr. Häberle macht auf mich einen kompetenten Eindruck«, antwortete sie in möglichst sachlichem Ton.

Lone, Lone, schmunzelte Jörg in sich hinein.

»Ich bin ebenfalls fündig geworden. Ich habe mir vom Promotionsbüro der Humboldt Universität das Dissertationsvorhaben von Chrissi Martens zufaxen lassen und habe es mit dem Buch *Mut zur Zukunft* von Jens van Vaal verglichen. Schau dir das an. Sogar die Kapitelüberschriften sind identisch!«

»Das wirft eine Reihe von Fragen auf. Da sollten wir Chrissi Martens einen Besuch abstatten«, bestimmte Lone.

»Ganz deiner Meinung. Noch heute sollten wir ihn aufsuchen. Nicht morgen Früh um acht Uhr«, schmunzelte Jörg.

»Parken wir in der *H.-H.-Meier-Allee*«, schlug Jörg vor.

»Okay. Machen wir. Wir müssen ja nicht unbedingt vor seiner Haustür halten«, stimmte Lone ihm zu. »Gehen wir das kurze Stück an den Straßenbahnschienen entlang zu Fuß.«

»Bleib mal stehen, Lone. Schau, Jens van Vaal joggte jeden Tag vom Friedhof kommend hier den Fahrradweg und an Chrissi Martens Häuschen entlang, bis er den Weg um den Friedhof einschlug. Das heißt, Chrissi Martens konnte ihn bequem beobachten, ohne selbst gesehen zu werden.«

»Wie lange mochte das wohl so gegangen sein?«

»Jens van Vaal wohnt seit neunzehn Jahren in der Villa seiner Frau. Chrissi Martens seit sechzehn Jahren hier beim Friedhof. Fragt sich, seit wann Jens van Vaal hier entlang joggt.«

»Es kann sein«, überlegte Lone, »dass er Chrissi Martens erst aufgefallen ist, seitdem das Buch erschienen ist. Da ist

Jens van Vaals Konterfei deutlich abgebildet. Das Buch ist im August herausgekommen. Sofern Chrissi Martens der Täter ist, hat er in diesen Monaten nichts gegen Jens van Vaal unternommen. Das spricht zu seinen Gunsten.«

»Wir sind da. Hoffentlich ist er zu Hause. Klingeln wir mal.«

Bellen eines Hundes.

»Ruhe, Max«, hörten sie Martens' Stimme.

Gut erzogen, erkannte Lone an, als der Hund sofort aufhörte zu bellen.

Die Tür wurde geöffnet.

»Die Polizei? Ein vorweihnachtlicher Nachmittagsbesuch? Kommen Sie herein.«

»Danke, Herr Martens, gerne.«

»Sie haben Glück, dass Sie mich antreffen. Ich bummele heute Überstunden ab«, plauderte Chrissi Martens, während er sie durch den engen Flur in den Wohnraum führte. Schnell einen Blick durch die offene Küchentür geworfen: ein bauchiger Küchenschrank aus den Fünfzigern, Herd, Spüle, Kühlschrank, Speisekammer, ein Tischchen mit nur einem Stuhl, ein Fressnapf und eine Schale mit Wasser.

»Behaglich haben Sie es«, lobte Lone, als sie in den Wohnraum traten. Bücherregale aus Holz bis zur Decke, ein schlichter alter Schreibtisch, eine Sitzecke mit einem Nierentischchen. An den Wänden Fotos unter Glas von heimischen Vögeln.

»So ein großer Garten mit Obstbäumen und Johannisbeersträuchern ist heutzutage eine Seltenheit«, bemerkte sie.

Unbezahlbar, dachte Jörg, während er den Hund beobachtete. Max schien zu flüchten. Er drückte den Türgriff von der Terrassentür mit seinen Vorderpfoten herunter, schlüpfte durch den engen Spalt hindurch und stupste die Tür von der Gartenseite mit der Schnauze an, sodass sie wieder zufiel.

»Ein kluger Hund«, bemerkte Jörg.

»Nehmen Sie doch Platz«, forderte Martens sie auf und wies auf das kleine Sofa und den Sessel, während er selbst den Schreibtischstuhl für sich heranzog. »Darf ich fragen, was Sie zu mir führt?«

»Sabine Junge.«

Schweigen. Entsetzen, Verwunderung und Freude wechselten sich in Chrissis Gesicht ab.

»Heißt Sabine heute noch Junge?«

»Nein, heute heißt sie Krause.«

»So, so, Krause.«

Wieder Schweigen. Ist das klug gewesen, so zu beginnen, fragte sich Lone.

»Was hat Frau Krause über mich gesagt?«

»Nur Gutes.«

»Ziemlich vage.«

»Sie hat sich an die Zeiten erinnert, als Sie in der Humboldt Universität häufig zu ihr ins Sekretariat kamen und ihr begeistert von Ihrer Doktorarbeit erzählten.«

»Aha.«

Wieder Schweigen. Er stand auf, ging zur Gartentür und pfiff nach seinem Hund. Der kam sofort herein und legte sich neben sein Herrchen.

»Das waren in der Tat schöne Zeiten«, bemerkte er nachdenklich, während er den Rücken seines treuen Vierbeiners streichelte. »Das ist jedoch kein Grund, dass Sie mir einen Besuch abstatten«, fügte er hart hinzu.

»Sie erzählte ferner, dass sie das Buch *Mut zur Zukunft* von Jens van Vaal gelesen habe und äußerst verwundert sei, dass der Inhalt mit Ihrer Dissertation übereinstimmt. An Jens Meier erinnert sie sich übrigens überhaupt nicht. Was sagen Sie dazu?«

»Wozu? Zu Jens Meier oder zu der Kongruenz meiner Dissertation mit dem Buch von Jens van Vaal?«

»Zu Letzterem.«

»Nichts sage ich dazu, Frau Kommissarin. Nicht weil ich nicht aussagen will, sondern weil ich das Buch nicht gelesen habe. Ich kenne es schlicht und ergreifend nicht.«

»Es ist ein Bestseller.«

»Meinen Sie, ich lese Bestseller?«

Lone zuckte die Achseln. »Ich lese gerne Bestseller.«

»Ich will auch nichts gegen Bestseller sagen. Um meine Antwort zu konkretisieren, ich lese grundsätzlich keine Bücher, die im Entferntesten etwas mit Philosophie zu tun haben. Schauen Sie sich in meinem Bücherregal um. Es sind naturkundliche Bücher, die ich lese. Viele Bildbände sind darunter.«

»Warum lesen Sie nichts Philosophisches?«

»Ich weiß nicht, wie weit Sie in Ihren Ermittlungen gekommen sind. Möglicherweise haben Sie von dem Ableben von Professor Sommerfeld erfahren. Unglücklicherweise war ausgerechnet ich es, der ihn in der Badewanne tot mit einer Studentin, die ich übrigens kannte, nicht sooo kannte, aber eben doch ganz gut, aufgefunden hat. Sie war ebenfalls tot. Für mich war das ein Schock. Ich habe mich gefragt, wozu die Philosophie, wenn dieses unwürdige Ende das Ergebnis ist?«

»Sie haben also Ihre Promotion abgebrochen, weil Sie Philosophie für sinnlos halten?«, fragte Lone skeptisch.

»Das kommt vor. Ich wollte etwas Praktisches tun. Ich bin Erzieher geworden in der Hoffnung, aus netten Kindern nette Erwachsene zu machen. Allerdings bezweifele ich, dass Erziehung tatsächlich Menschen zum Guten leiten kann. Die Frage können Sie schon bei Erich Kästner *Konferenz der Tiere* nachlesen. Wie aus liebenswürdigen Kindern grausliche Erwachsene werden.«

»Daraufhin sind Sie von Berlin nach Bremen gezogen?«, erkundigte sich Jörg.

»Ich komme aus Bremen, wie Sie wissen. Ich erwähnte es bereits bei der Beerdigung von Jens van Vaal. Mein Vater ist damals an einem Herzinfarkt gestorben, und so konnte ich meiner Mutter in dieser ersten schwierigen Zeit zur Seite stehen.«

Bei der Beerdigung hat er gesagt, dass sein Vater durch einen Schock ums Leben gekommen sei. Dieses Detail lässt er nun bewusst weg, vermutete Lone.

»Wie war Ihr Verhältnis zu Jens Meier?«, wollte Jörg nun wissen.

»Was soll ich sagen? Locker, meine ich. Wir wohnten beide im selben Studentenwohnheim in der *Triftstraße* in Wedding. Das war ein riesiger Kasten von mindestens vierzehn Stockwerken. Man traf sich selten. Dann waren wir beide Doktoranden bei Professor Sommerfeld, hatten jedoch wenig miteinander zu tun. Jens war der Party-Typ – ich nicht. Wenn wir uns zufällig trafen, haben wir miteinander gequatscht. So würde ich es ausdrücken.«

»Wie ist Ihr Verhältnis zu Jens van Vaal?«

»Herr Oberkommissar. Ich habe kein Verhältnis zu Jens van Vaal. Ich kenne Jens van Vaal nicht.«

»Sie haben also nicht in dem Toten Jens Meier erkannt?«

»Nein. Ich habe Jens Meier seit zwanzig Jahren nicht mehr gesehen. Wir haben uns verändert. Dazu war es dunkel und die Beleuchtung am Tatort schlecht, und der Zustand des Toten ließ keine Ähnlichkeit vermuten. Ich habe erst bei der Beerdigung erfahren, dass Jens van Vaal und Jens Meier die gleiche Person ist.«

»Jens van Vaal beziehungsweise Jens Meier müsste Ihnen schon vor seinem Tod aufgefallen sein. Sie wohnen in der Nähe des Riensberger Friedhofes. Sie werden sicher Ihren Hund öfter auf dem Weg um die Friedhofsmauer Gassi führen, da müssten Sie ihm begegnet sein«, wandte Jörg ein.

»Nein, das trifft nicht zu. Ich bin praktisch nie da. Wenn ich nach Hause komme, dann braucht Max Auslauf und ich auch. Der Weg um die Friedhofsmauer ist viel zu kurz. In der

Regel fahre ich mit dem Rad den *Jan-Reiners-Weg* entlang in die Wiesen. Max läuft nebenher.«

»Wieso dann ausgerechnet an dem Tag nicht, als Jens van Vaal ermordet wurde?«, wollte Lone wissen.

»Weil ich den Tag keine Zeit hatte. Sie können es nachprüfen, an dem Tag habe ich für eine Kollegin die Spätschicht in der Kita übernommen, bin also erst gegen siebzehn Uhr zu Hause gewesen. Abends war im Bremer Ratskeller eine Mitgliederversammlung der Bürgerinitiative für die Rückgewinnung von Mooren. Die begann um halb acht. Zu der bin ich aus begreiflichen Gründen zu spät gekommen«, antwortete er und schmunzelte.

»Was ist so komisch?«, fragte Lone.

»Ich vermute, als nächstes fragen Sie mich nach meinem Alibi.«

»Das könnte zutreffen.«

»Ich habe den Toten gefunden beziehungsweise Frau Breuer hat ihn gefunden. Ich weiß jedoch nicht, wann Jens van Vaal ermordet worden ist. Also ich kenne die Tatzeit nicht.«

»Wahrscheinlich zwischen achtzehn und achtzehn Uhr fünfzehn.«

»Für die Zeit habe ich kein Alibi. Wie immer nach der Arbeit habe ich mir was zu essen gemacht und bin dann mit Max losgegangen. Viel Zeit war also nicht.«

»Sie meinen viel Zeit für einen Mord?«

»So kann man es ausdrücken, Herr Oberkommissar. Haben Sie sonst noch Fragen?«

»Im Moment nicht«, antwortete Jörg und stand auf.

»Ich sehe gerade, dass Sie auch Literatur in Ihrem Bücherregal stehen haben, Georg Büchner«, bemerkte Lone.

»Was wollen Sie mir damit sagen? Soll das etwa eine Anspielung auf Woyzeck sein, der seine Lebensgefährtin Marie mit vielen Messerstichen tötet?«

»Nein, nein, natürlich nicht«, erwiderte Lone und fühlte sich ertappt.

»Wie Sie sehen, habe ich das Gesamtwerk von Büchner. Es ist jedoch nicht sein Drama *Woyzeck*, das ich am liebsten lese, sondern seine Erzählung *Lenz*. Die Herabwürdigung des Dichters Lenz. Die Stelle, als Lenz zu Pfarrer Oberlin kommt.«

»›Seyn **Sie** mir willkommen, obschon **Sie** mir unbekannt. Der Name, wenn's beliebt.‹

›Lenz.‹

›**Ha, Ha, Ha**, ist **Er** nicht gedruckt? Habe ich nicht einige Dramen gelesen, die einem Herrn dieses Namens zugeschrieben werden?‹

›Ja, aber belieben **Sie** mich nicht danach zu beurteilen.‹

Die Stelle finde ich genial. Wahnsinn durch Missachtung – ein wichtiges Thema, sicher auch für Sie.«

»Ich werde die Erzählung darauf noch einmal lesen«, antwortete Lone, schon im Flur angekommen.

»Tun Sie das. Apropos. Ich vermute, Sie werden mich demnächst zum Verhör ins Polizeipräsidium laden. Also: Auf Wiedersehen«, verabschiedete sich Chrissi Martens und schloss hinter ihnen die Haustür zu.

»Dieser Martens hält sich wohl für ganz klug. Und was das Erzählen der Wahrheit anbelangt, ist er eher zurückhaltend«, stöhnte Jörg, während sie an parkenden Autos vorbei zu ihrem Wagen gingen.

»So vornehm kann man es ausdrücken«, erwiderte Lone. »Nur müssen wir nachweisen, was die Wahrheit ist. Ich glaube ihm kein bisschen, dass der Tod von Professor Sommerfeld ihn so schockiert hat, dass er seine Dissertation hingeschmissen hat.«

»Nicht vornehm ausgedrückt«, schmunzelte Jörg.

»Ich kauf ihm noch viel weniger ab, dass er nicht weiß, dass Jens van Vaal mit eben dieser Dissertation Karriere gemacht hat«, setzte sie ihren Gedankengang fort.

»Ich für meinen Teil habe da eine Idee, wie wir ihn überführen könnten. Von Radio Bremen lasse ich mir den gesamten Mitschnitt der Lesung im Goethetheater schicken. Vielleicht sitzt Chrissi Martens mitten im Publikum und ist gefilmt worden. Fragt sich allerdings, wie van Vaal an die Doktorarbeit von Martens gekommen ist.«

»Da habe ich ebenfalls eine Idee. Martens' Adoptivmutter weiß es bestimmt. Wie spät haben wir es denn jetzt?«

»Fünf Uhr.«

»Noch so früh und schon stockdunkel.«

»Halt Dezember.«

»Ich überlege, ob ich noch seine Adoptivmutter aufsuchen kann. Sie lebt im Altersheim. Essen die Bewohner schon Abendbrot, und gehen sie früh ins Bett?«

»Ich glaube, es ist höflicher, wenn du morgen Früh hingehst.«

»Wenn Martens sie aber einweiht. Schließlich ist er jetzt gewarnt. Fahr mich mal beim Altersheim vorbei. Es ist hier ganz in der Nähe. Wahrscheinlich besucht er sie sowieso oft und bezahlt für sie das Leben in der Einrichtung. Vermutlich gibt er zumindest einen Teil von seinem Gehalt dazu. Sonst könnte sie sich ein Pflegeheim gar nicht leisten. Martens macht mir den Eindruck, als würde er sich kümmern.«

»Dann ist es für seine Adoptivmutter sicher traurig, wenn er in den Knast kommt, sofern er der Mörder ist.«

»Keine Sentimentalität. Halt mal, wir sind schon da«, rief Lone und zeigte auf das überdachte beleuchtete Eingangsportal.

Sieht hübsch und freundlich aus, dieses Pflegeheim. Der Eingang ist ebenerdig, rollstuhlgerecht, die Halle weit, im Hintergrund ein großer, in lindgrünem Ton gehaltener

Speisesaal. Wahrscheinlich für die Bewohner, die noch mobil und nicht dement sind.

»Zu wem möchten Sie?«, wurde Lone von einer älteren Pflegerin angesprochen.

»Zu Frau Martens. Kennen Sie die Dame?«

»Na klar. Ihr Sohn besucht sie häufig. Anderer Besuch ist eher eine Seltenheit.«

»Ist sie denn bettlägerig?«

»Nein, Frau Martens sitzt im Rollstuhl. Fahren Sie in den dritten Stock. Ob Sie Frau Martens noch sprechen können, ist fraglich. Es ist Abendbrotzeit.«

Hab ich mir gedacht. Mal sehen. Ganz wohl fühl ich mich nicht dabei. Was hatte sie zu Jörg gesagt? Keine Sentimentalität!

Mal schauen, wie sieht es hier aus? Ein langer heller Gang, von dem breite Türen abgehen. Und dort am Ende ein Essraum, dahinter die Küche. Und siehe da, sie sitzen alle beim Abendbrot, meist Frauen, einige im Rollstuhl, einige mit ihrem Rollator neben dem Stuhl.

Eine junge Pflegerin im grünen Kasack hilft einer Dame beim Trinken. Jetzt hat sie mich gesehen und kommt auf mich zu.

»Sie wünschen? Es ist keine Besuchszeit.«

»Guten Abend. Mein Name ist Lone Peterson. Kriminalpolizei. Ich würde gerne Frau Martens sprechen, möglichst allein.«

Warten. Die Pflegerin geht zu einer Dame mit weißen Locken und teilt ihr leise etwas mit.

»Kriminalpolizei?!«, schreit die Frau auf und kommt blitzschnell mit ihrem Rollstuhl auf Lone zu.

»Guten Abend, Frau Martens. Ich würde Sie gerne allein sprechen. Haben Sie einen Augenblick Zeit?«

»Es gibt nichts, was ich allein mit der Polizei besprechen möchte. Warum kommen Sie überhaupt?«

»Wegen der Doktorarbeit Ihres Sohnes.«

»Nach zwanzig Jahren? Jetzt kommen Sie? Erst nach zwanzig Jahren!? Was denken Sie sich. Nach zwanzig Jahren kommt die Polizei und will wissen, was mit Chrissis Doktorarbeit ist. Pah, ist das eine bodenlose Unverschämtheit!

Gestohlen wurde sie! Gestohlen! Alles wurde gestohlen: der Computer, Sticks und Disketten, jedes Blatt, jedes Fitzelchen Papier. Alles wurde gestohlen. Die Polizei hat sich einen Dreck darum gekümmert. Mein Chrissi hat Anzeige erstattet. Sofort. Die von der Polizei wollten nur wissen, wie viel der Computer gekostet hat, wie viel wert er noch war. Mein Chrissi war wütend, sage ich Ihnen. Und dann hat mein Chrissi geweint. Geweint hat er. Der Junge hatte nie geweint. Zum Herzerbarmen war es. Wissen Sie, was das heißt? Eine fertige Doktorarbeit wird gestohlen? Nein, das wissen Sie nicht. Die von dem anderen jungen Mann ist auch gestohlen worden. Aber Chrissi hat gesagt, die war nichts wert. Zusammen sind sie zur Polizei gegangen und haben Anzeige erstattet.

Chrissi war nur einmal zu uns nach Bremen übers Wochenende gefahren. Mein Mann war herzkrank, und es ging ihm nicht sehr gut. Da hatte Chrissi uns besucht, und als er wieder nach Berlin kam in dieses Studentenwohnheim, da war alles weg. Ich habe immer ein ungutes Gefühl gehabt. Diese Studentenwohnheime waren offen, jeder konnte da hineinspazieren. Trotzdem, der Dieb brach gezielt ein. Was hat mein Chrissi geweint! Mein Mann hat es nicht überlebt, diesen Schock. Herzinfarkt. Mein Chrissi war dabei, als es ihn traf. Das war beim Nachmittagskaffee, als er uns alles erzählte. Tot war mein Mann, sofort. Chrissi hat sich die Schuld gegeben. Dabei war er nicht schuld. Aber er gibt sich trotzdem die Schuld, dass mein Mann wegen seiner Doktorarbeit gestorben ist.«

»Das verstehe ich. Das ist tragisch. So etwas kenne ich auch, dass man sich schuldig fühlt am Tod eines geliebten Menschen.«

»Glaube ich nicht. Die Polizei fühlt gar nichts.«

»Hatte der Professor keine Aufzeichnungen von der Arbeit?«

»Der? Der war ein … ein … Ich sage es nicht. Gleich nachdem das passiert war, dass die Arbeit gestohlen war, hatte Chrissi gehofft, dass dieser Professor noch seine Arbeit hatte, er hatte sie ihm gedruckt gegeben. Aber diese Professorenfrau hat noch vor der Beerdigung die Arbeit in ihrem Garten verbrannt. Nicht nur Chrissis Arbeit, alles. Aber auch Chrissis Arbeit.«

»Das tut mir leid«, murmelte Lone bestürzt.

»Leid? Der Polizei tut was leid? Das soll ich glauben? Mein Chrissi hat sein Studium, seine Promotion, seine Karriere, er hätte Karriere gemacht, das können Sie mir glauben, alles hat er aufgegeben. Er wollte nicht mehr. Er sagte, so eine Arbeit schreibe man nur einmal. Ich habe es nicht verstanden. Wissen Sie, wir hatten nicht viel Geld, und Chrissi trug schon während der Schulzeit Zeitungen aus. Das Geld für sein Studium verdiente er selbst. Er wollte kein BAföG, er wollte später nichts zurückzahlen müssen. Er war immer strebsam und fleißig und richtig gut.

Zu uns, meinem Mann und mir, ist er auch gut, obwohl wir nicht seine Eltern sind. Er ist und bleibt ein Findelkind. Können Sie sich das vorstellen, überhaupt nicht zu wissen, wer die Eltern sind, woher man kommt? Wir konnten es nicht in Erfahrung bringen. Es hat nie jemand nach ihm gefragt. So hat man meinem Chrissi alles genommen, die Eltern, die Doktorarbeit und seinen Vater, meinen Mann. Wir haben Chrissi geliebt wie unseren Sohn.

Da ist er ja! Chrissi, die Polizei ist hier! Nach zwanzig Jahren! Stell dir das vor!«

Was für ein Tag!, seufzte Lone, als sie ihr rotes Fahrrad am schmiedeeisernen Gartenzaun ihrer Wohnung festgemacht hatte und die Stufen zum Haus hinaufging. Erst heute Morgen die OP, die Socke zum Glück gut überstanden hatte, dann der Besuch bei Chrissi Martens und zur Krönung noch der bei seiner Adoptivmutter. Nun nur noch ein heißes Bad, einen Tee und sich dann im Bett irgendeine Trash-Sendung anschauen. Schon wieder läutet das Handy! Oh, Hauke Häberle!

Er wolle nicht stören, aber sie solle doch wissen, dass Socke selbstständig getrunken habe! Dieser kleine Racker. Verschluckt eine Spielzeugmaus. Das Fell habe sie verdaut, nicht aber die mit Leim zusammengeklebte Pappe. Jetzt sei sie ein bisschen müde, aber wohlauf!

»Dann hole ich sie morgen ab.«

»Schauen Sie morgen gerne einmal vorbei. Socke erholt sich jedoch gut in der Praxis, und ich würde sie lieber noch ein oder zwei Tage zur Beobachtung dabehalten.«

Er hat einen sympathischen schwäbischen Akzent.

»Dann komme ich morgen nur für einen Besuch, und Socke bleibt noch etwas bei Ihnen, ich meine, in Ihrer Praxis.«

»So machen wir es, Frau Peterson. Noch einen guten Abend.«

Ist das ein Date? Oder ist das zu weit hergeholt?

Wieder läutet das Handy. Jörg.

»Wir haben richtig vermutet. Chrissi Martens kennt das Buch. Er war bei der Lesung im Goethetheater. Er hatte nicht irgendeinen Platz. Er saß in der dritten Reihe Parkett Mitte. Trug einen hellen grauen Anzug. Da haben wir ein Motiv.«

»Super, dass du das rausbekommen hast. Andererseits ist es nicht verboten, ins Theater zu gehen, und es ist erst recht nicht verboten, sich daran nicht zu erinnern. Dürfte schwierig sein, ihn zu einem Geständnis zu bewegen.«

»Lone, verdirb mir heute Abend nicht mein Bier. Ich mache es mir zu Hause gemütlich, und morgen sehen wir weiter. Tschüss, bis dann.«

Jetzt nach oben gehen und den Tag in Ruhe beenden? Dazu war sie zu aufgewühlt. Hauke hatte angerufen, Socke trank! Und dieser Chrissi Martens war ein harter Brocken, der würde niemals gestehen. Es war weder ein Beweis, seine Adoptivmutter zu besuchen noch sich einen guten Platz im Goethetheater zu besorgen. Außerdem hatte sie Hunger. Mächtigen Hunger, wo Socke endlich wieder trank, wieder gesund war, da kam auch ihr Appetit wieder. Die Narbe würde verheilen und das Fell wieder nachwachsen. Sie musste sich unbedingt was zu essen kaufen. Einen Döner bei der Ecke am Sielwall oder lieber Falafel mit Pommes? Doch lieber einen Döner. Das würde schneller gehen, hoffentlich.

War viel Betrieb, diese seltsame Mischung aus gut betucht, Ökos und Drogies. Laut war es, ihr viel zu laut. Die Autos, das Gehupe, das Gedränge, das Sprachengewirr. Mit ihrem Döner zur Weser gehen. Da wäre sie im Dezember bei Dunkelheit ungestört.

Den Deich hinunter zur Uferpromenade. Finster war es hier unten. Die Weser schwarz, nur das Schwappen der Wellen gegen die Steine war zu hören. Pfützen auf dem Weg vom Hochwasser. Lichter am gegenüberliegenden Ufer im Café Sand, auch leise Musik. Erleuchtet auch die Sielwallfähre, die langsam den Fluss überquerte und nun einen Lichtstrahl auf eine Bank fallen ließ. Einige Leute stiegen aus und verschwanden laut redend in der Dunkelheit.

Was stehe ich eigentlich hier herum? Was will ich hier?, schoss es Lone durch den Kopf.

Die Fähre blieb am Bootssteg liegen und beleuchtete weiterhin die Bank.

Die Bank an der Sielwallfähre! Da war der kleine Chrissi gefunden worden. Chrissi, der Findling. Chrissi, das Findelkind.

Lone nahm ein Taschentuch, wischte das nasse Holz ab, setzte sich auf die Bank, schaute zur Weser, hinüber zum Café Sand, wo sich fröhliche Menschen zur Weihnachtsfeier versammelt haben mochten. Um sie herum das Schwappen und Lechzen des schwarzen Wassers. Oben auf dem Deich der unaufhörliche Lärm fahrender Autos.

Hier also, auf dieser Bank begann die Geschichte von Chrissi, soweit sie diese kannte. Damals, als Chrissi von den Martens gefunden wurde, war es ein heißer Sommertag, wie die Sekretärin in Berlin erzählt hatte. Die Weser wie ein blinkender, blitzender Spiegel. Menschen, braun gebrannt in sommerlichem Outfit. Die Fähre fuhr hin und her und brachte Radfahrer und Ausflügler von einem Ufer zum anderen. Auf dem Deich spielten Leute Federball oder ließen Modellflugzeuge kreisen. Und in all dem sonntäglichen Trubel und Gewimmel – woher wusste sie, dass es ein Sonntag war? – der zweijährige Chrissi schlafend auf der Bank. Tränen waren ihm aus den Augenwinkeln geflossen, lautlose, nasse Tränen. Die Martens kamen vorbei, sie im Sommerkleid, er trug eine Cordhose und ein Hemd mit kurzen Ärmeln. Wehmütig hatten sie den schlafenden Jungen betrachtet. Sie hätte so gerne ein Kind gehabt. Sie schauten sich nach der Mutter, den Eltern um. Niemand kam. Merkwürdig. Wie konnte man ein Kind nur allein lassen?

Sie zuckten die Achseln und gingen weiter zum Café am Deich. Aber die Bedienung war viel zu langsam, der Kuchen schmeckte nicht und sie mussten immer an den kleinen Jungen denken. Schnell bezahlen und gucken, ob er dort immer noch lag. Tatsächlich, er hockte auf der Bank und weinte bitterlich, umgeben von Leuten, die ihn angafften und nach seinen Eltern fragten.

»Ich suche eine Telefonzelle und ruf die Polizei an, Brigitte, bleib du bei dem Jungen«, entschied Herr Martens und eilte davon.

Sie, das kinderlose Ehepaar, bereiteten ihm ein liebevolles Zuhause, und doch, wie sagte die alte Frau Martens, war er ein Findelkind, dem man alles genommen hatte.

Wo er hergekommen sein mag? Dort von links aus Richtung des Weserstadions, dessen rote Lampen in den schwarzen Himmel leuchteten? Da war nichts, wo er hätte wohnen können. Oder von rechts? Da war die Uferpromenade, und bei der Schlachte waren Cafés und Restaurants. Aber keine Wohngegend für ein Kind. Oder aus dem an den Deich angrenzenden Viertel? Das könnte schon eher zutreffen, obgleich auch das Viertel mit seinen Wohnungen aus der Zeit um die Jahrhundertwende nicht gerade kinderfreundlich war. Kinder sah man hier nur selten.

Vor allem aber hatte Chrissi der Sekretärin erzählt, dass er lief und lief und lief. Ein Junge von zwei Jahren läuft geradeaus, nicht durch verwinkelte Gässchen und Straßen.

Er war gelaufen und gelaufen und gelaufen. Demzufolge musste sie eine senkrechte Linie von der Bank bei der Sielwallfähre ziehen, um zu ermitteln, von wo er losgelaufen war.

»Probiere es einmal«, sprach sie laut zu sich selbst und stand auf, ging den Deich hinauf zur Straße. Uff, allein schon der Verkehr auf dem Osterdeich, da war es nicht leicht, über die Straße zu kommen. Doch weitergehen, immer weiter. Wie aber sollten diese Häuser zu ihr sprechen, aus welchem der Kleine herausgelaufen war? Wo sollte dieses Wohnzimmer sein? Der Verkehr am Dobben, die Hölle für ein Kind. Wie hier die Straße überqueren? Hatte der Kleine schon gelernt, bei Rot zu warten? Wahrscheinlich nicht.

Er war gelaufen und gelaufen und gelaufen. Da bleibt man bei Rot nicht stehen und wartet geduldig auf Grün.

Quietschende Reifen, Schimpfen auf den Jungen, auf die Eltern, die ihn ohne Aufsicht durch den Verkehr laufen lassen. Weitergehen? Wozu, fragte sie sich. Die *Schwachhauser Heerstraße* entlang. Villen, hochherrschaftlich. Arztpraxen, die Backsteinkirche des St. Joseph-Stift-Krankenhauses, das Kippenberg-Gymnasium, weiter, weiter, die Villen sprachen nicht zu ihr.

Ich folge nur meiner Intuition. Was für ein Wahnsinn! Das macht keinen Sinn. Umkehren. Geh nach Hause, Lone. Morgen gibt es viel zu tun. Chrissi Martens muss verhört werden. Der wird nicht aussagen. Da bin ich mir sicher. Also, was willst du noch weiter hier durch die Nacht irren?

Weiter. Nur noch diese breite Straße überqueren und noch am Rhododendron-Park entlanggehen. Die Luft ist gut hier, frisch, es riecht nach Erde, nach welkem Laub, das in baumbewachsenen Gärten zusammengeharkt ist. Die schönen Villen sind beleuchtet wie die von Dr. Irene van Vaal. Sobald man sich dem Eingangstor nähert, gehen die Bewegungsmelder an. Wahrscheinlich wird man auch gefilmt.

Noch ein paar Schritte. Da, ein altes dreistöckiges Haus. Es sieht vollkommen finster aus. Kein einziges Licht. Das Gartentor halb offen, es quietscht, Gras auf dem Kopfsteinpflaster, das zum Haus führt. Im Garten, tatsächlich, sie kann es mit der Taschenlampe ihres Handys erkennen, Kinderspielzeug, ein Bobbycar, eine Wippe, eine Schaukel. Die Fassade abgeleuchtet, zerbrochene Fensterscheiben. Das muss das Gruselhaus sein, das Jens van Vaal gekauft hat. Das muss das Gruselhaus sein, aus dem Chrissi vor fünfundvierzig Jahren fortgelaufen ist?

»Ich muss unbedingt herausfinden, was in diesem Gruselhaus geschah«, erklärte Lone entschieden, als sie am nächsten Morgen mit Jörg in ihrem Dienstzimmer im Polizeipräsidium saß.

»Du hast die Aufnahmen gesehen. Ein Mann, genauer der Inhaber des Hauses, Dr. Kai Gröger hat am 17. Juni 1979 seine Frau und seine Tochter und zuletzt sich selbst erschossen. Ich wüsste nicht, was dieses damalige Geschehen mit dem Mord an Jens van Vaal zu tun hat.«

»Es könnte sein, dass ebenfalls auf Chrissi Martens geschossen wurde, er jedoch nicht getroffen wurde und fortgelaufen ist.«

»Ziemlich hypothetisch. Außerdem wissen wir nicht, ob ein Zusammenhang zwischen Chrissi Martens und dem Gruselhaus, nennen wir es einmal so, besteht. Zudem weichst du meiner Frage aus. Was hat der Mord an Jens van Vaal mit den tragischen Ereignissen von 1979 zu tun?«

»Ich weiß es nicht. Zumindest stimmt das Jahr 1979 mit dem Alter von Chrissi Martens überein, der damals zwei Jahre alt war, als er fortlief und aufgefunden wurde.«

»So kommen wir nicht weiter. Gehen wir einmal von den Fakten aus, die wir ermittelt haben. Wir haben nicht nur Chrissi Martens als Verdächtigen.«

»Den jedoch besonders. Schließlich hat Jens van Vaal ihm seine Doktorarbeit gestohlen und damit Karriere gemacht und darüber hinaus die Dreistigkeit besessen, die Arbeit als Buch herauszugeben und im Goethetheater vor voll besetztem Haus eine Lesung zu zelebrieren. Letzteres war zu viel, und Chrissi Martens ist zur Tat geschritten. Jens van Vaal hat Chrissi Martens das Leben gestohlen, das er gerne gehabt hätte.«

»Meinst du, Lone, dass man es so ausdrücken kann?«

»Ja, das meine ich.«

»Wir haben noch andere Verdächtige, wie du weißt, und bisher haben wir keinen ausschließen können. Frau Dr. van Vaal hat ihrem Mann die Habilitationsarbeit geschrieben, zum Dank hat er sie betrogen und gedemütigt. Simone Heuer hat er leere Versprechungen gemacht, sie ebenfalls gedemütigt und sie gezwungen, ein Kind, das er vorher haben wollte, abzutreiben. Danach hat er sie sitzen lassen. Lukas Kramer hat zwar Selbstmord begangen, das beweist jedoch nicht, dass er nicht der Täter war. Harald Norris hat augenscheinlich die wenigsten Motive, aber wer weiß, was da noch so für Geheimnisse in ihm schlummern.«

»Chrissi Martens wohnt beinahe in unmittelbarer Nähe des Tatortes, hat kein Alibi, hat sowohl ein Motiv wie ebenfalls einen Anlass für die Tat, die Lesung im Goethetheater. Die hat ihm den Rest gegeben, sofern er der Täter ist. Das konnte er nicht ertragen.«

»Nochmals meine Frage: Was hat das mit dem Gruselhaus zu tun?«

»Nochmals meine Antwort, ich kann dir einen direkten logischen Zusammenhang nicht sagen. Allerdings, wenn es um Mord geht, sollten wir jeder nur erdenklichen Spur nachgehen. Mord ist so ein komplexes Geschehen, dass wir keine Spur, die uns sozusagen gelegt ist, vernachlässigen dürfen.«

»Nun denn. Was hast du vor?«

»Ich will die Nachbarin befragen. Frau Luise Bartling. Sie ist eine alte Dame, wie ich der Eintragung des Einwohnermeldeamts entnehmen kann, und wohnte bereits vor 1979 in ihrer Villa neben dem Gruselhaus.«

»Dann viel Glück.«

»Frag du einmal in der Zwischenzeit beim Jugendamt nach, ob Chrissi am 17. Juni 1979 aufgefunden wurde. Bei einer Adoption müssen die Akten 100 Jahre aufbewahrt werden. Bin gespannt.«

Lone warf der Gruselvilla einen scheelen Blick zu, während sie die Auffahrt zur nachbarschaftlichen Jugendstilvilla der Frau Bartling entlangging. Sie hörte den Kies unter ihren Füßen knirschen. Gepflegt sah der Rosenstock aus, der den Eingang umrankte. Die Gruselvilla erschien Lone wie ein finsteres Paralleluniversum neben dem freundlichen, zurechtgemachten Haus von Frau Bartling.

Sonderbar, ging es ihr an der Haustür durch den Sinn. Der Strauch trägt noch Weihnachten rosa Blüten. Es ist, als würden Rosen zwar welken, aber niemals sterben. Jörg hätte bei solchen Gedanken wieder die Augen verdreht.

Sie klingelte. Warten.

»Sie wünschen?«, fragte eine junge Frau im schwarzen Kleid mit weißem Häubchen.

»Guten Tag. Mein Name ist Lone Peterson von der Kripo Bremen. Ich würde gerne Frau Bartling sprechen.«

»Kripo? Wegen des Mordes?«

Die platzt ja geradezu vor Neugierde.

»Natürlich, warum sonst. Einen Moment. Warten Sie bitte hier im Flur. Ich frage Frau Bartling, ob sie Sie empfangen möchte«, sprach sie und verschwand durch eine weiße, messingbeschlagene Flügeltür.

Es riecht ein bisschen alt. Das lag vielleicht an den schweren Teppichen im Flur und auf der breiten Treppe zum ersten Stock. Verblichener hanseatischer Glanz. Einen unbeabsichtigten Blick in den Nussbaumspiegel geworfen: Ihr Gesicht, wirkte es etwas zu weich? Nicht entschlossen genug? War sie sich wirklich sicher, Chrissi Martens, sofern er der Täter war, des Mordes, des meuchlerischen Mordes überführen zu wollen? Lebenslänglich bekäme er dafür. Mindestens fünfzehn Jahre. Dann wäre er zweiundsechzig Jahre, wenn er aus dem Gefängnis entlassen würde. Welch ein unseliges, verkorkstes Leben.

Lone! Das darfst du nicht denken, nicht im Traume!

»Frau Bartling lässt bitten«, verkündete das Dienstmädchen und führte Lone durch ein dunkles Wohnzimmer auf eine helle, von der winterlichen Morgensonne beschienene Veranda.

»Frau Peterson, nehmen Sie bitte Platz. Mögen Sie eine Tasse Tee?«, fragte Frau Bartling und wies dabei auf die silberne Teekanne auf dem Marmortisch. »Katrin, bringen Sie Frau Peterson eine Teetasse«, befahl Frau Bartling, ohne Lones Antwort abzuwarten.

»Ich trinke jeden Morgen hier meinen Tee seit fünfundvierzig Jahren. Ahnen Sie, warum ich gerade hier meinen Tee trinke und nicht im Esszimmer, im Herrenzimmer oder im Salon?«

»Nein, verraten Sie es mir.«

»Weil ich von hier aus das Gruselhaus nicht sehe. Alle Gesellschaftsräume haben ein Fenster zu diesem entsetzlichen Haus hin! Nur die Schlafräume nicht und auch nicht das Musikzimmer.

Sie können es sich nicht vorstellen, wie unheimlich und schrecklich es ist, neben einem Haus zu wohnen, das verfällt. Der Garten ist der reinste Dschungel. Die Natur holt sich, was sie will. Sogar Schlangen soll es dort geben. Das glaube ich allerdings nicht. Das Haus wird immer baufälliger. Es wurde zum Verkauf freigegeben, weil Dachschindeln heruntergefallen sind. Das Grundstück darf nicht mehr betreten werden. Manchmal sehe ich nachts ein Licht, ich habe die Polizei gerufen, aber die hat nichts Verdächtiges entdeckt. Ich habe schon Halluzinationen wegen dieses Hauses.«

»Vielleicht kann ich es nachempfinden. Es gab bei meinen Großeltern an der Elbe einen Speicher, der auf quaderförmigen Backsteinsäulen gebaut war. Es war unheimlich, dort zu spielen oder nur durchzugehen.«

»Dann können Sie sich vorstellen, wie überglücklich ich war, als Professor van Vaal sich für dieses Geisterhaus interessierte, es kaufen wollte und, wie ich gehört habe, ja auch gekauft hat. Am Tag seines Todes, am Tag seiner Ermordung soll er beim Notar den Kaufvertrag unterschrieben haben. Ich das nicht entsetzlich? Ist das nicht furchtbar? Ich habe ja schon immer gesagt, auf diesem Haus liegt ein böses Omen, ein Fluch.«

»Wie kommen Sie darauf? Selbstverständlich, der Mord an Professor van Vaal ist tragisch, aber ein Fluch?«

»Wissen Sie nicht, was sich damals in diesem Haus zugetragen hat?«

»Erzählen Sie es mir, bitte.«

»Natürlich, Sie sind viel zu jung, um davon zu wissen. Damals stand es groß in der Zeitung. Warten Sie, ich habe den Zeitungsartikel noch.«

Seit fünfundvierzig Jahren sitzt sie hier jeden Morgen und trinkt ihren Tee. Was ist das für ein Leben? Musste sie nie arbeiten?, überlegte Lone und betrachtete die hauchzarte chinesische Teetasse. Sie mochte sie kaum berühren.

»Hier. Lesen Sie selbst.«

»Familiendrama in hochherrschaftlicher Villa! Arzt erschießt seine Frau, seine Tochter und sich selbst«, prangte auf der Titelseite.

»In dem Artikel stehen nur die Fakten, jedoch wird nichts zu den Hintergründen der Tat erwähnt.«

»Das war so. Darüber wussten die Reporter nichts. Die Ehe der Grögers war ziemlich schwierig. Sie war so eine, die gerne mal mit anderen Männern flirtete. Es gab häufig Krach. Einmal, das erzählte sie mir, nach einer Party, wo sie wieder mal mit einem anderen Mann, sagen wir, herumgeknutscht hatte, gab es einen fürchterlichen Streit. Gröger war angetrunken und würgte sie. Sie hat mir die Druckstellen auf ihrem Hals gezeigt. Ich habe ihr geraten, sich scheiden zu lassen. Es kam jedoch anders. Sie wurde schwanger. Vielleicht wusste sie selbst nicht, von wem. Von ihrem Mann jedenfalls nicht.«

»Da wird es unangenehm für sie geworden sein.«

»Sie haben es milde ausgedrückt. Es gab überraschenderweise keinen Streit, sondern sie verließ das Haus und Bremen. Ich weiß nicht, wohin sie ging. Jedenfalls, nach zwei Jahren erzählte mir Dr. Gröger, wir kamen beim Heckenschneiden ins Gespräch, dass er sich mit seiner Frau versöhnen wolle. Ich riet ihm dazu, denn sie hatten eine kleine Tochter von vier Jahren, um die er sich kaum kümmern konnte. Jedenfalls kehrte Frau Gröger im Sommer 79 zurück.«

»Mit einem Kind oder ohne?«

»Weiß ich nicht. Ich habe kein Kind gesehen. Es ging alles sehr schnell. Sie war an einem Sonnabend plötzlich wieder in dem Haus. Ich sah sie im Garten. Abends saßen sie auf der Terrasse, und ich hörte ihre Stimmen, ihr Gespräch klang ruhig und harmonisch. Jedenfalls dachte ich noch und sagte zu meinem Mann, die hätten sich wieder versöhnt.«

»Sie haben es nicht, wie ich hier lese.«

»Er erschoss am Sonntagnachmittag seine Frau und seine Tochter. Und gab sich selbst die Kugel. Und wissen Sie, was ich meine?«

»Wie sollte ich«, antwortete Lone und schüttelte leicht den Kopf.

»Ich meine, er wollte sich zu keinem Zeitpunkt versöhnen. Er wollte sie töten. Darum lockte er seine Frau nach Bremen. Sehen Sie, er war Arzt. Wozu braucht ein Arzt eine Pistole? Wenn er Polizist oder Soldat oder Sportschütze oder Jäger gewesen wäre – war er aber nicht.«

»Das ist verwerflich. Dann war es Mord und keine Handlung im Affekt.«

»Sage ich auch. Nur die Sache ist damit nicht beendet. Ich hörte nicht drei Schüsse, ich hörte vier Schüsse!«

»Haben Sie das damals nicht der Polizei gesagt?«

»Selbstverständlich habe ich das. Es gab allerdings nur drei Leichen. Aber dieser vierte Schuss, der geht mir nicht aus dem Kopf. Manchmal, wenn ich abends im Bett liege, höre ich den Knall. Mein Mann sagt zu mir: ›Luise, sei nicht verrückt.‹ Ich werde dieses Geräusch trotzdem nicht los. Diese vier Schüsse und dann die Leichen. Ich habe sie gesehen. Ich war die Erste im Haus. Nun ist auch noch der arme Professor van Vaal erstochen worden. Ausgerechnet an dem Tag, an dem er das Haus gekauft hat. Glauben Sie an einen Fluch?«

»Ich weiß nicht. Ich habe mir noch nie darüber Gedanken gemacht. Ich gehe von Fakten aus oder von Hypothesen, die sich als Fakten bewahrheiten oder der Prüfung nicht standhalten.«

»Ich meine, ich weiß, ich darf nicht fragen, aber sozusagen als Nachbarin von Professor van Vaal … Haben Sie schon eine Hypothese oder gar Beweise, wer den armen Professor van Vaal umgebracht hat?«

»Ich kann Ihr Interesse nachvollziehen. Ich denke, Sie werden es bald in der Zeitung lesen.«

Na, da habe ich wohl zu viel versprochen, dachte Lone, als sie wieder den Kiesweg entlang zur Straße ging. Bald soll der Täter gefasst sein? Mal sehen. Ich sollte erst einmal Jörg anrufen und mich erkundigen, was das Jugendamt gesagt hat.

»Lone, du hast richtig getippt«, lobte Jörg am anderen Ende der Leitung. »Chrissi ist am 17. Juni 1979 auf der Bank bei der Sielwallfähre von den Martens gefunden worden. Es war ein Sonntag. Gratuliere. Wie steht es bei dir?«

»Es hat einen vierten Schuss gegeben, wie wir ja auch bereits festgestellt haben. Die Polizei damals hat dem jedoch keine Beachtung geschenkt, da nur drei Leichen im Wohnzimmer aufgefunden wurden. Ein Schuss, der sein Ziel verfehlt hat, erschien damals irrelevant. Frau Bartling, die Nachbarin, hat den Schuss hingegen deutlich gehört.«

»Du hältst es also für wahrscheinlich, dass dieser vierte Schuss auf Chrissi gerichtet war?«

»Ja, wir sollten das Wohnzimmer darauf untersuchen. Schließlich hat er eine traumatische Erinnerung an diesen Raum. Und wenn wir uns das Einschussloch in der Wand angesehen haben, holen wir ihn zu Hause ab und bringen ihn zu dem Haus.«

»Was willst du damit bewirken?«

»Ich möchte ihm etwas geben, bevor wir ihm etwas nehmen, falls er der Täter ist.«

»Du sprichst in Rätseln, meine werte Kollegin. Aber ich eile. Ich komme so schnell zu dem Gruselhaus wie irgend möglich.«

»Aha, die Polizei«, stellte Chrissi Martens resigniert fest und zog die Augenbrauen hoch. »Kommen Sie mit höchstrichterlichem Haftbefehl oder nur, um mich zum Verhör abzuholen?«

»Weder noch«, antwortete Lone. »Dürften wir bitte hineinkommen?«

»Warum nicht? Treten Sie ein. Ich hatte heute Frühdienst in der Kita und bin gerade beim Kochen. Spaghetti mit Tomatensoße. Die Kräuter sind aus dem eigenen Garten. Also empfehlenswert. Möchten Sie etwas mit mir essen? Dabei kann man gut plaudern oder sich verplaudern.«

»Nein, danke. Wir möchten Ihnen etwas zeigen, was Sie betreffen könnte.«

»Zeigen? Sie möchten, dass ich irgendwo mit Ihnen hinkomme?«

»So ist es. Sind Sie manchmal beim Rhododendron-Park?«

»Nein. Wieso?«

»Weil der Ort, zu dem wir Sie bitten, mit uns zu kommen, in der Nähe des Parks liegt.«

»Geheimnisvoll. Ich kann Ihnen sagen, warum ich niemals beim Rhododendron-Park beziehungsweise bei der botanika, diesem Gewächshaus mit exotischen Pflanzen, bin. Ich hätte nichts dagegen, wenn wir mit großem Aufwand und hohen Kosten die Vegetation des tropischen Regenwaldes in Bremen einem interessierten Publikum oder einfach Sonntagsausflüglern zur Anschauung brächten und gleichzeitig die heimische Landschaft erhalten bliebe. Dem ist aber nicht so. Ich bin in mehreren Bürgerinitiativen tätig, die darum kämpfen, dass im Naturparadies St. Jürgensland kein Windpark entsteht. Die Bundesregierung hat ein Gesetz erlassen, dass landwirtschaftliche Nutzflächen wieder in Moore zurückverwandelt werden. Das käme dem Klima zugute, womit ebenfalls seltene, vom Aussterben bedrohte heimische Pflanzen und Tiere sich wieder ansiedeln könnten. Selbstverständlich müsste den Landwirten ein Ausgleich gezahlt werden. Dafür ist kein Geld da – aber für den tropischen Regenwald mitten in Bremen. Verstehen Sie mich recht. Ich kann es nachvollziehen, dass man Freude hat, sich für ein paar Stunden in fremde Länder zu begeben, meinetwegen auch hineinzuträumen oder schlicht sich dafür zu interessieren. Aber ich für meinen Teil mache da nicht mit.«

»Manchmal gibt es auch anderes dort zu sehen«, mischte sich Jörg ins Gespräch ein. »Zu Ostern können sich die Kinder Hasen und Küken anschauen. Ich war mit meinen Kindern da, ich hatte in der Bürgerparktombola Freikarten gewonnen.«

»Worauf wollen Sie hinaus?«

»Dass Sie einfach einmal mit uns kommen.«

»Im Polizeiwagen?«

»Ja, Sie können gerne vorne sitzen.«

»Ein Ausflug zum Rhododendron-Park mit der Polizei?«

»So könnte man es nennen.«

»Ich weiß nicht. Ich vermute, da ist irgendein Trick dahinter. Was meinst du, Max?«

Tiefes Kläffen war die Antwort.

»Max schaut Sie schon die ganze Zeit misstrauisch an. Wahrscheinlich ahnt er, dass Sie von der Polizei sind. Also gut, ich komme mit. Meine Spaghetti sind sowieso schon übergekocht«, bemerkte er und nahm seine Jacke vom Harken.

Max heulte auf, winselte, drückte sich an sein Herrchen.

»Ist gut, Max. Ich komme ja wieder«, tröstete Chrissi Martens und strich seinem Hund über sein weiches langes Fell.

Welch ein Jammer, dachte Lone, wenn er nun der Täter ist. Na ja, das hätte er sich eher überlegen müssen.

»Das Auto steht da drüben«, bemerkte Jörg, dem das Winseln und Jammern des Hundes zu Herzen gegangen war.

Schweigen während der Autofahrt.

Keine Reaktion, als sie vor dem Gruselhaus hielten.

»Ein Geisterhaus wollen Sie mir zeigen? Ich habe davon im WESER-KURIER gelesen. War ein langer Artikel. Viele gibt es davon in Bremen, meistens in bester Lage. Ganz erstaunlich.«

»Gehen wir einmal ins Haus«, forderte Lone ihn auf und öffnete mit einem Nachschlüssel die schwere Holztür. Sie knarrte. Durch das Flurfenster wuchs Efeu und breitete sich auf dem Boden aus.

Noch immer keine Reaktion, stellte Lone fest. Interessiert sah Chrissi Martens sich um, doch schien emotional vollkommen unbeteiligt. Er ist noch nicht im Wohnzimmer gewesen, warten wir es ab.

Vorsichtig öffnete sie die helle Tür, in die ein gelbliches, gesprungenes Milchglas eingesetzt war, und ließ Chrissi Martens vorausgehen. Atemlos beobachtete sie ihn. Er erbleichte. Betrachtete die schwarzen wuchtigen Ledersofas vor dem niedrigen Glastisch, taumelte, hielt sich am Fernseher fest.

In Trance ging er auf die holzvertäfelte Rückwand zu.

Er stellt sich genau vor das Einschussloch!

Mit Kinderstimme sprach er: »Dort steht meine Mutter, dort das Mädchen, da vorne der Mann und hier bin ich.«

Er kippt gleich um, fürchtete Jörg, hielt ihn fest und führte Chrissi zum Sofa. Er sackte vollkommen in sich zusammen, seine Augen waren geschlossen.

Um Gottes Willen, hoffentlich kommt er wieder zu sich. Was habe ich nur angerichtet? Schreckliche Minuten.

Endlich rieb er sich über die Stirn, blickte Lone und Jörg an, lächelte verschämt und sprach: »Ein Déjà-vu.«

Was kommt nun, überlegte sie, als Chrissi Martens aufstand und in dem Wohnzimmer zwischen den Möbeln umherging und erneut vor dem Einschussloch stehen blieb.

Er fasste sich ans Kinn und zögerte. »Dann gehört dieses Haus wohl mir – oder nicht?«

Jörg antwortete mit heiserer Stimme: »Jens van Vaal hat es am Tage seines Todes gekauft.«

Hilfe!, schoss es Lone durch den Sinn.

Langsam, jede Silbe betonend, klagte Chrissi Martens: »Dann hat sogar der Tote mir noch alles genommen.«

Lone schluckte. Jetzt oder nie, entschied sie sich. Mit ruhiger Stimme behauptete sie: »Sie haben Jens van Vaal getötet.«

»Ja.«

Stille.

Chrissi Martens biss sich auf die Lippen. »Was wird aus meiner Mutter? Was wird aus meinem Hund?«

EPILOG 1

Gespräch im Besucherraum der Justizvollzugsanstalt Bremen

»Als Rechtsvertreterin von Herrn Martens danke ich Ihnen, Herr Grothe, dass Sie meiner Bitte nachgekommen und heute trotz dieser Hitze hier erschienen sind.«

»Im Namen des Verlages bedanke ich mich meinerseits für die Einladung. In dieser prekären, brisanten Angelegenheit ist es uns wichtig, Herrn Martens unsere Position darzulegen. Wo ist er überhaupt?«

»Herr Martens arbeitet in der Bücherei. Übrigens eine Besonderheit der Stadt Bremen, eine umfangreiche Gefängnisbücherei zu besitzen. Herr Martens wurde von Ihrem Kommen informiert und wird hergebracht.«

»Hm, dann habe ich zuvor eine Frage, die ich Herrn Martens nicht persönlich stellen mag. Wie geht es ihm im Gefängnis?«

»Nun ja. Herr Martens wurde wegen heimtückischen Mordes zu einer lebenslangen Haftstrafe verurteilt. Allgemein kursiert die Vorstellung, dass diese fünfzehn Jahre beträgt. Das ist so nicht richtig. Nach fünfzehn Jahren kann der Häftling lediglich zum ersten Mal einen Antrag auf Haftverkürzung stellen. Erschwerend mag es für Herrn Martens sein, dass er auf die Frage der Richterin, ob er seine Tat bereue, mit ›Nein‹ geantwortet hat.«

»Das ist, sagen wir einmal, mutig. Ein ungewöhnliches Zeichen von Zivilcourage.«

»Um auf Ihre Frage zurückzukommen, wie es Herrn Martens geht, so meine ich, sagen zu können, den Umständen entsprechend gut. Herr Martens akzeptiert die Strafe, und zwar aus einer gesellschaftlichen Perspektive. Er hält lebenslänglich bei Mord für angemessen. Das bedeutet allerdings nicht, dass ihn das Strafmaß persönlich unberührt ließe. Herr Martens leidet darunter, unter uns gesagt. Er spricht niemals darüber, aber es setzt ihm zu, dass er sich nicht mehr frei in der Natur bewegen kann. Täglich, das ganze Jahr hindurch, bei Wind und Wetter ist er mit seinem Hund hinaus in die Wümmewiesen und noch weiter geradelt, hat jede Veränderung im Wechsel der Jahreszeiten gespürt und beobachtet. Hier im Gefängnis bleibt ihm nur noch das Stückchen Himmel aus seinem vergitterten Zellenfenster. Aber, wie gesagt, dies sind meine Gedanken, er selbst schweigt dazu. Was Herr Martens lebt, ist die geistige Freiheit. Er äußerte einmal, dass er seine Gedanken aus *Mut zur Zukunft* unter den Bedingungen der Haft erprobe.«

»So? Ich habe noch anderes Weitgehenderes gehört.«

»Das wäre?«

»Dass Herr Martens die posthume Aberkennung der Doktorwürde von Herrn van Vaal fordert. Trifft dies zu?«

»Ja. Ich habe im Auftrag von Herrn Martens ein solches Prüfungsverfahren in die Wege geleitet. Das von Herrn Martens in Berlin eingereichte Promotionsvorhaben entspricht bis ins Detail der Doktorarbeit, die van Vaal, alias Jens Meier, als seine eigene ausgegeben hat. Der Diebstahl wurde von Herrn Martens damals der Polizei gemeldet. Offensichtlich gab es darüber hinaus beim Rigorosum, sagen wir mal, Abwägungsprobleme. Herr Meier versagte kläglich.«

»Tja, wie die Dinge stehen, ist es mehr als wahrscheinlich, dass van Vaal als Toter seinen Doktortitel verliert. Das wird einen Skandal geben! Schon der Prozess hat ordentlich für Wirbel in der Presse gesorgt. Und wir als Verlag sind im Fokus der Kritik. In diesem Fall steckt Dynamit, nämlich ein Problem, das uns als Verlag zu schaffen macht und in der Zukunft noch vermehrt zu schaffen machen wird: die durch

KI erschwerte Feststellung der Urheberschaft eines Werkes. Das am Rande. Es ist heute nicht unser Thema.

Im Fall van Vaal bin ich als Lektor besonders betroffen. Ich gebe zu, mir hätten bei Gesprächen mit Herrn van Vaal, sagen wir, Patzer zu denken geben müssen. Wir sind natürlich als Verlag zutiefst betroffen und beschämt, dass wir, nennen wir es einmal beim Wort, einem Betrüger aufgesessen sind. Zur Schadensbegrenzung für unseren Verlag und zur Rehabilitation von Herrn Martens haben wir uns entschlossen, dass in alle ausgegebenen Bücher eine Seite mit einer Klarstellung einzulegen ist und alle noch zu druckenden Bücher diese von vorherein enthalten. Wir hoffen, das wird die Wogen in der Öffentlichkeit glätten und selbstverständlich insbesondere Herrn Martens Genugtuung verschaffen.«

»Genugtuung. Ich weiß nicht, ob das Herrn Martens reicht.«

»Na, ich gehe mal davon aus.«

»Ah, Frau von Below, da sind Sie ja. Herr Grothe, wenn ich vorstellen darf, die Rechtsvertreterin von Frau Dr. van Vaal.«

»Guten Tag. Im letzten Augenblick, also vor einer Stunde, hat mich Frau Dr. van Vaal informiert, dass sie Tabula rasa machen will.«

»Interessant, wir hören gespannt, was darunter zu verstehen ist.«

»Wie Ihnen vielleicht bekannt ist, war für meine Mandantin Frau Dr. Irene van Vaal dieser Prozess beinahe existenzvernichtend. Sie leitet, wie Sie wissen, ein Kaffee-Unternehmen, und schlechte Presse wirkt sich neben steigenden Endverbraucherkosten negativ aus. Sie selbst hat einen psychischen Zusammenbruch erlitten und war ein halbes Jahr in einer privaten Klinik. Erst vor einer Woche ist Frau Dr. van Vaal entlassen worden.«

»Das tut mir leid.«

»Mit einem ›Es tut mir leid‹ ist es hier nicht getan, Herr Grothe. Es muss gehandelt werden, dazu hat sich auch

Frau Dr. van Vaal entschlossen. Die Stadt Bremen befindet sich in der schwierigen Lage, ein Haus verkauft zu haben, dessen Eigentümer in fünfundvierzig Jahren nicht zu ermitteln war. Allerdings hat sich nun Herr Martens nun als Nachfahre herausgestellt. Es gibt jedoch keinerlei Urkunden, und es fragt sich, ob die Erinnerung von Herrn Martens rechtskräftig ist, um ihn als Eigentümer auszuweisen. Frau Dr. van Vaal hat nun den Entschluss gefasst, als nachweisliche Eigentümerin des Hauses, sie hat den Hauspreis entrichtet, Herrn Martens die Villa zu schenken.«

»Das ist großzügig. Und was ist mit den Einnahmen vom Buch, die Frau Dr. van Vaal als Rechtsnachfolgerin von Herrn – darf ich noch sagen, Professor van Vaal? – erhält? Davon müssten wir als Verlag schnellstmöglich informiert werden.«

»Diese Einnahmen überschreibt sie ebenfalls Herrn Martens. Frau Dr. van Vaal zieht einen endgültigen Schlussstrich unter ihr bisheriges Leben, sie will nichts mehr mit etwas zu tun haben, was sie an Herrn van Vaal erinnern könnte.«

»Meine Hochachtung.«

»Ja, Frau Rechtsanwältin. Frau Dr. Irene van Vaal will Recht schaffen. Sie ist eine wahre Philosophin.«

»Ah, da ist ja auch Herr Martens.«

EPILOG 2

Brief der Kinder von Oberkommissar Schmitz an Herrn Chrissi Martens

Lieber Herr Mörder,

Ihrem Hund geht es super!
Unser Papa hat Max gleich am Tag Ihrer Verhaftung mit zu uns nach Hause gebracht. Papa hat gesagt, dass Sie damit einverstanden sind. Wir haben uns ganz dolle gefreut. Endlich haben wir einen Hund!
Max fühlt sich riesig wohl bei uns. Wir dürfen ihn immer knuddeln, er guckt auch mit uns Fernsehen. Aber leider nur selten, wir dürfen nicht so richtig. Er hat immer leckeres Futter und seinen Schlafplatz bei Lisa im Zimmer.
Max bekommt auch genügend Auslauf. Lone, wir meinen die Kommissarin, und Hauke machen mit Max gaaanz lange Radtouren. Er kommt immer nass und dreckig wieder. Wir glauben, das gefällt ihm sehr.
Lisa bürstet Max jeden Tag. Er ist lieb und geduldig und mag gerne dabei gestreichelt werden. Papa sagt, wir sollen noch schreiben, dass Hauke Tierarzt ist und Max umsonst behandelt. Ist aber nicht nötig. Max ist gesund.

Lieber Herr Mörder, Sie müssen sich keine Sorgen um Ihren Max machen.

Liebe Grüße von
uns Kindern

VITA MAREN BOHM

Maren Bohm studierte in Heidelberg, Berlin und Bremen und war anschließend Lehrerin am Gymnasium für die Fächer Deutsch, Religion und Philosophie.

Während dieser Zeit promovierte sie (Dr. phil.) und veröffentlichte ein Kinder- und Jugendbuch sowie einen Gegenwartsroman.

Heute lebt sie als freie Schriftstellerin. Seit 2013 erschienen von Bohm philosophische und historische Romane (Trilogie).

Die Idee zum Krimi *Schatten über Bremen* kam Bohm im November bei einem abendlichen Spaziergang um den Riensberger Friedhof.

Mit dem Bremer Schauspieler und Regisseur Christian Bergmann veranstaltet Bohm szenische Lesungen zu ihren Büchern.